Pierre Petit

W0249804

LA FOLIE D'ALBERT

Roman

Terres de France

PRESSES DE LA CITÉ

Le Code de la propriété intellectuelle n'autorisant, aux termes de l'article L. 122-5, 2e et 3e a), d'une part, que les « copies ou reproductions strictement réservées à l'usage privé du copiste et non destinées à une utilisation collective » et, d'autre part, que les analyses et les courtes citations dans un but d'exemple et d'illustration, « toute représentation ou reproduction intégrale ou partielle faite sans le consentement de l'auteur ou de ses ayants droit ou ayants cause est illicite » (art. L. 122-4).
Cette représentation ou reproduction, par quelque procédé que ce soit, constituerait donc une contrefaçon, sanctionnée par les articles L. 335-2 et suivants du Code de la propriété intellectuelle.

© Presses de la Cité, 2012
ISBN 978-2-258-09844-2

Presses de la Cité | un département **place des éditeurs**

place des éditeurs

ACTE I

1

Neige de l'avent dure longtemps, dit le proverbe. Certes... Mais chez nous, passé le premier de l'an, quand la neige commence à tomber, c'est en général très fort et pour un bout de temps. Ce premier mardi de janvier 1958, Albert Carrot aurait dû s'en souvenir en attelant le Gris au tombereau pour aller débarder quelques pins abattus en bonne lune, l'avant-veille de Noël, sur le replat de la Virolette. Il aurait dû se douter, en passant le collier au cou du grand percheron, que ces quelques flocons qui tombaient sans conviction d'un ciel de granit poli, voletaient autour de lui, et fondaient dans le poil de l'animal encore chaud de l'écurie, annonçaient la tempête. Et si les flocons n'avaient pas suffi à l'alerter, le bruit mat, comme étouffé, qu'émirent les longues chaînes qu'il jeta au fond du tombereau aurait dû le faire. C'est sûr, Albert aurait mieux fait de rester chez lui, ce jour-là.

C'était ce que pensait Germaine en le regardant partir, de la fenêtre de la salle. Mais allez donc garder un Carrot à la maison ! Surtout un Carrot de l'espèce rouquine ! Car il y avait deux sortes d'hommes Carrot. Les plus nombreux, longilignes, cheveux clairs, visage allongé, promenaient au bout de bras interminables de longues mains fines dont ils usaient avec une adresse quasi surhumaine. Ce type de Carrot se reproduisait de génération en génération avec une belle constance, quelle que soit la génitrice. De toute évidence le gène Carrot était dominant. Dans tous les sens du terme. Mais même la génétique a ses failles et il arrivait que, dans une portée de Carrot de modèle standard, naquît un Carrot de type différent, toujours le même. Ces Carrot-là, plus petits, plus trapus, arboraient des cheveux d'un roux flamboyant, et le visage en casse-noix d'un Judas de Cène flamande. Carrot châtains et Carrot roux avaient en commun des yeux noisette tirant sur le vert, une intelligence au-dessus de la moyenne, et un caractère bien trempé. Tellement trempé, surtout chez les rouquins, que leur sensibilité confinait à l'irascibilité, leur ténacité à l'acharnement, leur obstination à l'entêtement.

Cet entêtement, Germaine le déplorait en regardant la silhouette brouillée par les flocons de son Carrot rouquin qui franchissait le portail de la cour, debout dans son tombereau, et disparaissait sur le chemin. Derrière lui, recroquevillés au fond de la caisse à l'abri des ridelles, les valets incarnaient le désaccord de Germaine. Mais pas plus qu'à elle Albert ne leur avait demandé d'avis. Seul Miro, hirsute de nature et le poil hérissé par le vent, gambadait en zigzag autour du cheval et faisait voler la neige fraîche en prenant soin de rester hors de portée des énormes sabots. A l'écurie, le Gris tolérait que le chien vînt dormir dans la paille sous sa mangeoire. Une fois dehors, il n'aurait pas hésité à le satelliser d'une ruade s'il en avait eu l'occasion.

Germaine savait la tempête proche. Et elle pensait qu'Albert le savait aussi mais ne voulait pas l'admettre. Ils avaient décidé, avec Claude, d'aller débarder ces troncs et, coûte que coûte, ces troncs seraient ce soir en bordure de route, prêts à être chargés sur le grumier de la scierie Avissenne.

C'est d'autant plus stupide, se disait-elle, qu'avec la neige qui s'annonce le camion n'est pas près de passer. Au moins, se rassurait-elle, Claude et les valets seront avec lui. S'ils se perdent dans la tourmente, il y en aura bien un sur le lot pour ramener les autres.

Avant d'aller plus loin, et puisque nous sommes partis dans les descriptions, je dirai deux mots de Claude, auquel Germaine venait de se référer et qui tient une grande place dans cette histoire. Claude Carrot que, chez nous, à l'instar de tous les Claude, on appelait Glaude en sa présence et le Glaude pour le désigner était le frère cadet d'Albert. Il vivait seul. Ce célibat obstiné, de la part d'un aussi bel homme (un Carrot de modèle standard) et, de ce que l'on savait, exempt de tares, avait longtemps fait jaser les commères du hameau de Tournac, non loin duquel s'étendaient les propriétés des Carrot. Et même celles du village de Saint-Jean-des-Laves, dont dépendait le hameau. Certaines, qu'on pensait bien informées, prétendaient que le Glaude ne s'était jamais remis d'une déception amoureuse. D'autres, supposées mieux informées encore, affirmaient que Germaine, femme de son frère, était celle qui lui avait porté le coup fatal. Ce n'était pas impossible, et bien dans les mœurs de nos contrées : aucune femme normalement constituée n'irait épouser le cadet d'une famille si elle est demandée par l'aîné. A cela les sentiments n'ont strictement rien à faire. Seuls comptent, en la matière, les arcanes d'une stratégie d'occupation du terrain aux règles assez semblables à celles du jeu de go. Une terre bien orientée, un bois en bordure de route pèsent plus lourd que tous les sentiments. Les filles elles-mêmes le savent tellement qu'elles évitent de tomber amoureuses hors de l'échiquier. Il n'est pas improbable que cela ait été le cas de Germaine ; entre le rouquin, pas très beau, et son frère infiniment plus attrayant, elle pouvait très bien avoir choisi d'instinct celui qui un jour serait le maître du domaine Carrot.

Ce domaine méritait considération. Il était, et de très loin, le plus gros et le plus riche de Tournac, et probablement du canton. Ses terres occupaient à elles seules l'endroit où la Siche, échappée de ses gorges sur un kilomètre, méandre dans une vallée en forme d'œil au pied du plateau des Trèves, avant de se tailler un passage héroïque jusqu'à la Loire. Les prairies occupaient les bords relevés de la cuvette, du côté éclairé. Quant aux bois, de surface égale, ils couvraient pour la plupart un contrefort du plateau, haut talus que tranche la Siche avant de prendre ses aises provisoires. Non contents d'avoir plus de terres que leurs voisins, les Carrot avaient aussi plus de maisons. On en comptait trois, qui occupaient le coin de l'œil touchant au village. La plus ancienne, foyer ancestral des Carrot, avait été bâtie en bordure d'un chemin qui longeait la Siche, au sommet d'un talus qui la protégeait des caprices de la rivière. Petite et sombre, elle avait été abandonnée après la construction, non loin de là, d'une ferme plus grande, plus claire, plus confortable, en un mot plus à la mesure des ambitions territoriales de la famille. Cela se passait sous la Restauration. A cette époque, déjà, par le jeu des acquisitions, alliances, et héritages, le domaine Carrot tendait vers ses frontières naturelles, qu'Albert, chef de famille au moment de la construction, comptait bien atteindre en deux générations.

(Ai-je dit que, dans la famille Carrot, tous les premiers-nés de sexe masculin se prénommaient Albert ? Cette coutume remontait à la plus haute antiquité et personne n'y avait jamais trouvé à redire. Si quelqu'un de la famille parlait d'Albert, l'intonation, le contexte, les mimiques permettaient à l'interlocuteur du moment de l'identifier sans équivoque. Pour les mêmes raisons, si quelqu'un du domaine hélait un Albert, c'était toujours le bon qui se retournait. C'était un peu plus difficile pour les gens de l'extérieur. Ils devaient user de qualificatifs ou de périphrases, voire, à leurs risques et périls, de sobriquets pour distinguer les Albert Carrot contemporains. Par chance, les Carrot ne vivaient pas très vieux ; de mémoire de villageois, on n'avait pas vu coexister trois générations d'Albert Carrot adultes depuis le règne du grand Empereur. Pour nous, toi lecteur et moi qui ai entrepris de narrer cette histoire, il pourrait s'avérer difficile de distinguer entre les diverses générations de Carrot. C'est la raison pour laquelle nous accolerons leur année de naissance à leur nom chaque fois que nécessaire. Pour la commodité du récit, nous allons millésimer les Albert Carrot.)

Revenons à leurs habitations. Lorsqu'il avait fait construire la nouvelle maison familiale, Albert Carrot 1815 l'avait prévue grande, mais pas démesurée. En un mot, il l'avait ajustée à la taille d'une famille qui était loin d'être pléthorique. Sûreté de l'instinct dans le choix des génitrices ou self-control masculin, les épouses Carrot ne mettaient chacune guère plus de trois enfants au monde. Et rarement plus d'un garçon. C'était le cas d'Angélique, épouse de l'Albert qui nous occupe, lequel avait conçu une maison dans laquelle tiendraient à l'aise deux générations de Carrot. Et il comptait bien que cette habitude se perpétue parmi ses descendants. Il eut la bonne idée de mourir juste avant que son petit-fils, Albert 1863, ne devienne chef de famille au jour de son mariage.

Cela lui épargna de voir cet Albert-là se reproduire à une cadence inconnue jusqu'alors dans la famille Carrot, et plutôt alarmante : il n'eut pas moins de sept enfants dont quatre filles.

Lorsque lui naquit le troisième garçon, Albert 1863 pressentit de graves problèmes de cohabitation quand ses héritiers mâles atteindraient l'âge adulte.

Il n'avait aucun souci au sujet de ses filles, quelque nombreuses qu'elles fussent. Robustes, bien dotées, le plus souvent pas laides, les filles Carrot faisaient prime sur le marché ; et on n'aurait aucune peine à caser une éventuelle délaissée chez les Sœurs de la Croix. Mais trois garçons et leurs épouses, sans compter les enfants à venir, cela faisait beaucoup pour une seule maison. On était en pleine expansion coloniale ; les cadets auraient leur place toute trouvée dans l'infanterie de marine ou les missions africaines. Mais il pouvait toujours se trouver des réfractaires à l'état de marsouin ou de père blanc. De plus le domaine, agrandi à sa taille quasi définitive, risquait de manquer de bras. Cette réflexion conduisit Albert 1863 à entreprendre la construction d'une troisième et dernière maison familiale. Il la situa au sommet d'un grand pré en pente, à un demi-kilomètre de la sienne, loin de la rivière mais au bord d'un bief. Comme la ferme initiale, elle comportait, en plus grand, étable, écurie, hangars, soue, laiterie, et pièces d'habitation. A l'étage, les chambres aux cloisons de bois étaient isolées de l'hiver par le foin de la grange, qui les enveloppait. Un verger clos de murs prolongeait le pignon est. Au midi, abritée du nord-ouest par le hangar, la cour bien empierrée séparait la maison du potager ceint d'un mur bas surmonté d'une grille.

Telle qu'elle était, cette maison représentait ce qu'à l'époque il se faisait de mieux sur le Plateau en matière de ferme. Pourtant Albert 1863 préféra demeurer près de la rivière avec son aîné, et attribua la nouvelle maison à celui des cadets qui resta sur le domaine. Le troupeau, les machines, encore rares à cette époque, furent répartis entre les deux maisons mais l'exploitation continua de se faire en famille, entre Carrot. Bien qu'il y eût beaucoup de va-et-vient entre les deux maisons, Albert 1863 refusa qu'on trace un chemin dans les prairies qui les séparaient. Si, de la fin des fenaisons au 25 mars de l'année suivante, les piétons à deux et quatre pattes pouvaient aller d'une maison à l'autre en droite ligne, il n'en était pas de même des chars, tombereaux et autres véhicules, qui devaient faire le tour par le village.

Ce partage de la famille entre les deux fermes perdura au cours des générations. Comme il fallait bien distinguer les maisons, on prit l'habitude de parler de « la maison d'en bas » et de « la maison d'en haut ». Lorsqu'un Carrot d'en bas parlait des habitants de l'autre ferme, il disait « ceux d'en haut », et réciproquement.

Claude, cadet d'Albert de deux ans, habitait seul la maison d'en haut.

Germaine allait retourner à ses pommes de terre lorsqu'elle le vit arriver dans la cour, menant le Noir par la bride. Il l'aperçut derrière ses carreaux et s'arrêta un moment. A travers les flocons, qui tombaient maintenant de plus en plus dru, elle vit la longue silhouette de son beau-frère, épaissie d'une canadienne de grosse toile. Entre le col de la canadienne et la casquette norvégienne déjà blanche de neige, la buée de l'haleine du Glaude brouillait ses traits. Mais Germaine n'avait pas besoin de voir son visage pour savoir comment il la regardait. Seul Albert n'avait jamais remarqué l'air de supplication inquiète avec lequel son cadet regardait sa femme. Claude fit un signe qui se voulait désinvolte, auquel Germaine ne répondit pas ; il reprit la bride du Noir, qui s'ébranla et tourna sur place. L'un suivant l'autre, ils quittèrent la cour et disparurent à leur tour sur le chemin. Sa chienne Rita pénétra dans la cour après qu'il en fut sorti, en fit trois fois le tour à toute allure, alla renifler la porte de l'écurie, et, constatant le départ de Miro, se précipita à la suite de son maître. Germaine tourna le dos et revint à ses pommes de terre.

C'est sûr, Albert aurait mieux fait de rester chez lui, ce matin-là. Peu après le passage de Claude dans la cour, la tempête s'était déclarée. Abandonnant toute nonchalance, les flocons s'étaient mis à tomber en oblique. Le ronflement du vent dans la cheminée était monté de plusieurs tons, et la trajectoire des flocons tendait vers l'horizontale. De temps à autre, Germaine abandonnait ses épluchures, repoussait sa chaise et s'approchait de la fenêtre, espérant voir revenir les hommes. Mais on n'y voyait pas à deux mètres dans la cour où, sous le vent du hangar, de lents tourbillons agitaient une masse laiteuse condensée sur le sol en couche de plus en plus épaisse et constamment renouvelée. Elle jeta un coup d'œil à la pendule encastrée dans les placards du fond. La matinée était déjà bien avancée. Germaine ne savait pas grand-chose du débardage mais elle ne pensait pas qu'on pût, même à l'abri des arbres, débarder par une pareille tourmente. Elle s'attendait à voir revenir son Albert couvert de neige, vexé d'avoir dû renoncer, et secrètement content de s'asseoir près du feu.

De fait, Albert allait rentrer avant le soir. Comme l'avait prévu Germaine, il serait couvert de neige. De la tête aux pieds, en couche uniforme. Même sur les yeux, mais ça ne le gênerait guère : raide, allongé au fond d'un traîneau, il serait mort comme il est difficile de l'être plus.

2

Au sortir de la cour, Albert engagea le tombereau sur le chemin qui longeait la Siche et, en trois lacets, rejoignait la route forestière qui desservait le replat de la Virolette. Là se trouvaient les arbres abattus. Lorsqu'ils parvinrent au sommet, le vent les saisit de toute sa force, et son ronflement dans les ramures des pins vira au sifflet. Content de se retrouver sur le plat, le Gris adopta de lui-même un petit trot joyeux qui faisait tanguer derrière lui la caisse du tombereau. En quelques minutes, l'équipage avait atteint la clairière où se terminait la route, et où le camion de la scierie devait venir charger leurs grumes.

Albert tira sur les guides en émettant un « Hooo ! » sonore. Le Gris s'arrêta et fit deux pas en arrière, manie qu'Albert n'avait jamais réussi à lui faire passer. Les valets, Antoine et Léonce, qui connaissaient bien ce cheval, ne commettaient jamais l'erreur de sauter du tombereau avant que celui-ci ne fût stabilisé. Et Léonce, à qui il était arrivé de prendre la micheline de Saint-Etienne, ponctua cet arrêt à reculons comme il ponctuait tous ceux du grand percheron :

— Ne pas descendre avant l'arrêt complet de la voiture.

Il était comme ça, Léonce ; tel Sancho Pança, il avait un proverbe pour chaque circonstance, et c'était toute sa conversation.

Antoine sauta au sol en enjambant la ridelle arrière ; Léonce lui fit passer les chaînes et les outils, qui se trouvaient au fond de la caisse, avant de sauter à son tour. Les deux valets se saisirent de leurs écorçoirs et, l'arme au pied, attendirent qu'Albert ait fini de dételer le Gris. Le vent forcissait et la neige tombait de plus en plus dru. Une fois le cheval dégagé des brancards et le tombereau calé sur sa béquille, Albert enroula les guides autour de la corne du collier et, sans lâcher la bride, s'approcha des deux hommes pour hurler ses ordres.

— Commencez par ébrancher et écorcer les arbres les plus proches. Nous les prendrons à la fin. Attention aux têtes, ne les ratiboisez pas trop ! Je vais aller chercher ceux qui sont vers la Roche ; ils sont déjà ébranchés, vous les écorcerez ici. Lorsque mon frère arrivera, dites-lui où je me trouve. Qu'il commence par les arbres que nous avons coupés en bordure des bois de Raveyre. Ils ne sont pas ébranchés.

Il s'arrêta, considéra un instant les tronçonneuses qu'Antoine avait posées au sol puis finit, avec un peu de malice dans la voix :

— Il est grand et fort, vous lui garderez la grosse.

Confiant la bride à Antoine, il accrocha les longues chaînes de débardage au harnais du cheval, reprit la bride, et claqua de la langue. Le Gris s'ébranla. Lorsqu'ils eurent fait quelques pas, Albert se tourna vers les hommes, qui se penchaient sur leurs outils.

— Attendez que je sois assez loin, avant de démarrer la tronçonneuse. Je n'ai pas envie de me faire embarquer au diable Vauvert.

(Le Gris pouvait être primesautier.)

Traînant derrière eux les chaînes reliées par un palonnier de bois, l'homme et le cheval disparurent entre les arbres. Miro, qui avait disparu au moment de leur arrivée sur les lieux, apparut comme par magie et se précipita à leur suite.

Il convient ici de dire un mot de la façon dont les Carrot jardinaient leurs bois. Ils ne coupaient que des arbres à maturité ou ceux qu'il était nécessaire de supprimer pour laisser à leurs voisins assez d'espace et de lumière. Voilà pourquoi les troncs qu'ils devaient débarder ce jour-là étaient éparpillés.

Antoine et Léonce, heureux de s'abriter un peu du vent, pénétrèrent à leur tour dans le bois et se mirent au travail sur les troncs les plus proches. Bientôt, les ronflements rageurs de la tronçonneuse que manipulait Antoine couvrirent le hululement de la tempête, qui forcissait de minute en minute. Ils travaillaient depuis peut-être une demi-heure lorsque Léonce, qui poussait le fer de son écorçoir le long d'un tronc en faisant sauter de longues écailles, aperçut le Noir qui entrait dans le bois, mené par le Glaude. Il fit signe à Antoine, qui étouffa le moteur de son engin. Les deux hommes s'approchèrent du cadet des Carrot et lui transmirent les ordres d'Albert. Claude s'empara de la tronçonneuse que lui désignait Antoine, cala sous son bras un bidon d'huile de chaîne, saisit la bride du Noir et s'éloigna entre les arbres, sa chienne sur ses talons.

Claude et le Noir parvinrent assez vite à leur chantier. Une douzaine de troncs épars étaient allongés au sol, déjà bien poudrés de neige. Quoique de même origine que le Gris, et presque aussi grand, le Noir était beaucoup plus facile que son camarade de travail. C'était même, affirmait Claude, « la crème des chevaux », incapable de la moindre foucade, insensible aux perturbations, jamais tenté par le démon des percherons. Claude s'entendait bien avec lui, mieux qu'avec le Gris, dont le caractère, des plus rudes, s'accordait avec celui d'Albert. Aussi put-il l'attacher « moralement » d'un simple tour des guides autour d'une branche basse pendant qu'il démarrait sa tronçonneuse et commençait d'ébrancher le tronc le plus proche. Lorsque ce fut fait, il trancha la tête du pin, coupa le moteur de son engin, et vint quérir le Noir, dont c'était le tour de travailler. Il l'amena près du talon de l'arbre ; à l'aide de sa barre tourne-bille, il fit glisser le talon de la grume sur le palonnier de bois qui reliait les deux chaînes, et l'y fixa solidement. Puis, d'un claquement de langue, il mit le cheval en mouvement. La lourde bête avança d'un pas et les chaînes se tendirent. Le cheval sembla se tasser, tendit le dos pour « prendre la charge », et donna un coup de rein. Le tronc s'ébranla, le palonnier glissa sur la mousse, qu'il arrachait par plaques. Claude, à côté du Noir, guidait l'attelage parmi les arbres. Il intervenait peu ; le grand cheval semblait trouver de lui-même le chemin le plus facile et celui par lequel on endommagerait le moins d'arbres debout.

Ils furent vite à l'orée du bois. Le Noir s'arrêta de lui-même dès que l'extrémité du tronc eut passé le dernier arbre. Antoine et Léonce avaient entassé les branches coupées en un grand tas auquel ils avaient mis le feu. Dos au vent, tendant les mains à la flamme oblique, ils s'y chauffaient avec délice. Le vent leur soufflant dans les oreilles, ils n'avaient pas entendu arriver Claude et le Noir, qui les surprirent dans cette occupation. Ils s'empressèrent de contourner le feu et de retourner à leur travail. Claude sourit et s'affaira à dégager le tronc. Il n'avait pas fini que les aboiements de la tronçonneuse reprenaient. Il revint à la tête du cheval et, souriant encore, retourna vers l'intérieur du bois, pensant qu'il n'en eût pas été de même si c'était son frère qui avait découvert les deux valets en train de se chauffer. Rita, qui avait eu son content de neige et de froid, le laissa repartir. Elle se lova et s'endormit, le nez entre les pattes, aussi près du feu qu'elle l'osait sans se roussir le poil.

Lorsque Claude revint avec le deuxième tronc, les deux hommes étaient au travail dans le bois. Ils avaient guetté l'arrêt de sa tronçonneuse et, profitant de l'expérience acquise à la première grume, synchronisé leur reprise du travail avec le moment probable de son arrivée. Claude ne leur en voulait pas, c'était de bonne guerre ; mal payés, mal logés quoique bien nourris par Germaine, menés à la trique par Albert, on ne pouvait trop demander à ces hommes. En tout cas pas de rester, même en travaillant, à l'écart d'un bon feu lorsqu'il faisait une température norvégienne et que soufflait un vent à vous couper en deux. Lui-même s'attarda un instant à se rôtir près des flammes, histoire d'emmagasiner un peu de chaleur avant de retourner dans le bois. Rita entrouvrit un œil, souleva d'un rien la tête, jugea sa présence peu nécessaire, et se rendormit.

La troisième fois qu'il revint, il s'étonna : son frère n'avait encore rapporté aucun tronc. Son chantier n'était pas si loin ; il aurait dû revenir au moins une fois. Surtout que les troncs qu'il s'était réservés étaient déjà ébranchés ; il n'avait qu'à les étêter, les arrimer à son palonnier, et les faire tirer par le Gris. Même si ces troncs-là étaient les plus gros de la coupe, ils étaient largement à la portée de la tonne de muscles du percheron. Tenant le Noir par la bride, Claude revint près des valets.

— Mon frère vous a bien dit qu'il travaillait à la Roche ?

Les valets confirmèrent.

— Vous n'avez rien entendu ? demanda Claude.

Les valets n'avaient rien entendu, Albert se trouvait sous leur vent.

— Je vais aller voir. Il ne faudrait pas qu'il lui soit arrivé malheur.

Il éloigna un peu le Noir du chantier des valets, passa les guides autour d'un tronc en leur laissant de la longueur, et s'enfonça parmi les arbres en direction du cœur du bois. Ne sachant quand il reviendrait, Antoine et Léonce se remirent à leur travail et eurent tôt fait d'en venir à bout ; les troncs n'étaient pas si nombreux. Ayant poussé au milieu du bois, ils n'avaient pas de basses branches. Et l'usage de la tronçonneuse accélérait grandement les choses. Lorsque le dernier tronc eut été ébranché et écorcé, les deux hommes, l'âme en repos, sortirent les dernières branches et les ajoutèrent au brasier, contre lequel ils se collèrent aussi près qu'ils purent sans enflammer leurs vêtements. Ils restèrent là un long moment sans parler, présentant alternativement dos ou ventre à la flamme, et l'autre côté au vent. Celui-ci avait atteint son régime de croisière et propulsait des quantités d'une neige qui leur transperçait le visage de milliers d'aiguilles lorsqu'ils lui faisaient face pour se chauffer le dos. Ils avaient bien essayé de se mettre, comme Rita, sous le vent du feu, mais la fumée y était par trop asphyxiante et ils avaient dû revenir au vent. Soudain Léonce ouvrit la bouche.

— Ça fait un bout de temps que le Glaude est parti… Il est quelle heure, à ton avis ?

Antoine, qui n'avait pas plus de montre que son compagnon, réfléchit un instant avant de répondre :

— Sais pas… Pas loin de midi. J'ai déjà une faim de loup.

— On pourrait peut-être aller voir… Si ça se trouve il leur est arrivé quelque chose… aux deux…

Ils en disputèrent un moment et allaient se mettre en route lorsqu'ils virent Claude qui sortait du bois en courant. Ils s'avancèrent à sa rencontre. Son visage, rougi par la course, avait une expression qu'ils auraient qualifiée de hagarde s'ils avaient connu le terme. Elle suffit à les effrayer. Dès qu'il fut à portée de voix, il leur cria :

— Vite ! Il est arrivé quelque chose à mon frère. Suivez-moi.

Sans plus de questions, les deux hommes le suivirent à l'intérieur du bois. Il détacha le Noir, lui prit la bride, et, sur ses traces qui s'effaçaient déjà, repartit en direction de la Roche du Moine, les deux valets sur ses talons. Rita comprit qu'il se passait quelque chose de grave et s'élança avec un temps de retard.

Ils furent en quelques minutes au chantier d'Albert. Bien avant qu'ils n'y parvinssent, les deux chevaux s'étaient salués d'un hennissement joyeux. Lorsqu'ils arrivèrent près des arbres abattus, ils découvrirent le Gris attelé à une grume, chaînes détendues, qui grattait la neige du sabot devant lui pour dégager quelque chose à grignoter. Claude lâcha la bride du Noir, qu'il attacha à une certaine distance de son collègue (le Gris aimait bien la compagnie, mais pas trop près). Puis il fit signe aux deux valets et s'avança vers le sommet de la roche. Parvenu au bord, il pointa le bras vers le bas et dit, la voix anxieuse :

— Il est là, en bas. Il a dû tomber.

Les deux hommes s'avancèrent avec précaution. La Roche du Moine était une falaise verticale de granit, haute d'une vingtaine de mètres, large de cinquante, encadrée d'éboulis impraticables, qui terminait en éperon le replat de la Virolette. Elle s'élevait du rebord de la cuvette au fond de laquelle coulait la Siche sortie de ses gorges, dont elle était le dernier verrou. A sa base s'ouvrait une grotte profonde, vestige d'une mine fermée depuis le Moyen Age, dont personne ne savait ce qu'on avait bien pu en extraire. On disait qu'elle avait servi de refuge à Mandrin, lors d'une de ses incursions dans la province ; mais ce n'était pas prouvé, il y avait dans le coin tellement de maisons de Mandrin... Une chose était certaine : depuis que le monde était monde, elle abritait les amours clandestines des jeunes et moins jeunes de la paroisse. Un vague sentier la desservait, vestige d'un chemin plus ancien qui donnait sur la coursière de Tournac à Saint-Jean, au long de la Siche qu'elle traversait à gué avant l'entrée des gorges.

— Regardez ! dit Claude.

Les valets se penchèrent et virent une forme allongée, recouverte de neige. C'était celle d'un homme gisant sur le dos, immobile.

— Vous êtes sûr que c'est lui ? demanda Antoine.

Claude eut un mouvement d'humeur.

— Qui veux-tu... ?

Puis il se reprit et expliqua :

— Tout à l'heure, quand je suis arrivé, il n'y avait pas autant de neige. Ses habits se voyaient.

— Comment a-t-il pu faire ? se demanda Antoine.

Léonce réfléchit un moment et finit par énoncer :

— Tant va la cruche à l'eau...

De fait, la tête d'un des arbres abattus était proche du bord. Albert avait dû vouloir la contourner, Dieu savait dans quel but. Son pied avait dû manquer ou peut-être qu'une rafale plus forte que les autres l'avait déséquilibré et projeté vingt mètres plus bas.

Les trois hommes firent un pas en arrière. La voix un peu tremblante, s'adressant à Antoine, Claude donna ses ordres :

— On va défaire les chaînes des chevaux et les abouter avec les maillons rapides. On les attachera à un arbre et vous m'aiderez à descendre. Lorsque je serai en bas, vous repartirez avec les chevaux. Attelez le Noir au tombereau, il ne vous fera pas d'histoires. Le Gris suivra, si ça lui chante. Vous irez à Tournac, en quatrième vitesse, prévenir ma belle-sœur et lui dire de téléphoner au docteur Gaufier. Puis vous attellerez le traîneau – le tombereau ne passerait pas, il est trop large. Vous viendrez par le chemin aussi près que possible du pied de la Roche. Vous m'y rejoindrez.

Mises bout à bout, les quatre chaînes n'atteignaient pas le bas de la falaise, surtout après que la première eut été enroulée autour d'un arbre. Il manquait deux bons mètres, pour autant qu'on pouvait en juger dans le brouillard de neige poudreuse qui dansait autour d'eux. Ils avaient choisi un endroit où la muraille, un peu moins verticale, était cassée de corniches. Claude sortit de sa poche une paire de moufles en mouton, les enfila, s'approcha du bord de la falaise, enjamba la chaîne et la saisit à deux mains. Les pieds sur le roc, le corps à l'oblique, pied à pied, main après main, il entama sa descente. Penchés, les pieds aussi loin du bord que possible, les valets le regardèrent descendre. Parvenu à mi-pente, il leur cria :

— N'oubliez pas ! Dès que je suis en bas, vous filez à Tournac et vous revenez avec le traîneau.

Quand il arriva au bout de la dernière chaîne, il sembla aux valets, qui le devinaient d'en haut, qu'il était encore assez loin du sol. Il plia les genoux et détendit les jambes en lâchant la chaîne, pour s'éloigner du rocher. Antoine et Léonce le virent toucher le sol des talons, bouler en arrière et se redresser. Les mains en cornet devant la bouche, il leur cria des paroles que la tempête emporta. Ils crurent saisir : « Grouillez-vous ! », se reculèrent et s'empressèrent auprès des chevaux. Déjà Claude se ruait vers la forme inanimée, qui bosselait la neige à quelques pas de là.

Les valets firent demi-tour et rejoignirent les chevaux. Ils avaient fait quelques pas lorsque Léonce s'écria :

— Le chien !

— Quel chien ?

— Celui du patron. Il devrait être là…

Antoine sembla réfléchir un instant puis énonça :

— Il doit être en train de faire le tour, pour aller rejoindre son maître.

3

Il y avait une accalmie dans la tempête au moment où le Noir pénétra dans la cour, piochant des quatre fers l'épaisse couche de neige pour tirer le traîneau où se trouvait Albert. Germaine, qui depuis le passage d'Antoine n'avait pas quitté la fenêtre de la salle, embrassa d'un coup d'œil le valet qui le menait par la bride, son beau-frère qui marchait tête basse à côté du traîneau, et Léonce qui fermait la marche, tenant le Gris. Miro trottait à côté, langue pendante, la tête tournée vers la ridelle. La chienne de Claude courait à l'abri, entre les patins du traîneau. Germaine comprit, s'enveloppa la tête et les épaules d'un châle de laine qu'elle avait à tout hasard posé sur le dossier d'une chaise, et sortit au-devant de son époux. Antoine avait arrêté l'équipage devant la porte, parallèle au corps de logis. Germaine n'eut que deux pas à faire avant de se pencher sur la caisse du traîneau.

Albert était couché sur le dos, recouvert d'un pouce de neige, les jambes à demi fléchies, un bras le long du corps, l'autre replié en travers de sa poitrine. Son béret lui couvrait le visage. Germaine hésita un moment, saisit le bord de la caisse de la main gauche et tendit la main droite pour ôter le béret. Albert la fixait de ses yeux grands ouverts, déjà vitreux. Une masse de sang caillé lui poissait la tête, tout un côté du visage, et le col de mouton de sa canadienne. Elle lâcha le béret et sa main droite rejoignit la gauche sur le rebord de la caisse. Elle se redressa. Ses jointures blanchirent, ses yeux se révulsèrent, et elle chancela. Léonce, qui n'avait pas quitté l'arrière de la caisse, lâcha le Gris, fit un pas en avant et la reçut dans ses bras. Pendant un long moment, il resta immobile, vacillant un peu, un pied en arrière pour assurer leur équilibre, sa tête en pain de sucre sur le côté, à regarder Claude et Antoine qui n'avaient pas bougé.

C'est dans cette position que les trouva le docteur Gaufier, en arrivant dans la cour. Le ronflement de sa Renault Prairie rompit le charme. Claude se précipita, contournant le traîneau, et rejoignit Antoine qui avait lâché la tête du Noir. Ecartant les valets, il prit sa belle-sœur sous les genoux et les épaules et se redressa.

— Ouvrez-nous, ordonna-t-il.

Les valets se précipitèrent et ouvrirent la porte. Portant Germaine, Claude entra dans la maison, les autres à sa suite. La porte fut refermée au nez du docteur, auquel personne n'avait prêté attention. Surpris un moment, il haussa les épaules et, tournant la poignée, poussa la porte à son tour, sans un regard pour Albert, oublié au fond de son traîneau.

Lorsque le docteur entra dans la salle, Germaine reprenait ses esprits sur le fauteuil, face au poste de télévision. Penché sur elle, Claude Carrot lui ôtait son châle avec des gestes maternels. Antoine, debout, regardait la scène et Léonce écartait un des bancs de la table pour s'y asseoir. Contournant le valet, Gaufier s'approcha rapidement du fauteuil. Les autres prirent conscience de sa présence. Claude se redressa, le châle plié sur le bras. Antoine rejoignit Léonce sur son banc ; le docteur présent, la marche des choses leur passerait au-dessus de la tête.

Le docteur s'adressa à Germaine, qui semblait à nouveau lucide.

— Bonjour, madame Carrot. Il y a eu un accident ?

Germaine secoua la tête et Claude intervint :

— C'est mon frère, Albert. Il est tombé de la Roche du Moine. Il est dans le traîneau, là dehors.

— Grave ?

Sans répondre, Claude se dirigea vers la porte. Le docteur lui emboîta le pas. Le Gris s'était rapproché du traîneau. Tête basse, les naseaux à l'intérieur de la caisse, il semblait souffler sur son maître pour le réchauffer. Assis dans la neige à côté de lui, le chien fixait le fond de la caisse. La tourmente avait repris de plus belle, et une couche pulvérulente avait effacé le visage d'Albert. Gaufier se pencha sur lui, lui toucha le front, et dit à Claude :

— Il faut le rentrer pour que je l'examine.

— Mettons-le à la chambre, répondit Claude.

Il alla entrouvrir la porte de l'étable et revint appeler les valets. Les quatre hommes saisirent le corps d'Albert au fond de la caisse ; suivis par le Gris et Miro, ils s'avancèrent vers l'ouverture.

Il y avait, dans la plupart des fermes, une pièce appelée « la chambre », qui se trouvait englobée dans l'étable dont elle n'était séparée que par des cloisons de bois. C'était, à cette saison, la seule pièce vraiment chaude de la maison, chauffée par le bétail qui passait là l'hiver. On la réservait aux vieux ou aux malades. L'odeur y était parfois forte, mais des remugles d'étable n'ont jamais empêché quelqu'un de dormir. Surtout s'il est malade. On y porta le corps d'Albert après l'avoir épousseté de sa neige et on le posa sur l'étroit lit de fer, seul meuble de la pièce. On alluma l'ampoule nue et poussiéreuse qui pendait au bout de son fil torsadé, et le docteur se pencha sur le cadavre. Claude et les valets sortirent un moment, l'un pour donner des ordres, les autres pour les exécuter. Ils devaient ramener les chevaux à leurs écuries respectives, le Gris en bas, le Noir en haut, les bouchonner soigneusement, les panser, et leur donner leur ration, avant de revenir manger. Lorsque Claude revint à la chambre, le docteur Gaufier se relevait, examen terminé. Il fit signe à Claude de le suivre et se rendit à la salle sans demander son chemin ; toutes les fermes ou presque étaient bâties sur le même plan.

Germaine avait quitté le fauteuil lorsqu'ils revinrent. Debout devant le fourneau, grande, encore mince, elle tarabustait à petits coups de spatule la poêlée de pommes de terre que, depuis midi, elle tenait au chaud sur le coin du fourneau. Elle tourna vers les deux hommes un visage ravagé, sillonné de larmes qui semblaient couler de ses yeux à flot continu, et qu'elle essuyait de temps à autre avec le coin de son tablier. Gaufier alla s'asseoir à table, essuya de sa manche une toile cirée qui n'en avait nul besoin, ouvrit sa sacoche et en sortit un carnet à souche. Claude s'assit en face de lui. Appuyée à la barre de cuivre du fourneau Germaine regardait sans les voir la calvitie luisante du docteur et sa barbe noire de Landru.

Le docteur ouvrit le carnet, chercha la page adéquate, glissa un papier carbone et s'immobilisa, le Bic au-dessus du papier. Il regarda Claude d'un air un peu perplexe et dit :

— Vous l'avez ramassé à quelle heure ?

Claude lança un regard à la pendule.

— Il y a une heure, peut-être une heure et demie.

— Il était déjà…

Le docteur s'interrompit, lança un bref regard à Germaine et reprit :

— … comme ça ?

Claude parut regarder en lui-même.

— A peu près. Il était couvert de neige.

Le docteur leva les yeux au plafond, semblant calculer. Puis il posa son crayon et se leva.

— Je vais retourner le voir.

Il disparut et revint quelques instants plus tard. Il semblait tranquillisé.

— Il n'y a que la couche de neige qui puisse nous dire depuis combien de temps il était... Elle a commencé quand ?

Germaine répondit la première.

— Elle a vraiment commencé pour de bon vers neuf heures et demie.

L'interrogatoire continua, sur la couche qui recouvrait le cadavre d'Albert lorsque Claude l'avait trouvé. Des suppositions furent faites quant à l'épaisseur de neige susceptible de tomber en une heure au pied de la Roche du Moine. Toutes questions posées et toutes réponses données, le docteur conclut :

— Nous dirons qu'il est mort à dix heures.

Il compléta rapidement le permis d'inhumer, détacha la feuille du carnet, la posa sur la table, referma le carnet et empocha son stylo. Penché sur sa sacoche, il allait y replacer le carnet lorsqu'il arrêta son geste et se redressa.

— Il y a quelque chose qui me chiffonne, dit-il. Bien sûr, il a les fractures qu'on peut attendre après une chute de vingt mètres. Pardonnez-moi de vous le dire, mais c'est une chance, pour lui et aussi pour vous, qu'il soit mort...

Germaine sursauta et ouvrit la bouche pour protester. Le médecin leva la main en signe d'excuse et compléta :

— S'il avait vécu, il aurait été paralysé ; il avait la colonne vertébrale brisée très haut, à la base du cou, près de la nuque. A coup sûr la paralysie des quatre membres, sans aucun espoir de récupération.

Il s'interrompit encore un moment puis leva les yeux vers Claude et demanda :

— Mais l'enfoncement de la boîte crânienne ne cadre pas avec le reste. Il faudrait imaginer qu'il est tombé la tête la première, droit sur une pierre pointue. C'est possible, notez... Est-ce que vous en avez vu une, près du corps ? Ou des traces ?

Claude haussa les épaules.

— Des pierres, il y en a beaucoup, au pied de la Roche. Quant aux traces, s'il y en a eu, la neige les avait effacées avant mon arrivée.

Le docteur sourit, replaça le carnet dans la sacoche et en fit claquer le fermoir. Puis il se leva, se tourna vers Germaine et lui tendit la main.

— Madame Carrot, je vous présente toutes mes condoléances.

Elle le remercia d'une voix sourde. Il se tourna vers Claude ; les deux hommes se serrèrent la main sans mot dire. Le docteur se dirigeait vers la porte lorsqu'elle l'arrêta.

— Docteur ! Les valets vont revenir. Voulez-vous manger un morceau avec nous ?

Il hésita un court instant puis :

— Merci. Ce serait avec plaisir, j'ai une faim de voleur. Mais j'ai encore cinq visites à faire, aux quatre coins du canton ; et, avec cette tourmente qui n'arrête pas, je ne sais même pas comment je vais faire pour monter de Tournac à Saint-Jean. Alors, sur le Plateau... Même avec quatre roues motrices...

En passant la porte, il croisa les valets contents de rentrer au chaud et de se caler enfin l'estomac. Le ronflement caverneux de la Prairie s'éleva et mourut. La voiture n'avait pas passé le portail que trois femmes du village, averties par mystère, frappaient à la porte. Emmitouflées jusqu'aux yeux, traînant la tourmente dans leur sillage, elles venaient aider à la toilette du mort et proposer leurs services pour la veillée. Claude eut toutes les peines du monde à obtenir qu'elles reviennent deux heures plus tard. Pour achever de les convaincre, il dut les conduire auprès du cadavre et leur faire constater de visu qu'il n'était pas encore tout à fait dégelé.

4

— Carrot ! Téléphone pour toi.

La voix du chef d'atelier se fit entendre, quelques secondes après le klaxon qui relayait dans l'atelier la sonnerie du téléphone.

Albert donna le dernier tour de clé à l'écrou qu'il était en train de serrer, s'extirpa de la fosse, s'essuya les mains d'un chiffon tiré de la poche de son bleu de chauffe, et se dirigea vers le bureau. Sa main tremblait un peu lorsqu'il saisit le combiné ; on n'utilisait pas le téléphone à tire-larigot dans la famille Carrot, les nouvelles ne pouvaient qu'être graves. Dès le premier mot, il reconnut la voix sèche, aux intonations un peu nasillardes et point trop marquées d'accent, de son oncle Claude.

— Albert ?

Il ne répondit pas. Claude reprit :

— Il est arrivé quelque chose à ton père. Un accident.

Albert, figé, resta quelques secondes sans répondre. Le monde venait de se refermer autour de lui. Seul restait dans son champ de vision l'appareil téléphonique noir avec sa manette nickelée. La voix étranglée, il demanda :

— Grave ?

— Très grave.

— Il est… ?

— Oui.

Albert écarta le combiné et le reposa doucement sur son berceau. Il resta un moment la main posée sur l'appareil, regardant autour de lui. Le monde reprenait ses dimensions normales. A la porte du bureau, le chef d'atelier le regardait d'un air interrogateur. Le téléphone sonna à nouveau et il décrocha. C'était encore Claude.

— Albert est encore là ?

— C'est moi.

— Prends le car de cinq heures pour Fontbonne. Je viendrai te chercher à l'arrivée.

Albert raccrocha et se tourna vers son chef. Celui-ci hocha la tête, formulant une question muette à laquelle le jeune homme répondit :

— C'est mon père… Un accident… Il est mort.

Il se tourna et se dirigea vers la porte du bureau. L'homme s'écarta pour le laisser passer, et le suivit pendant qu'il repartait vers son poste de travail. Il mit la main sur l'épaule d'Albert.

— Tu vas y aller ?

Albert ne releva pas l'incongruité de la question et répondit, d'une voix naturelle :

— Oui. Mais au car de cinq heures. J'ai le temps.

— Si tu veux, en attendant, va t'installer dans le bureau du patron. Il n'est pas là et personne n'ira te déranger. Je vais dire à Louis de terminer ton travail.

Albert s'arrêta et se tourna vers son chef. Il y avait dans ses yeux noisette une petite flamme verte que, par la suite, nombre de ses interlocuteurs devaient y apercevoir.

— Si ça ne vous fait rien, je préfère continuer à travailler.

— Comme tu voudras…

Le chef lui mit deux petites tapes sur l'épaule et retourna au bureau. Albert s'insinua sous son tracteur et se remit au remontage du carter. Pour l'heure et demie qu'il lui restait avant de devoir se changer pour aller prendre le car, il ne leva pas les yeux de son travail. Avertis, ses camarades vinrent tour à tour lui taper sur l'épaule ; tour à tour, ils reçurent un sourire triste et un regard d'où la petite flamme avait disparu. A quatre heures, il rangea ses outils, s'essuya les mains, et se dirigea vers le vestiaire. Il s'approcha du lavabo. Plongeant la main dans la boîte de pâte Arma, il en tira une poignée dont il se frotta les mains et les avant-bras avec une exhaustivité de chirurgien. Quand il eut terminé, il prit l'éponge et nettoya les traces noires sur la faïence, celles qu'il venait de laisser et celles que d'autres avaient laissées avant lui. Après avoir échangé le bleu de chauffe pour la veste de lainage et la casquette de métallo pour le béret, il se dirigea vers la porte de l'atelier. Le chef le rattrapa sur le seuil.

— Attends. Je vais t'amener au car.

Albert tenta de protester :

— Mais j'ai bien le temps.

— Tu ne vas pas te taper quatre kilomètres avec ce temps ! Surtout en poussant ton vélo. Tu as vu la route ?

Albert leva les yeux. Le gros de la tempête qui sévissait sur les plateaux passait au-dessus de la cuvette du Puy mais elle y déléguait des courants qui, depuis le matin, y avaient déposé vingt centimètres d'une neige grasse et collante, transformant les rues en bourbiers et rendant impossible la pratique de la bicyclette. Les quelques voitures qui circulaient adoptaient, de dérapage en dérapage, des trajectoires incertaines qui n'évitaient pas toujours les trottoirs. Tout déplacement, même pédestre, devenait hasardeux ; Albert se laissa convaincre et s'installa dans le TUB Citroën de l'entreprise.

Il leur fallut, pour relier Brives au centre du Puy, presque aussi longtemps que si Albert avait fait le chemin à pied. En traversant le faubourg Saint-Jean, le chef demanda :

— Tu penses revenir quand ?

— Je ne sais pas. Je vous téléphonerai après l'enterrement. Il faut que je voie avec ma mère.

— Prends tout ton temps, on se débrouillera. Il n'y a pas trop de travail en ce moment.

Ils parvinrent à l'arrêt des cars moins de cinq minutes avant le départ de celui de Fontbonne. Voyant approcher Albert, le chauffeur rouvrit la porte à soufflets qu'il avait fermée afin de maintenir un semblant de tiédeur dans le véhicule. S'il fut surpris de voir, en pleine semaine, un jeune homme qu'il chargeait d'habitude le lundi matin à six heures et le samedi à midi, il n'en laissa rien paraître, nota le fait, et se promit de se renseigner à son arrivée à Fontbonne. Sitôt qu'il eut fait cliqueter sa machine, encaissé le paiement et délivré son ticket, il embraya et prit la route.

Il fallait d'ordinaire un peu moins d'une heure au car pour franchir les quarante kilomètres qui séparaient Fontbonne du chef-lieu. Il en fallut plus de deux, ce jour-là. Encore, les quelques intrépides qui, en compagnie d'Albert, s'étaient embarqués au Puy, eurent-ils la chance que leur véhicule ait suivi le chasse-neige dans la montée du col de la Croix de l'Arbre, qu'il y ait eu, à ce moment, une accalmie dans la tempête, et qu'aucun camion n'ait jugé bon de se mettre en travers de la route et la boucher. Albert, assis à l'avant près d'une bouche de chauffage qui crachait un air tiédasse, eut tout le temps de ruminer un chagrin naissant.

Je vais mettre ces deux heures à profit et, laissant le pauvre Albert à ses tristes pensées, renseigner un peu le lecteur sur notre héros.

Albert était fils d'Albert, fils unique même, chose sans précédent au sein de la famille Carrot où, sans zèle excessif, les femmes se faisaient un devoir d'assurer le renouvellement des générations. Sa naissance s'était très mal passée ; après qu'il eut, au bout de cinq heures d'efforts, mis l'enfant au monde et recousu la mère, le docteur Gaufier, père de celui dont nous avons fait la connaissance au chapitre précédent, avait annoncé à Germaine qu'elle n'aurait pas d'autre enfant et qu'elle devrait s'estimer heureuse si celui-ci survivait.

Il survécut, jusqu'à ce jour funeste de l'année 1958 où commence notre histoire. Il avait alors dix-huit ans et quelques semaines. C'était un beau jeune homme, un Carrot de modèle courant, qui ressemblait beaucoup plus à Claude qu'à son père. Il est à noter que, contre les habitudes de la gent féminine locale, cette ressemblance ne fut jamais la cause d'aucun racontar, ni d'aucune insinuation. C'était un beau bébé, joufflu, blond et bouclé ; ce fut un beau garçon, avec une tête de scout de Pierre Joubert et le moral en rapport ; cela devint un beau jeune homme, droit, honnête, travailleur, et peut-être pas aussi dur qu'on avait coutume de l'être dans sa famille. Même son adolescence fut à peu près sans histoire. Une scolarité sans gloire ni difficultés notables se déroula d'abord dans la classe unique de la petite école de Tournac, puis à l'école des Frères de Fontbonne, enfin au pensionnat du Puy. Il en sortit avec un baccalauréat de sciences expérimentales, une mention assez bien, et l'idée d'entreprendre des études de médecine.

C'est à cette occasion que survint le premier conflit entre Albert père et fils. Il fut bref mais violent et se termina par la capitulation en rase campagne du second. C'est qu'Albert Carrot père avait, pour Albert Carrot fils, d'autres projets que d'en faire un médecin. Le domaine Carrot avait atteint ses dimensions optimales, et Albert père se savait mortel ; il lui fallait assurer la succession des Carrot à sa tête. Si encore Claude avait fondé une famille ! Ce n'aurait pas été la première fois que la tête d'une dynastie serait passée dans une branche cadette. Mais le célibat obstiné de son frère compliquait les choses ; il ne restait que le jeune Albert comme représentant des Carrot dans sa génération. Pour cette raison Albert 1913 s'opposa bec et ongles à la vocation médicale de son fils. Sans atteindre les sommets de celle de son père, la ténacité de notre héros faisait de lui un authentique Carrot. Dès le lendemain de l'oral du bac, les hostilités commencèrent. Elles durèrent un bon mois et furent d'une rare violence, au moins verbale. Il y eut même des fois où on vit père et fils prêts à s'affronter physiquement, Germaine entre eux, bras tendus, en Sabine du tableau de David. Albert usa de tous les moyens, même les plus déloyaux, pour, d'abord, convaincre son fils puis, lorsque cela s'avéra impossible, le forcer à accepter la conduite du domaine.

Il est à porter au crédit du jeune Albert que, lorsque enfin il céda, ce fut sans rancœur ni amertume. Bien que contraint et forcé d'abandonner le stéthoscope, il ne revint jamais sur le sujet. Mieux, il continua d'avoir pour son père une affection qui tendait à la vénération. De son côté, Albert père ne manqua jamais de manifester à son fils cette affection bourrue en usage dans une famille où on ne s'embrassait pas.

Du moins entre hommes. Du jour de l'armistice, Albert accepta le chemin tracé pour lui par son père pour les deux ou trois ans à venir, et le suivit sans dévier.

Le domaine Carrot était grand, au moins suivant les normes de notre Plateau. Situées au fond quasi plat d'une courte vallée, les terres étaient fertiles et se prêtaient au machinisme. Et les pentes douces des prairies qui occupaient les bords de la cuvette n'interdisaient pas l'usage du tracteur. Sur ce plan, Albert voyait grand ; et loin. Il voyait venir le temps où les paysans, déjà devenus des agriculteurs, devraient être à la fois des chefs d'entreprise, des mécaniciens, des commerçants, voire des vétérinaires. Et il avait mis au point, pour son fils unique, un cursus qui devait l'amener à l'âge du mariage avec les compétences requises pour mener une ferme suivant les méthodes du futur.

C'est pourquoi, à l'heure où il apprit la mort de son père, Albert travaillait depuis quatre mois comme mécano chez le concessionnaire McCormick du département. Ainsi débutait la formation prévue par son père. Quand il saurait tout sur les tracteurs et leurs machines auxiliaires, Albert abandonnerait pour un temps la mécanique et partirait au service militaire. Son père intriguait auprès de ses relations pour qu'il soit affecté dans le génie, où on apprenait à construire ; cela pouvait servir. La suite du programme se déroulerait quelque deux ans plus tard, à sa libération. Ne doutant nullement qu'il reviendrait sain et sauf (bien qu'on fût alors en pleine guerre d'Algérie), son père avait déjà retenu pour lui, à son retour, une place d'apprenti chez Maurice Bardet, forgeron et maréchal-ferrant à Fontbonne, suivie d'un poste d'employé aux écritures à la coopérative agricole. Albert avait même sollicité pour le jeune homme un stage d'assistant vétérinaire chez monsieur Lheureux, spécialisé dans la « rurale ». Mais le vétérinaire, en vrai Normand, ne souhaitait pas s'engager ferme aussi longtemps à l'avance. Albert avait même poussé le souci du détail jusqu'à effectuer avec son fils, au cours de l'été, un voyage d'étude organisé par la Chambre d'agriculture dans une ferme modèle du Danemark. C'était de là, en effet, qu'à l'époque partaient toutes les innovations en matière d'agriculture intensive. Ainsi paré, bardé de compétences, agriculteur modèle, Albert serait alors bon à marier. Là encore, son père avait une idée sur la question. Contrairement à ses autres projets, il n'en avait fait état ni à son fils ni à sa femme, et s'était contenté d'envoyer, au beau-père pressenti, des signaux reçus fort et clair.

Tels étaient les projets qui s'étaient écrasés en même temps que son corps au pied de la Roche du Moine.

Comme souvent chez nous, à cette époque de l'année, la tempête s'apaisa d'un coup. En un quart d'heure, le vent tourna au nord, nettoya le ciel, et figea le Plateau sous une haleine de banquise. Albert ne vit rien du ciel soudain clouté d'étoiles, ni du filet de lune qui montait au sud-est. Le regard enfermé dans le tunnel de lumière jaune des phares, il laissait venir à lui, sans les voir vraiment, les murs de neige qui accéléraient, glissaient à côté du car, et se perdaient dans le néant. Lorsque, au sortir des bois, le car plongea dans la cuvette de Fontbonne, on eut l'impression d'entrer dans un décor de Noël. Les lampes de l'éclairage public, estompées par la brume qui stagnait dans l'air cristallisé, semblaient se rassembler en constellations qui n'avaient rien à voir avec la géographie des rues. Eparpillées, ces lumières accentuaient le contraste entre la ville et le paysage, aux formes adoucies par la neige et l'*obscure clarté* qui régnait sur le monde. L'illusion se dissipa en entrant dans le bourg, où les vitrines éclairées des cafés et des magasins dallaient les rues de carrés de lumière.

Lorsque le car s'arrêta, il y avait une heure que Claude l'attendait au Café de la Mission. Il en était à son troisième grog et n'avait pas encore fini de se réchauffer des trois heures de tourmente subies en venant chercher son neveu. Toutes les routes étaient bouchées au départ de Tournac, interdisant de sortir la Simca. A cet endroit la vallée de la Siche était orientée du nord-ouest au sud-est et les tempêtes hivernales, le plus souvent de nord-ouest, s'y engouffraient avec toute la malice dont elles étaient capables. Même les vingt-cinq chevaux du tracteur Pony auraient été bien insuffisants pour lui faire franchir les congères qui se formaient derrière chaque talus, chaque haie, voire chaque buisson, et, à l'occasion, barraient la route. Conscient de ce qui l'attendait au sortir de la cour, Claude s'était calfeutré (deux chandails sous la canadienne, moufles de mouton et passe-montagne) et avait attelé le Gris au traîneau à l'abri du hangar. Il avait choisi ce cheval, bien qu'il ne s'entendît guère avec lui, parce que, des deux percherons, c'était le plus frais, le plus fort, et aussi le plus intelligent. Et il n'avait pas eu trop envie de marcher un kilomètre dans la tempête pour aller chercher le Noir à la maison d'en haut. La tourmente les avait saisis au passage du portail et ne les avait lâchés qu'au pied du dernier raidillon avant Fontbonne. Claude s'était félicité plus d'une fois d'avoir choisi le Gris, au long des douze kilomètres d'un itinéraire qui dominait d'abord les gorges de la Siche puis longeait en montant le ruisseau des Gapots, avant de se hisser en deux courtes rampes sur le Plateau. Car le grand percheron semblait pressentir les obstacles, trouver de lui-même la route, donner, à l'instant opportun, le coup de rein qui empêcherait l'équipage de plonger dans le fossé ou le ravin. Il y avait des moments où, de son siège, Claude ne voyait pas plus loin que la croupe du cheval tant le vent était fort, et épaisse la poussière de neige qu'il transportait. Et toujours le Gris, piochant la neige, tranchant les congères du poitrail, avançait vers le bout de la route.

Ils étaient encore à mi-chemin et, sortis des bois, subissaient toute la force de la tempête, lorsque la dernière lueur de jour avait disparu à l'ouest. Il y avait déjà un bon moment que, même entre deux rafales, Claude ne voyait guère que la queue du percheron. Vint un moment où il ne l'avait plus vue du tout. Il avait arrêté le cheval à l'abri tout relatif d'un talus et, courbé à l'intérieur de la caisse, entrepris d'allumer la lampe à carbure. Non sans mal, un vent coulis venait souffler la flamme de son briquet chaque fois qu'elle approchait du bec de la lampe. Enfin le bec s'était enflammé et avait fait entendre son sifflement rassurant. Claude avait fixé la lampe au côté de la caisse et fait claquer les guides sur la croupe du Gris qui s'était ébranlé, content semblait-il de se remettre en mouvement. La lampe n'éclairait pas beaucoup plus loin vers l'avant que la tête du cheval, et montrait surtout des tourbillons de neige poudreuse, mais ce peu de lueur suffisait au grand percheron, qui était reparti avec une détermination renouvelée.

Il est à noter, pour la petite histoire, que l'équipage fut aperçu à deux reprises en traversant le village de Soulac. La première à le voir fut la vieille Léonie Maillard. Claquemurée dans sa grande maison, l'oreille aux aguets, certaine de discerner, dans les hurlements de la tempête, les voix des esprits qui la chevauchaient, elle montait la garde derrière la fenêtre de sa cuisine, sans volets mais munie de forts barreaux. La vue du Gris et de son traîneau, auréolés à contre-jour par la lumière blanche de l'acétylène, avec, sur le siège, la silhouette de Claude où seul le pompon du passe-montagne dépassait du col de la canadienne, la conforta dans ses croyances. Jusqu'à sa mort, bien des années plus tard, elle resta persuadée d'avoir enfin vu ce soir-là un de ces esprits mauvais qui, à chaque tempête, la terrorisaient.

C'est à la sortie du village que se trouva le deuxième témoin. Il s'agissait d'Emile Valeste, dit la Coufle, sergent-chef en retraite de l'infanterie de marine, poivrot et cocu notoire. Sa maison se trouvant un peu à l'écart de la route, Claude et son équipage, vus de loin à travers les tourbillons, ne lui en parurent que plus fantomatiques. Cette vision ne lui fit pas grande impression ; il y avait déjà quelque temps que le Pernod et l'alcool de pommes lui en procuraient de beaucoup plus riches. Comme sa Joséphine était partie depuis trois jours en ribouldingue avec un voyageur de commerce et que, par voie de conséquence, il y avait soixante-douze heures qu'il n'avait pas dessaoulé, le Gris, son traîneau et son meneur le laissèrent de glace.

Enfin Claude était arrivé sur la place de l'église de Fontbonne où s'arrêtaient les cars du Puy. Il avait attaché et bouchonné le Gris, l'avait bâché et lui avait mis le museau dans son sac d'avoine. Puis il était entré se réchauffer de la manière que j'ai décrite, ne ressortant, après le premier grog, que pour porter un seau d'eau au grand cheval qui, tête basse, l'avoine avalée, dormait sous sa bâche.

Albert descendit le premier et s'arrêta un instant, cherchant son oncle du regard. Avant que le car ne s'arrête, il avait aperçu le Gris. Il se raidit et s'avança au-devant de Claude, qui descendait les marches du perron. Dans la lumière jaune qui tombait de la vitrine, les deux hommes s'embrassèrent à la manière des Carrot, épaule contre épaule, joues distantes, et les corps aussi loin l'un de l'autre que possible sans compromettre l'équilibre de l'ensemble. Compte tenu des circonstances, leur étreinte fut peut-être un rien plus longue que de coutume. Cette effusion terminée, comme Albert n'avait pas de bagages, les deux hommes se tournèrent et, côte à côte, sans parler, se dirigèrent vers le traîneau. Après la tiédeur du car, le froid mordant surprit Albert et il pensa aux deux heures qu'il allait devoir passer sur le siège du traîneau ; sous sa veste de laine, il se mit à grelotter par anticipation. Claude s'en aperçut et le rassura :

— J'ai apporté ta canadienne ; et avant de partir, j'ai fixé le tablier de cuir. Et j'ai emporté des couvertures. Enfonce ton béret sur tes oreilles, ce ne sera pas du luxe.

Une fois équipé, Albert aida son oncle à ôter la bâche du dos du percheron et à la plier. Claude la mit dans la caisse du traîneau. Le cheval fut détaché ; le seau fut vidé, et Claude courut le rapporter au café pendant qu'Albert, guides en main, s'installait sur le siège glacial. Au retour de Claude, les deux hommes s'enveloppèrent jusqu'à la poitrine dans des couvertures, sur lesquelles ils rabattirent le tablier de cuir qu'ils fixèrent aux crochets, de chaque côté du siège étroit. Comme ils étaient grands et plutôt larges d'épaules, avec l'épaisseur de leurs vêtements, même collés l'un contre l'autre, ils débordaient sur les côtés. Claude déplia son passe-montagne et l'inséra dans le col de sa canadienne. Puis tendit la main. Albert passa les guides à son oncle qui les fit claquer sur la croupe du cheval. Le traîneau quitta la place alors qu'au clocher de l'église tintait le coup de sept heures et quart. Le jeune homme n'avait pas encore prononcé un mot.

5

Claude rompit le silence en traversant la lumière de la dernière lampe municipale. Ils quittaient la cuvette de Fontbonne et l'abri des maisons. La bise de nord, qui balayait le plateau, venait de les saisir dans ses pinces. Elle ne devait les lâcher qu'après Soulac lorsqu'ils plongèrent dans la combe du ruisseau des Gapots.

— Tu veux savoir ce qui s'est passé ? demanda-t-il.

Albert ne répondit pas. Son oncle alors lui raconta la coupe de pins, les troncs qu'il avait débardés, son inquiétude en ne voyant pas revenir son frère. Il lui décrivit le corps immobile, vu du haut de la Roche, lui expliqua les chaînes, la descente à l'aveuglette dans les tourbillons...

— Dès que je me suis relevé, je me suis précipité vers lui...

Claude s'interrompit un moment, comme pour chercher ses mots. Puis il reprit, d'une voix incertaine :

— Il était déjà mort. Sa tête avait porté sur une pierre, elle était pleine de sang...

Il raconta comment il s'était agenouillé auprès du cadavre raidi par le froid, et avait sorti son chapelet de sa poche...

— Tu comprends, c'est la seule prière que je connaisse. Je ne sais pas la prière des morts. J'espère que ça fait le même effet...

C'est dans cette position qu'Antoine et Léonce l'avaient trouvé. Ils avaient dû l'aider à se relever, il était presque aussi raide que le cadavre ; la main nue qui tenait le chapelet, bien qu'abritée un peu par la manche de la canadienne, était bleue de froid. D'ailleurs le bout de ses doigts lui faisait encore très mal. Il avait fallu transporter le corps d'Albert jusqu'au traîneau que les valets avaient laissé à plus de cent pas de là, sur le chemin qui longeait la rivière. Cela n'avait pas été facile, compte tenu de la position dans laquelle la mort l'avait saisi. Mais Claude omit ce détail. Il raconta le retour, exalta la conduite de Germaine, sa retenue, sa dignité dans l'épreuve. Même le docteur Gaufier, parfois porté à plaisanter de tout, avait été impressionné. S'il lui décrivit en détail la visite du médecin, Claude ne dit rien à son neveu des interrogations de celui-ci sur la blessure à la tête d'Albert. Il termina son récit sur le départ de la Prairie et le coup de téléphone annonciateur.

Ils venaient de passer Soulac et personne ne les avait vus. Léonie Maillard, rassurée par la fin de la tempête, était allée se coucher ; la Coufle, lui, ronflait comme un sonneur sur un canapé. Devant lui, le poste de télévision clignotait sous la housse qu'il avait omis d'ôter avant de le mettre en marche. La route, un instant retrouvée à l'abri des maisons, disparaissait au coin de celle de Léonie. L'unique rue du village était orientée dans le sens du vent, qui la débarrassait de sa neige à la vitesse où il l'apportait, mais reprenait ses aises et sa malice lorsqu'il n'était plus canalisé. Les traces laissées à l'aller par le traîneau avaient disparu en cinq minutes, mais elles n'étaient pas nécessaires ; le Gris avait le nez vers l'écurie. En dix hivers chez Carrot, il avait maintes fois parcouru ce chemin ; l'itinéraire en était gravé dans sa cervelle. Claude jugea bon de lui confier la direction des opérations. Il relâcha la pression de ses doigts sur les guides, se rencogna sur le siège, et redescendit sur son visage le passe-montagne qu'il avait relevé le temps de conter la mort d'Albert à son neveu.

Celui-ci gardait le silence. Pendant un long moment, on n'entendit que le glissement du vent sur la neige fraîche qu'il soulevait en volutes éparses, les gémissements du harnais, cuir contre cuir, le cliquetis de la gourmette et les grincements de la carcasse du traîneau, qui ondulait derrière la croupe du Gris. Ils avançaient par saccades, au rythme des coups de rein que donnait le percheron pour franchir les congères. D'avoir les naseaux tournés vers le retour l'avait doté d'une vigueur nouvelle ; malgré le surcroît d'épaisseur de la neige, le traîneau progressait plus vite qu'à l'aller.

Ils traversaient alors l'ultime rebord du plateau, avant les gorges de la Siche. Un infime croissant de lune ajoutait sa lumière cendrée à celle des millions d'étoiles. La Voie lactée traversait le ciel et plongeait sous l'horizon à l'ouest où semblait traîner, teinté d'opaline, comme un souvenir de jour. La neige captait ce peu de lumière et le restituait au monde. Ils allaient dans un paysage irréel, sans horizon, d'un gris lumineux, une plaine sans relief parsemée de blocs noirs.

Le chemin plongea dans la combe du ruisseau des Gapots. Le bruit du vent, jusque-là sifflement soyeux, prit de l'ampleur et son chant se fit plus grave. En entamant la descente, ils entrèrent dans les bois et ne devaient les quitter qu'au bord de la vallée de Tournac. Depuis le récit de Claude les deux hommes n'avaient pas échangé un mot. Albert, qui regardait son oncle du coin de l'œil, se demanda même un moment s'il ne dormait pas, tant il était recroquevillé et semblait absent. Il avait même relâché les guides au point qu'elles avaient glissé de la croupe du cheval et pendaient contre sa cuisse. Mais les guides étaient devenues inutiles : bien qu'il fît très sombre et presque noir sous les arbres, la neige diffusait bien assez de lumière pour les grands yeux liquides du Gris, qui ne déviait pas d'un pouce du milieu de la route.

Au sortir des bois, ils aperçurent au-dessous d'eux les deux lampes publiques de Tournac. Albert reprit les guides et, par acquit de conscience, les fit claquer sur la croupe du cheval. Mais le Gris n'en avait nul besoin ; tendu en avant, il se hâtait vers la chaleur de l'écurie. Ils traversèrent le village et entrèrent dans la cour de la ferme. La porte s'ouvrit et projeta un rectangle de lumière jaune sur la neige fraîche. Sans attendre l'arrêt du traîneau, Albert avait sauté à bas du siège et s'était précipité dans les bras de sa mère, qui se tenait sur le seuil. Claude arrêta le Gris, descendit, décrocha les traits, fit sortir le cheval des brancards et entreprit de lui ôter le harnais dont il posa les pièces au fond de la caisse. Antoine et Léonce, qui l'avaient attendu, sortirent pour tirer le traîneau à l'abri du hangar et ranger les cuirs pendant qu'il conduisait le cheval à l'écurie. Tout en attachant le Gris devant sa mangeoire, Claude nota de récompenser les deux hommes pour avoir veillé en les attendant. C'étaient des couche-tôt ; il n'était pas rare, les soirs d'hiver, de les voir se retirer dès sept heures dans leur soupente et, pour autant qu'il pût le savoir, s'endormir incontinent. Il sécha le poil du percheron à l'aide d'un bouchon de paille, dans l'odeur ammoniaquée de l'étable contiguë et les bruits qui en émanaient, ruminations, borborygmes, cliquetis de chaînes et soupirs de digestion béate. Lorsqu'il eut fini, il flatta du plat de la main l'encolure du cheval et rejoignit sa belle-sœur et son neveu. Antoine et Léonce étaient partis se coucher.

Ponctuelles à la minute, deux heures juste après le départ de Claude, les trois braves femmes du village étaient revenues proposer leurs services. Le corps d'Albert, enfin dégelé, avait été lavé, arrangé et vêtu de son costume des dimanches, puis transporté au salon sur le brancard à tuer les cochons. Cette pièce existait dans la plupart des fermes. Plutôt qu'un salon à proprement parler, c'était le plus souvent une pièce contiguë à la salle. Meublée d'un lit de coin, d'une armoire, d'une commode, et parfois d'un poêle et de deux fauteuils, elle servait aux beaux jours de chambre à donner ; ouvrant à l'est et pas isolée, comme l'étaient celles de l'étage, par les épaisseurs de foin de la grange, elle était glaciale à la mauvaise saison. On y conservait le linge, les bouquets de mariée sous cloche, les douilles d'obus ciselées, les photos et médailles des tués de la guerre de 14 (il n'en manquait pas...). Dans les familles plus importantes, il y avait même un coffre-fort, souvent bourré d'emprunts russes. C'était le cas chez Carrot, à part les emprunts russes.

C'est là, à la lumière des bougies, allongé sur le lit débarrassé de son édredon et revêtu de la plus belle des courtepointes au crochet, qu'Albert découvrit son père mort. Sa tête était entourée d'un bandage. Ses paupières, que les braves femmes n'avaient pu fermer complètement, laissaient passer un reste de regard, et son visage exprimait une sérénité qu'on avait du mal à associer à une chute de vingt mètres. A première vue, malgré la veste des dimanches, les doigts croisés sur un chapelet, les avant-bras qui reposaient sur le drap qui le recouvrait jusqu'à la poitrine, il avait plus l'air d'un dormeur que d'un cadavre. Puis on s'apercevait que la tête enfonçait l'oreiller comme jamais ne l'aurait fait une tête vivante, que le drap, à l'exception du V des pieds, joints aux talons, soulignait à peine la forme d'un corps particulièrement dense et robuste de son vivant. C'était comme s'il s'était aplati, ou plutôt comme s'il avait voulu s'incruster dans la literie et retarder au maximum le départ vers la solitude et le froid du tombeau.

Les femmes de Tournac, assises au pied du lit sur des chaises paillées, emmitouflées dans des couvertures dont seule leur tête dépassait, marmonnaient des chapelets chevrotants. Germaine crut bon de s'excuser auprès de son fils tandis qu'il s'avançait vers la dépouille de son père.

— Je leur ai proposé d'allumer le poêle mais elles me l'ont déconseillé. Il vaut mieux qu'il ne fasse pas trop chaud, tu comprends...

Albert fit signe qu'il comprenait, et se pencha sur le cadavre. A la tête du lit, sur la table de nuit, deux chandeliers et leurs bougies allumées encadraient un verre d'eau bénite dans lequel trempait un rameau de buis. Il sortit le rameau, l'égoutta en croix sur le corps, replongea le buis dans le verre, et se recula d'un pas. Il croisa les mains et tenta de se rappeler une prière. Mais aucune ne lui venait à l'esprit. En fait, depuis l'appel téléphonique de Claude, il ne lui venait pas grand-chose à l'esprit. Comme si elle l'avait deviné, une des femmes éleva la voix :

— ... le Seigneur est avec vous...

Albert sembla se réveiller et se mit, avec les femmes, à réciter le chapelet. Germaine, qui jusqu'alors était restée silencieuse, les rejoignit.

C'est ainsi que les trouva Claude, en revenant de l'écurie où il avait pansé le Gris.

6

Par chance, la tempête n'avait pas coupé le téléphone, comme il arrivait trop souvent. Avant de partir pour Fontbonne y récupérer son neveu, Claude avait pu régler à distance les détails des funérailles de son frère avec Rogatien Fournol, maréchal-ferrant de son état, bedeau à l'église de Saint-Jean, et morticole pour la commune. L'enterrement d'Albert avait été fixé au vendredi matin. Le jeudi eût été préférable mais on devait, ce jour-là, enterrer Noémie Masson. L'antique aubergiste, mère du tenancier de l'auberge de la Siche, cofondatrice de l'établissement avec son Joseph, Noémie, qui, pendant près de cinquante ans, avait terrorisé famille et clientèle, Noémie était morte (Enfin ! avaient pensé certains), alors qu'à Soulac commençait la veillée funèbre d'Albert Carrot. Elle s'était interrompue au milieu d'une diatribe venimeuse adressée à sa bru ; son visage avait affiché la fureur la plus extrême, et elle avait piqué du nez dans sa soupe. Le docteur Gaufier, qui venait de rentrer chez lui après une tournée harassante où il avait failli dix fois rester bloqué dans les congères, et n'avait pas encore délacé ses chaussures, était remonté dans sa Prairie, avait repris la route jusqu'à Saint-Jean des Laves, et n'avait pu que constater le décès. Il avait regagné ses pénates en maudissant la tradition familiale, qui voulait qu'à chaque génération il y eût un docteur Gaufier à Fontbonne et l'avait empêché de postuler pour un emploi de médecin contrôleur à la Sécurité sociale.

Quelles que fussent les circonstances de la disparition d'Albert, il était hors de question qu'il précédât la mégère, qui, de l'au-delà, continuait à tyranniser son monde. Même s'il était mort quelques heures avant elle. Claude avait bien essayé d'argumenter, disant qu'on pourrait peut-être enterrer deux morts le jeudi matin, que cela s'était déjà vu, et que personne n'y trouverait à redire. Fournol s'était montré intraitable, affirmant qu'il n'avait pas que cela à faire et qu'il avait déjà suffisamment de travail en retard à la forge pour ne pas aggraver encore la situation. Il avait même excipé de sa qualité de bedeau pour affirmer que le curé ne tolérerait pas une telle fantaisie. Claude avait fini par céder et, la date du vendredi admise, négocier avec le bedeau les modalités des funérailles. L'heure et la classe de la cérémonie avaient été choisies, le nombre d'enfants de chœur déterminé ; on s'était même assuré du concours de la chorale, quelque peu squelettique, de la paroisse. Toutefois, avait affirmé le croque-mort, il restait un problème : le caveau de la famille Carrot était plein comme un œuf et il était hors de question d'y admettre un pensionnaire de plus. Il fallait procéder à des réductions de corps avant que d'y accepter celui d'Albert, réductions qui devaient se dérouler en présence du maire et d'un membre de la famille. Claude étant pris par les travaux de la ferme, ce fut son neveu qui hérita de la corvée. Rendez-vous pris avec Fournol, il se mit en route, le mercredi matin au lever du jour, pour assister à l'opération.

Cette mission accomplie, il lui resterait une corvée. Il aurait à se rendre à Fontbonne pour confier au dépositaire de la « Teinturerie Gauthier – Deuil express » son seul et unique costume, pour le faire teindre en noir. Il convenait d'afficher sa peine durant la cérémonie. Le problème ne se posait pas pour Germaine. A quarante-deux ans, elle avait enterré assez de ses proches pour disposer de l'équipement nécessaire. La mort de sa mère remontait à l'année précédente et elle n'avait pas épaissi depuis au point d'apparaître boudinée dans ses habits de deuil. Il manquait toutefois une pièce essentielle à son paquetage de veuve, le chapeau et le voile opaque, sans lesquels, sous nos latitudes, une femme ne pouvait décemment enterrer son mari. Albert avait donc pour mission d'aller les commander chez Armande Bonnafaix, modiste de profession et premier violon d'un quatuor de commères qui mettaient en musique les ragots du canton. Il aurait ensuite à se rendre chez le père Mercier, libraire et imprimeur, pour y prendre livraison des faire-part que Claude avait commandés la veille par téléphone. Et comme il ne se sentait aucune envie de passer la journée à Fontbonne en attendant chapeau et costume, il lui faudrait y retourner le lendemain, pour poster les faire-part, affronter Armande, et en rapporter le deuil.

Avec la fin de la tempête, les chasse-neige avaient pu sortir. La route de Lacroix à Fontbonne par Saint-Jean-des-Laves était ouverte, mais pas encore celle de Tournac à Saint-Jean. La neige avait rendu impraticable la coursière qui longeait la Siche. Neige ou pas, d'ailleurs, la Siche était trop haute et pas assez gelée pour que le gué pût être franchi avec de simples bottes. Restait la route, qui montait jusqu'au pied des laves du plateau des Trèves et redescendait sur le village. Cela représentait deux bons kilomètres, entre les demeures des Carrot, les anthumes et la posthume. Albert les parcourut à pied. Il portait à la main une valise, qui contenait le costume à teindre et traînait dans la neige à chaque ondulation du terrain. Et il pensait avec quelque inquiétude que si, le lendemain, le chasse-neige n'était pas passé, la valise se doublerait au retour d'un carton à chapeau.

Si le Gris avait été disponible, il eût attelé le traîneau. Mais le grand cheval se reposait des fatigues de la veille. Albert avait pensé qu'il aurait un kilomètre à faire dans la neige pour aller quérir le Noir à la maison d'en haut et décidé que cela ne valait pas le coup.

Quand le jeune homme passa le portail et tourna le coin, en direction du hameau, le ronflement de la machine à traire provenant de l'étable s'atténua et disparut. Albert traversa Tournac sans rencontrer âme qui vive ; les habitants du hameau étaient occupés à la traite. De chaque étable entrouverte sortait le chuintement rythmé du lait dans les seaux. Les Carrot, qui avaient, et de loin, le plus gros troupeau de la commune, étaient aussi les seuls à posséder des trayeuses, une par maison. L'installation de ces machines avait, dans la famille, transféré aux seuls hommes une tâche qu'ils partageaient jusqu'alors avec les femmes. Il y avait même peu de temps qu'Albert 1913 avait initié Antoine au fonctionnement de ces appareils, cantonnant Léonce au curage des étables. Ce mercredi, Antoine trayait à la maison d'en bas et Claude à celle d'en haut.

Albert n'était pas le premier à se rendre à Saint-Jean, ce matin-là. Il fut content, passant le pont sur la Siche au sortir du hameau, de constater que d'autres l'avaient précédé, venant des hauteurs, et avaient laissé une trace assez large et praticable. Il s'y engagea avec soulagement. Après le pont, la pente était raide ; bien que ce versant fût encore dans l'ombre, le jeune homme était en nage sous l'épaisse canadienne lorsqu'il parvint à la route dégagée. Et, contrairement à toute attente, il avait chaud aux pieds dans les bottes en caoutchouc chaussées en partant avec l'idée qu'il le regretterait.

Parvenu au sommet, il s'arrêta un instant au pied de la coulée de lave. Par-dessus les toits de chez Chanal, vers le nord et l'est, le plateau lui apparaissait comme une vaste cuvette, aux aspérités gommées par la neige, bordée de sombre au loin par les monts du Forez d'où émergeait un soleil rose. Le sol, encore dans l'ombre, reflétait un ciel de métal bleu foncé, qui allait en s'éclaircissant. Les toits, couverts de neige, se fondaient dans le gris bleuté du paysage ; les villages ne se décelaient qu'aux fumées qui montaient droites, teintées de rose par le soleil levant, et s'étalaient loin du sol en couches stratifiées. L'odeur sure d'un feu de fayard émanait des fermes en contrebas et se mêlait aux bruits d'éveil de la maisonnée. Il se retourna. Le fleuve d'énormes prismes de basalte qui, sur cent mètres de large, coulait jusqu'à ses pieds depuis le plateau des Trèves avait disparu sous la neige. Le soleil rasant dessinait les contours arrondis des enchevêtrements de pierre et couronnait d'or rose la lisière de la forêt qui couvrait le plateau.

Albert reprit sa route. Il descendait vers le village et la neige durcie crissait sous ses pas. Il traversait maintenant une forêt de hêtres sous lesquels poussaient d'impénétrables taillis de coudriers, de ronces et de houx. Parmi les troncs gris, plâtrés de neige au nord-ouest par la tempête de la veille, se trouvait çà et là le tronc rouge d'un pin, apporté par le vent au début du siècle et qui marquait son rang en dominant ses voisins de la tête et des épaules.

La marche en descente était facile et Albert repensait à la soirée de la veille. Les braves femmes de Soulac étaient reparties vers dix heures, raccompagnées à la porte par Germaine confondue en remerciements. Claude, Albert et sa mère avaient tout naturellement repris leurs chaises et leurs couvertures. Ils avaient continué de veiller le mort dans le plus grand silence, chacun perdu dans ses pensées. De temps à autre Albert levait les yeux et regardait les autres. Germaine se tenait très droite sur sa chaise, les yeux fixés sur le cadavre. Elle ne pleurait pas. Sa main gauche serrait un mouchoir mais pas une fois de la soirée elle n'avait quitté son giron. Tout en marchant, Albert revoyait son visage de la veille, les pommettes hautes, le long nez mince, les méplats accentués par la lumière vacillante des bougies qui lui durcissait les traits. Il avait découvert une Germaine qu'il n'avait encore jamais vue. Claude, lui, s'ennuyait ferme. Ses yeux parcouraient la pièce, s'arrêtant sur les meubles, les photos, les obus, mais jamais, avait remarqué Albert, sur le corps de son frère. Parfois son regard se posait sur son neveu qui pensait y déceler comme une gêne, plutôt une impatience. Il était venu un moment où Albert avait sursauté au contact de la main de Germaine sur son épaule.

— Tu dors sur ta chaise ! Va donc te coucher. Claude et moi allons nous relayer.

Le jeune homme avait quitté sans trop de regret le froid du salon, le grésillement des bougies, l'odeur musquée du buis, et celle, plus insidieuse, qui commençait à émaner du cadavre. C'était même avec plaisir qu'il était sorti de cet endroit, où il se sentait de trop, et avait retrouvé la tiédeur de la salle, où le fourneau venait de s'éteindre. Une fois couché, il avait lutté contre le sommeil et tenté de penser à son père mais s'était endormi comme une masse et n'avait pas rêvé.

Il faisait encore noir dehors lorsqu'il était descendu. De la porte ouverte de la laiterie émanaient le bourdon aigu et le tintement de la clochette de l'écrémeuse. Albert s'était approché du fourneau allumé et avait appuyé les cuisses sur la barre de cuivre pour se chauffer le dos. Bien qu'isolées par le foin et vaguement tiédies, à travers le plancher, par la chaleur de la salle, les chambres étaient froides. Et violent, au petit matin, le contraste entre la chaleur de l'édredon et la température ambiante. Ablutions et habillage étaient, en hiver, exécutés au pas de charge. Ce matin-là surtout. D'ordinaire, Albert se débarbouillait et se rasait (il se rasait depuis peu) avec l'eau encore tiède de sa bouillotte, mais les événements de la veille l'avaient empêché de s'en préparer une avant de se coucher. Bien qu'il se fût contenté de s'humecter le bout du nez et qu'il eût sauté le rasage, le jeune homme était frigorifié en descendant de sa chambre. L'écrémeuse s'était arrêtée. Germaine était sortie de la laiterie, déjà vêtue de noir, le chignon tiré à quatre épingles, et ceinte d'un tablier propre. Elle avait souri à son fils, qui avait quitté la chaleur du fourneau pour venir l'embrasser à mi-chemin. Elle avait retrouvé son visage de tous les jours. Albert avait pointé le menton en direction du salon, où reposait le corps de son père.

— Claude ?

— Il est chez lui. Il est parti quand je suis descendue, il y a une heure. Je m'étais couchée à trois heures.

Le jeune homme avait alors pensé à son père, seul dans le salon glacial. Une intense pitié l'avait envahi. Il avait fait un pas en direction de la porte mais s'était ravisé et avait repris sa place contre la barre de cuivre.

Déjà sa mère était retournée à la laiterie, d'où elle était revenue portant une casserole de lait qu'elle avait posé sur le rond du fourneau, à côté de la cafetière. On avait frappé à la porte. Les valets venaient déjeuner et prendre les ordres. La vie avait repris.

7

Le soleil avait sauté dans le ciel lorsque Albert sortit des bois ; ses rayons rasaient le village de Saint-Jean et glorifiaient la petite église romane qui en était le centre. En arrivant sur la place le jeune homme consulta sa montre. Il n'était encore que neuf heures et demie, il avait une demi-heure d'avance. Il décida d'aller la tuer au chaud chez Masson, dont la salle de café était ouverte. Malgré la mort de Noémie le commerce continuait ; son fils, Marcel, avait hérité d'elle, entre autres, un sens du commerce au-dessus de la moyenne et une avarice de compétition. De ce fait, l'intérieur du bistrot était à peine moins froid que l'extérieur. Le poêle, alimenté avec parcimonie, faisait de son mieux pour tiédir l'atmosphère à quelques pas autour de lui, laissant régner, sur les pourtours de la salle, une température d'igloo. Les petits blancs du matin et les précurseurs du Pernod de midi occupaient les tables de la zone tempérée. Certains consentirent à lever les yeux en réponse au salut collectif d'Albert, qui dut s'installer à la frontière de l'Arctique. Il eut à peine le temps de poser son béret sur la table et de déboutonner sa canadienne, Marcel Masson déboulait de son comptoir. Sans lui laisser le temps de s'asseoir, il lui saisit la main et la malaxa entre les siennes avec toute la vigueur dont étaient capables des avant-bras où la graisse l'emportait assez nettement sur le muscle.

— J'ai appris, pour ton père, hoqueta le bistrotier. Quel malheur ! Mon pauvre Albert ! Et ta pauvre mère...

Albert tenta de répliquer mort pour mort, et de lui parler de Noémie, cadette de son père dans l'au-delà. Une expression vaguement triste, un léger relâchement des bajoues, un pli infime du double menton, un minuscule mouvement des paupières passèrent en un éclair sur le visage du mastroquet. Sa tête s'inclina de quelques degrés sur le côté et il rétorqua, papelard :

— Ah ! Oui ! Ma mère... C'est bien triste... Je suis effondré, comme tu peux le voir. C'était tellement soudain... Un moment elle était avec nous, heureuse, bien portante, elle plaisantait, même...

Tu parles ! pensa Albert qui connaissait la réputation de Noémie, pendant que Masson continuait.

— L'instant d'après, elle était morte ; la pauvre femme !

A mesure qu'il parlait, le visage du cafetier reprenait son aspect normal. Et si sa bouche prononçait, sur un ton de circonstance : « Au moins, d'après le docteur, elle n'a pas souffert. C'est déjà une grâce », son visage exprimait l'idée que la vieille aurait pu se tortiller un bout de temps avant de passer l'arme à gauche sans qu'il y voie le moindre inconvénient. Il y aurait peut-être même vu un avant-goût, dans ce monde, de ce qui attendait sa mère dans le suivant pour avoir autant martyrisé ses contemporains.

Ayant ainsi sacrifié aux convenances, Marcel Masson revint sur le sujet que l'interruption d'Albert lui avait fait abandonner :

— Ta pauvre mère, qu'est-ce qu'elle va devenir ? C'est qu'une ferme pareille, il faut la mener... (Il y eut, à ce moment, une pointe de jalousie dans sa voix.) Et pour commander les deux arpètes... Le Léonce, ça va encore, même s'il n'a pas cassé trois pattes à un canard, mais l'Antoine, ça sera une autre paire de manches. Ton père le tenait, lui.

Plus tard, en se remémorant cette conversation, Albert se souvint qu'à ce moment Marcel s'était interrompu une fraction de seconde, lui avait lancé un regard en coin, et avait continué, en personne qui pèse chaque mot qu'elle prononce :

— Je ne sais même pas si le Glaude pourra remplacer ton père... Au moins sur ce plan-là...

Il s'interrompit, comme quelqu'un qui, par inadvertance, en a trop dit, et reprit, sur son ton de bistrot :

— Qu'est-ce que je te sers ?

Dix heures sonnaient au clocher de l'église et le filtre, autour duquel Albert se chauffait les mains, n'avait pas encore fini de passer, malgré les sollicitations du jeune homme à coups de paume sur son ouverture. Abandonnant son café, il laissa une pièce sur la table en la faisant tinter pour attirer l'attention de Marcel, salua la compagnie, sortit du bistrot et se hâta vers le cimetière dont l'entrée était à deux pas.

Le forgeron-bedeau-croque-mort l'y attendait devant le caveau ouvert, près du mur du fond. Son aide, un demi-simplet dont personne à Saint-Jean ne savait le nom et que tout le monde appelait Mimi, était déjà descendu dans la cuve. Son buste en dépassait et sa grosse tête adressait au monde un éternel sourire. Le maire n'était pas encore là, ce qui permit à Albert de s'arrêter un instant au portail pour contempler le paysage.

Le cimetière de Saint-Jean touchait aux maisons de la place. C'était une prairie en pente qui dominait la Siche, blanche d'une épaisse couche de neige et bosselée de monticules posés là comme au hasard. Des croix en dépassaient, frangées de blanc. Albert regretta un instant que les traces laissées par Fournol et son aide, en se rendant avec leur matériel près du caveau, aient déchiré le manteau qui recouvrait tendrement les *pauvres morts*. Les résidents de l'endroit jouissaient de la même vue que celle qu'il avait contemplée depuis le pied de la coulée de lave. Le plateau était blanc, maintenant, d'un blanc éblouissant sur lequel tranchaient les formes géométriques des bois de pins qui, par contraste, semblaient d'un noir profond. Une brise de nord-ouest s'était levée, incurvant les fumées et troublant un peu la limpidité de l'air. Le jeune homme pensa un instant que son père serait bien, avant de réaliser qu'on allait l'enfermer dans l'obscurité et le froid de la tombe. Il frissonna. Un pas, derrière lui, fit crisser la neige. Il se retourna et aperçut la silhouette courtaude d'Emile Gonnet, instituteur en retraite et maire de Saint-Jean pour deux mois encore. Comme il se trouvait sous le vent d'Albert, son odeur de renfermé, de vieille chaussette et de tabac froid n'atteignit celui-ci qu'à bout portant. Le jeune homme n'en fut pas plus incommodé que cela. L'odeur allait avec le costume de velours côtelé, le col graisseux, le cache-nez qui s'arrêtait au ras du tuyau de pipe et la casquette norvégienne dont les rabats échouaient à contenir les mèches grises de la tignasse. L'ensemble était gravé dans la mémoire d'Albert qui avait passé quatre ans dans la classe unique de l'école de Tournac, sous la férule d'Emile Gonnet dont l'odeur et l'allure n'avaient pas changé en quinze ans, n'étaient la couleur des mèches et la circonférence abdominale.

Albert sortit la main de la poche de sa canadienne, serra le gant qu'on lui tendit, et réprima un mouvement de recul lorsque son ancien maître lui posa la main sur l'épaule.

— J'ai appris, pour ton père. Quel malheur ! Je te présente toutes mes condoléances.

Ils firent quelques pas en direction du caveau. Le maire reprit :

— On sait comment c'est arrivé ?

Albert éprouva une étrange réticence à répondre, comme s'il hésitait à reprendre à son compte le récit de Claude. Il se mit en marche, suivi du maire, et l'arrivée auprès des deux croque-morts lui évita de parler. Il subit les condoléances de Fournol, répondit au sourire accentué de Mimi, et on put enfin aborder le sujet du jour. Comme il ne s'agissait pas d'une inhumation, Rogatien Fournol ne se crut pas obligé de prendre son ton de croque-mort ; de sa voix normale de maréchal-ferrant, il expliqua la situation :

— Voilà ! Votre caveau comporte six niches et il contient huit corps. Lorsque nous avons enterré ta grand-mère, puis ton grand-père, nous les avons mis au centre, entre les rayons, l'un sur l'autre...

Il s'abstint de sourire, et continua :

— C'est très ennuyeux.

Albert demanda pourquoi et le forgeron expliqua :

— C'est que leurs deux cercueils sont les plus neufs. Ils sont en bon état. Et, de toute manière, il y a moins de cinq ans que ton grand-père a été enterré. Il est hors de question de réduire son corps. N'est-ce pas, monsieur le maire ?

Le maire, qui n'avait jamais été à cheval sur les règlements, acquiesça d'un geste vague. Fournol reprit :

— La solution serait bien de les sortir, les mettre de côté, réduire les corps des quatre rayons du bas, où les cercueils me semblent assez décrépits, descendre de deux étages les occupants des premiers rayons (leurs cercueils sont encore convenables), et de placer tes grands-parents au deuxième rayon. Ça nous dégagerait deux places, une pour ton père, et une pour le suivant.

Il se gargarisa un instant de son sens de l'organisation et continua, sur le ton de la confidence :

— Sans compter qu'on pourra toujours en mettre deux autres au milieu...

Albert ne put s'empêcher de le couper :

— En cas d'épidémie, par exemple...

Fournol ne releva pas l'ironie. Son visage, jusqu'alors avenant, se rembrunit ; il conclut sa démonstration :

— Seulement, il y a un hic. N'est-ce pas, monsieur le maire ?

Emile Gonnet, qui tombait des nues, sursauta.

— Un hic ? Oui, bien sûr. Il y a un hic.

— C'est que si on sort les cercueils de vos grands-parents, ce pourrait être assimilé à une exhumation. Et là, ça devient très compliqué. Il faudrait que je sois couvert...

Le maire éluda le problème d'un geste de la main à hauteur de son épaule.

— Mais vous l'êtes, mon bon. Je vous couvre. Exhumez donc ! On verra après, pour les papiers.

Il est bon de préciser qu'Emile Gonnet, qui clamait à tous les échos qu'il ne souhaitait pas se représenter aux élections du mois de mars et que son troisième mandat serait le dernier, venait de céder aux amicales pressions de son conseil municipal et s'apprêtait à se dédire. A ce titre il avait grand besoin de la bienveillance du maréchal-ferrant dont la forge restait, malgré la télévision balbutiante, un point de rassemblement où se créait l'opinion.

Sûr de son coup, Fournol avait déjà envoyé Mimi au fond pour passer des cordes sous le cercueil d'Albert Carrot 1887, et aligné quatre reliquaires. Il se tourna et tendit la main à son aide pour l'aider à sortir. Les deux hommes se mirent au travail. Albert, qui, malgré les chaussons de feutre, sentait le froid lui gagner les pieds à travers le caoutchouc de ses bottes, jeta un regard d'envie sur les bottillons fourrés du maire et demanda :

— Dites, monsieur Fournol, je suis obligé d'assister à toute l'opération ?

Sans se retourner ni cesser de tirer sur la corde, le forgeron grogna :

— Pas pour l'instant. Reviens dans une demi-heure, pour les réductions.

Puis, histoire de marquer son pouvoir sur le maire, il ajouta :

— Par contre, monsieur Gonnet, il faut que vous restiez. Pour me couvrir.

Le maire, qui avait fait demi-tour en même temps qu'Albert, poussa un soupir et se retourna. Tapant un peu des pieds pour y rétablir la circulation, Albert se dirigea à grands pas vers l'auberge de la Siche. Il y aurait peut-être une table libre, pas trop loin du poêle.

Marie-Thérèse Masson avait remplacé son mari au service du café. Debout derrière son bar, elle arborait un sourire qui en disait long sur la peine que lui avait causée la mort de sa belle-mère. Elle se précipita à son tour sur le jeune homme et lui présenta ses condoléances. Tenant compte du sourire, Albert s'abstint de les lui retourner. Une table s'était libérée, au plus près du poêle. Il s'y installa, tendit les pieds en direction de la chaleur, et commanda le café qu'il n'avait pu boire lors de son passage précédent. Le filtre aurait peut-être le temps de passer, cette fois.

Ce fut le cas ; bien réchauffé, Albert revint auprès des trois hommes. Les cercueils de ses grands-parents avaient été sortis et mis de côté. Mimi était redescendu dans la fosse, d'où émanaient des bruits de bois cassé. Fournol était accroupi auprès de l'ouverture, un reliquaire ouvert devant lui. L'avant-bras de Mimi sortit du caveau. Fournol tendit le reliquaire. La main de Mimi s'en empara. Les bruits reprirent puis cessèrent. Le buste de Mimi réapparut. Il tenait dans les mains une caissette allongée. Sans se relever, Fournol s'en empara et fit signe à Albert de s'approcher.

— Il doit s'agir de...

Il se redressa et sortit un papier de la poche de poitrine de son bleu de chauffe.

— ... Mélanie Frotier, épouse Carrot, décédée en 1912. Tu confirmes ?

Sans regarder, Albert répondit :

— Comment voulez-vous que je le sache ? Bien sûr que je confirme !

Fournol posa le reliquaire dans la neige à côté des cercueils et lança, en direction de la fosse où son aide avait déjà disparu :

— Vas-y, Mimi. Celui de gauche maintenant.

Le cérémonial se répéta trois fois. Lors de la quatrième exhumation, le forgeron désigna Pauline Carrot, décédée en 1947. Albert, qui n'avait pas eu un regard pour les autres, s'avança et se pencha sur la boîte. Le crâne occupait l'une des extrémités ; les os longs, bien alignés, les petits os en vrac, le bassin sur le côté, occupaient le reste. Le jeune homme s'accroupit à côté du reliquaire et esquissa une caresse en direction du crâne. Il se redressa, confirma l'identité de la défunte, et demanda :

— Vous avez encore besoin de moi ?

Fournol, qui vissait le couvercle, répondit sans se retourner :

— Non. Tu peux y aller. On s'occupe du reste.

Et, avec un peu de malice dans la voix, il ajouta :

— Vous aussi, monsieur le maire. Du moment que je suis couvert...

Emile Gonnet, qui avait depuis longtemps épuisé les capacités isolantes de ses bottillons et piaffait sur place, salua la compagnie et se dirigea vers le portail. Albert entendit le croque-mort lui donner rendez-vous pour le surlendemain, serra la main tendue, répondit au sourire de Mimi qui s'extrayait du caveau, et courut derrière le maire.

Il le rattrapa au portail ; Emile Gonnet s'était arrêté pour bourrer la pipe qu'il s'était abstenu de fumer pour la durée de l'opération. Pendant que son ancien maître tétait sa bouffarde où glougloutaient de vieux goudrons, Albert s'épancha :

— Pauvre tante Pauline ! Je l'ai bien connue, et vous aussi, monsieur Gonnet. Elle me faisait sauter sur ses genoux quand j'étais tout petit. Plus tard, elle me racontait des histoires pour me faire tenir tranquille. Des histoires merveilleuses, de diable qui s'était fait tailleur ou de petit homme avalé par le bœuf Mourelou... J'adorais l'embrasser. Elle avait la peau si douce... Et elle sentait un peu la citronnelle. Aujourd'hui je n'ai même pas osé toucher son crâne. Et de penser que c'est ce crâne que j'ai embrassé me dégoûte presque. Où sont passées tes histoires, maintenant, ma pauvre tante ?

Le maire, dont la pipe avait atteint son régime de croisière, leva les yeux et lança un regard aigu à son ancien élève.

— *Vanitas vanitatum et omnia vanitas*, énonça-t-il un peu sentencieux.

Bien qu'ancien instituteur laïque, il ne dédaignait pas de citer l'Ecriture.

Les deux hommes marchèrent de conserve jusqu'à la mairie où Albert devait déclarer le décès de son père. Cette formalité accomplie, il retourna pour la troisième fois chez Masson pour y attendre, en mangeant un morceau, le car de Fontbonne, prévu pour midi et demi mais qui, venant de Lacroix, avait toutes les chances d'être très en retard.

8

Comme on pouvait s'y attendre, il y eut une telle affluence aux obsèques d'Albert Carrot que l'église refusa du monde. Ils étaient venus de tout le canton, petits, gros et moyens propriétaires, vendeurs de machines agricoles, commerçants, voisins de Tournac, famille, et même quelques amis. La concession McCormick avait délégué deux camarades de travail d'Albert, sous la conduite de leur chef. Hormis Alexandre Avissenne, propriétaire de la plus grosse scierie de Fontbonne, qui, en piétinant des orteils plus plébéiens, se fraya un chemin vers le centre de l'église, les retardataires durent attendre sous le porche la fin de la cérémonie. Du moins les plus courageux. Les autres avaient rejoint chez Masson Emile Gonnet, incroyant convaincu et franc-maçon probable.

Restaient donc sur les marches de l'église, serrés les uns contre les autres pour s'abriter du vent qui avait repris au petit matin, quelques hommes et une vingtaine de femmes. Celles-ci, gagnées au début par le recueillement qui sourdait des portes entrouvertes avec les murmures du prêtre, le grégorien de la chorale, les halètements de l'harmonium et les effluves de l'encens, avaient réussi à garder le silence jusqu'à l'Elévation. La nature féminine reprenant ses droits, les conversations repartaient.

— On peut dire qu'il a du monde, Albert Carrot...

— Pas comme la Noémie. Il y avait trois pelés et un tondu, derrière le cercueil.

— Tu y étais, toi ?

— Ça risque pas ! C'est « Rogaton » qui l'a dit au mien, l'après-midi, en remettant un fer à une vache. Il était encore vert de rage. Le Marcel, non content d'enterrer sa mère dans la dernière catégorie, a trouvé le moyen d'exiger une remise parce que, faute de pouvoir utiliser le corbillard, on avait dû transporter le cercueil sur un traîneau.

— Des qui ont dû se mettre une tringle, pour la pièce, ce sont les enfants de chœur.

— Ça, c'est sûr ! Note bien que pour ce qu'ils en auraient fait...

— ... ?

— Mon Joseph, l'autre jour, après l'enterrement du père Deville, est rentré à la maison vert comme un poireau. Il y avait des grattons, à midi, vu qu'on avait tué le cochon la veille. Il n'y a pas touché, lui qui les adore. Alors je l'ai cuisiné, ce galapiat, et il a fini par tout m'avouer. Avec l'autre arsouille de Maurice Fanal, ils étaient allés chez Masson s'acheter un paquet de gauloises, et ils l'avaient fumé tout entier derrière le mur du cimetière...

— Je vois. Mais, hier, pour Noémie, ils ne risquaient pas d'aller chez Masson. Ils avaient dû fermer...

— Pensez-vous ! Le Marcel et la Marie-Thérèse étaient bien derrière elle, à l'église, mais ils avaient laissé leur aîné, l'Armand, pour garder le bistrot ouvert. Trop content, d'ailleurs, de ne pas aller se geler à l'église et de faire rentrer des sous...

— Bon chien chasse de race !

— Il faut dire que la Noémie n'a pas dû laisser beaucoup de regrets, dans sa famille.

— Ni ailleurs...

— Que voulez-vous, il y a des gens comme ça.

La conversation tomba un instant sous l'effet d'un tourbillon particulièrement vicieux, qui fit voler les ourlets des manteaux. Lorsqu'il s'en fut ailleurs, l'une des femmes reprit :

— En tout cas, Noémie aura eu meilleur temps qu'Albert Carrot, pour son enterrement.

De fait, le temps, qu'une légère bise de nord avait tenu au beau pendant trois jours, avait viré au cours de la nuit. Le vent était passé au nord-ouest, traînant au-dessus du Plateau une dalle d'acier mat, lourde de neige. L'air avait perdu de son tranchant et s'était chargé d'une douceur trompeuse (le thermomètre restait encore assez loin du zéro). Dès que le vent tomberait, si peu que ce soit, la neige ferait de même. Et en abondance, disaient les vieux qu'avertissaient leurs rhumatismes.

La conversation aurait pu rester centrée sur la météo si le défunt qu'on enterrait avait été une personne ordinaire. Mais les Carrot n'étaient pas des gens ordinaires, le *de cujus* moins que tout autre.

— Lui, au moins, on le regrette. Vous avez qu'à voir le monde qu'il y a.

— Son fils avait l'air triste. Mais il ne pleurait pas.

— On ne pleure pas, chez Carrot. Pas plus qu'on ne s'embrasse. Vous savez qu'avec son père, ils se serraient la main ?

— Ils ne s'entendaient pas ?

— Si. Très bien. Mais ils sont comme ça...

— Et Germaine ? Ceux qui y sont allés en visite ont dit qu'elle ne pleurait pas non plus. Elle était normale. Je dis pas qu'elle avait l'air content, ça non ! Mais elle ne pleurait pas.

— Elle gardait peut-être ses larmes pour aujourd'hui. Son fils la soutenait, en entrant dans l'église. Vous avez vu ?

— Avec ce voile, difficile de voir si elle pleure ou non. En tout cas, elle avait pas l'air de tenir un mouchoir à la main.

— Ça veut rien dire. Elle en a peut-être un dans sa manche. Moi, quand j'ai enterré le mien, c'est là que je l'avais caché.

— Tu n'as pas dû le sortir souvent ! Il t'en avait fait voir, hein ? le Gustou.

— Peut-être. Mais ça n'empêche pas les sentiments.

— En tout cas Albert Carrot, lui, il n'a sûrement jamais rien fait à sa femme. Il était dur, certes, et avec tout le monde, mais j'ai jamais entendu quelqu'un se plaindre qu'il lui ait fait du tort, d'une façon ou d'une autre.

— Sur ce plan-là, le Glaude est de la même veine.

— Il est loin d'être aussi dur que son frère. En fait, les deux frères se ressemblaient aussi peu au moral qu'au physique.

— Vous voulez dire que Claude Carrot ne serait pas honnête ?

— Bien sûr que non ! On voit bien que vous arrivez du Bosc. Sachez, ma petite, qu'un Carrot malhonnête, ça n'existe pas. Mais s'ils avaient tous été comme le Glaude depuis que le monde est monde, leur domaine ne serait pas devenu ce qu'il est. Ce n'est pas à coups de bons sentiments qu'on arrive où ils sont.

— Vous êtes en train de me dire qu'il est trop gentil ?

— Pas trop gentil. Pas aussi dur que les autres Carrot que j'ai connus, c'est tout.

— Tu te fais des illusions, Mélanie. Le Glaude n'est peut-être pas, comme son frère, du genre à prendre les autres de front pour obtenir ce qu'il veut. Mais il est tout aussi déterminé. Même si ses méthodes sont moins brutales.

— Et qu'est-ce qu'il veut, en ce moment, le Glaude ?

— Chut ! Ils vont sortir.

Les portes de l'église s'ouvraient en grand, et la foule commençait d'en émerger. Hommes et femmes, séparés devant l'autel, se mêlaient à nouveau. Un demi-cercle se forma au pied des marches, et s'épaissit par la sédimentation des sortants. Les laissés-pour-compte de la cérémonie eurent beaucoup de peine à défendre un premier rang mérité par une heure de station debout dans le vent et le froid. Lorsque le flot se fut tari, Rogatien Fournol, son Mimi, et deux aides occasionnels, recrutés contre quelques billets parmi les jeunes gens du village, entrèrent dans l'église, en ressortirent portant le cercueil d'Albert Carrot, et le placèrent sur le traîneau, décoré tant bien que mal du poêle à larmes d'argent du jour des Morts. Albert suivit, juste derrière. Il avait l'air dur, plutôt que triste, et regardait droit devant lui. Derrière lui, son oncle et sa mère, suivis à quelques pas du reste d'une famille qui n'avait jamais été très nombreuse. Les croque-morts retournèrent dans l'église et en rapportèrent quatre couronnes de perles (ce n'était pas la saison des fleurs) qu'ils calèrent à la verticale entre le cercueil et les ridelles de la caisse. Sortis les derniers, le curé et ses enfants de chœur, l'un portant la croix, l'autre le seau du goupillon, se placèrent devant le cheval en contournant le traîneau. Fournol empoigna la bride, ses aides se placèrent à la hauteur du cercueil, et le cortège s'ébranla. Germaine et Claude s'étaient portés à la hauteur d'Albert. Derrière leur ligne, la famille fut avalée par la foule des assistants.

Albert, qui marchait entre sa mère et son oncle, les yeux fixés sur le cercueil, remarqua, à la limite de sa vision, que le vent n'agitait presque plus les soutanes du prêtre et des enfants de chœur. Et, avant d'arriver au cimetière, il eut le temps de penser que le vent tombait et que la neige était proche.

Le chemin n'était pas long, de l'église au cimetière, et le cortège l'était presque autant. Comme les gens hésitaient à marcher dans la neige profonde et préféraient piétiner les traces de ceux qui les avaient précédés, les acteurs du drame, curé, enfants de chœur, croque-morts et famille proche, durent attendre un long moment que la foule fût rassemblée. Lorsque piétinements et murmures eurent cessé, le prêtre bénit le corps, récita une prière que personne n'entendit et à laquelle tous répondirent de confiance, et se retira. Claude, qui avait la main dans sa poche depuis un moment, glissa un billet dans la main de l'enfant de chœur le plus proche, et la famille se rangea dans l'allée pour la longue, très longue corvée des condoléances.

Revenant du cimetière, les femmes dont nous avons déjà surpris la conversation durant la cérémonie marchaient ensemble. Et, naturellement, elles papotaient.

— Tu as vu comme le jeune Albert veillait à se mettre entre sa mère et son oncle ?

— Ça m'a pas sauté aux yeux. Qu'est-ce que tu veux dire ?

— Ne faites pas attention. Philomène n'est qu'une mauvaise langue.

— N'empêche que j'ai vu ce que j'ai vu. Le jeune Albert n'a pas envie de voir son oncle et sa mère trop près l'un de l'autre.

— Allons donc ! Il n'y a rien et il n'y a jamais rien eu entre Claude Carrot et sa belle-sœur. Même pendant la guerre, alors qu'Albert était prisonnier.

— Du vivant d'Albert, oui. Mais il est mort.

— Il y a peut-être un peu de vrai, dans ce que tu dis. Mon Marius, qui était à l'école avec le Glaude, m'a toujours dit que c'était lui qui était amoureux de Germaine, au départ. Et c'était réciproque. Même qu'ils avaient sauté le feu de la Saint-Jean ensemble, en 37, en même temps que nous. Mais le père Carrot et Florimond Trousseau, père de Germaine, ne l'entendaient pas de cette oreille. Ils ont marié Germaine avec Albert, et le Glaude n'a eu que ses yeux pour pleurer.

— Même que c'est pour ça qu'il s'est jamais marié.

— Si ce que vous dites est vrai, ils vont pouvoir le faire, maintenant.

— C'est pas encore fait. Vous avez vu le jeune Albert ? Il faudra qu'il soit d'accord. En voilà un qui est de la race de son père ou je n'y connais rien en hommes.

— On sait que tu t'y connais...

Rires.

— Peut-être que le jeune Albert va rester à la ferme et prendre la place de son père.

— Il en est pas capable ! Avec cette manie de son père de le tenir à l'école et de le promener de droite et de gauche, il sait pas mener une ferme. Même s'il est plus savant que les autres.

— Claude lui apprendra.

— Qui vivra verra. Bon, nous voilà sur la place. Viens, Mélanie, allons récupérer nos hommes chez

Masson pour qu'ils nous redescendent à Tournac avant la neige. C'est pas eux qui vont traire.

— Adieu.

— A mieux voir.

— Au revoir, mesdames.

9

Au début, la ferme continua sur sa lancée et le demi-sommeil de l'hiver facilita les choses. Les bêtes furent alimentées et traites, les étables curées, les chevaux pansés. Les routes, un moment impraticables, furent dégagées tant bien que mal et le camion de la laiterie put recommencer à collecter les bidons. Les menus travaux furent faits, les réparations menées à bien.

Claude initia Germaine au fonctionnement de la trayeuse. Elle s'y mit facilement et, le matin, remplaça Antoine, appelé à d'autres fonctions, plus physiques. Elle y consacrait chaque jour une heure, qu'il fallait bien qu'elle trouvât quelque part. C'est qu'en plus du ménage, il y avait la basse-cour, les lapins et le cochon à nourrir, le lait à écrémer, les fromages à faire. Et d'assez fortes quantités de beurre à baratter chaque semaine : sa cuisine en était assez riche. Elle prit donc l'habitude de se lever une heure plus tôt. Elle l'eût fait, de toute manière, ne fût-ce que pour allumer le fourneau. Le confort de la salle y gagna beaucoup. De son vivant, Albert, premier levé et chargé de l'allumage, avait tendance à s'en acquitter de manière aléatoire. Il n'était pas rare que Germaine, qui descendait une demi-heure après lui, le trouvât assis sur une chaise à côté du fourneau froid, en train de lire le vieux journal qu'il aurait dû utiliser pour allumer les pommes de pin qui, à leur tour, enflammeraient les bûches de hêtre. Il faut dire à sa décharge qu'il était un lecteur compulsif, incapable de s'empêcher de lire tout ce qui, d'une façon ou d'une autre, portait des caractères d'imprimerie. Il n'empêche : perdant trois quarts d'heure de chauffe, la salle restait glaciale plus longtemps qu'elle n'aurait dû. Et le café matinal se trouvait retardé d'autant.

Albert jeune, désormais seul Albert Carrot, passa à Tournac la semaine qui suivit l'enterrement de son père. Elle ne fut pas trop longue pour y accomplir toutes les tâches qui vous incombent au décès d'un être proche, surtout si ce décès est subit. Pendant que Claude assurait l'intendance et faisait marcher la ferme, Albert et sa mère s'y livrèrent avec une intensité qui les divertit de leur chagrin.

Il y eut d'abord le tri des vêtements. Chez nous, surtout dans les fermes, c'est surtout de draps, de serviettes et de linge de corps que, trousseau après trousseau, les armoires se remplissent. Les vêtements de dessus y tiennent assez peu de place. Aussi aisés qu'ils aient pu être, les Carrot ne dérogeaient pas à la coutume. Vêtements et sous-vêtements d'Albert tinrent aisément dans une valise, qui fut rangée dans un réduit de la grange contigu au saloir. Ils y rejoignirent un tas de vieilleries, vieux harnais, cartons, revues attachées, boîtes à chaussures, et autres impédiments. Il y avait même un étui à revolver et une paire de guêtres en cuir datant de l'autre guerre ; plus le cornet à pistons d'un grand-oncle Joseph dans sa boîte capitonnée, et un violon décordé sans origine définie. La valise d'Albert surmonta une pile de ses semblables qui contenaient les vêtements des précédents défunts de la famille que leurs descendants n'avaient pas trouvé à utiliser. Dans le cas des Albert père et fils, la question ne s'était pas posée : Albert fils avait une demi-tête de plus que son père et des membres en rapport. Même en défaisant les ourlets, Germaine n'aurait pu récupérer quoi que ce fût.

L'opération vêtements commença dès le lendemain des obsèques. Germaine insista pour la faire à chaud, contre les avis conjugués de son fils et de son beau-frère, arguant que plus tard cela lui serait impossible. Il est à noter aussi que, dès son retour de chez Masson où, faute de mieux, ils avaient régalé la famille au retour du cimetière, elle avait remisé le chapeau de veuve dans son carton, et glissé le carton sous l'armoire de sa chambre avec la ferme intention de ne jamais l'en ressortir. Puis elle avait ceint son tablier et s'était attelée à refaire le lit du salon qui, en son centre, portait encore l'empreinte du corps. La courtepointe fut mise à tremper dans une lessiveuse avec une grande quantité d'eau de Javel.

Pendant ce temps, Claude et Albert se chargèrent du tri des papiers. Ce fut tôt fait, on n'avait pas l'habitude, chez Carrot, de laisser traîner les factures. A cette occasion, Albert trouva plusieurs contrats d'assurance souscrits aux Mutuelles du Mans. Il ne se sentit pas le courage de les lire et se réserva de demander à l'assureur de quoi il s'agissait.

Plus tard viendrait le moment de répondre aux lettres de condoléances et de remercier les donateurs de couronnes. Ce serait l'affaire exclusive de Germaine, qui avait été en pension au Puy chez les sœurs de Saint-Joseph jusqu'au brevet, et possédait une belle écriture. J'ajouterai, pour la petite histoire, que jusqu'à sa mort elle fut capable de réciter les départements avec leur préfecture et leurs sous-préfectures, ainsi qu'un nombre impressionnant de fables de La Fontaine.

Le mercredi suivant l'enterrement, dès les vaches traites, les trois Carrot restant, Germaine, Albert et Claude, dûment récurés et de noir vêtus, s'embarquèrent dans la Simca et, laissant les fermes aux valets, allèrent passer la journée à Fontbonne. Ils avaient beaucoup à y faire et, avant tout, rendre visite à maître André, notaire, pour ouvrir la succession. Ils auraient ensuite à se rendre au Crédit agricole, où la famille Carrot avait un compte depuis l'ouverture de l'agence de Fontbonne ; à la Caisse d'épargne, qui gérait les économies de la famille ; et chez Thomas Blanc, agent général des Mutuelles du Mans. De plus, Germaine emportait avec elle une valise d'effets à teindre ; si elle avait échappé très vite au voile, le deuil allait être son lot pour plusieurs saisons qu'il conviendrait d'affronter avec les vêtements adéquats ; mais noirs.

Les trajets jusqu'à Fontbonne et retour tinrent de l'épopée. Claude possédait son permis de conduire mais n'avait qu'assez rarement l'occasion de pratiquer. Chez Carrot comme dans toutes les fermes, il y avait, même le dimanche, bien d'autres façons de s'occuper que se promener en automobile. La voiture familiale, une Simca 8 carrossée de bois en canadienne, ne servait pratiquement que le samedi ; attelée d'une remorque, elle emmenait des veaux au marché de Fontbonne. C'était celle d'Albert, qui en était assez jaloux. La route eût été dégagée et sèche, cela se serait bien passé. Mais, malgré les passages du chasse-neige, il y restait de la neige. Et pas en couche uniforme. L'étrave de l'engin, amplifiant les balancements de sa suspension, y avait créé de longues ondulations, accentuées au travers des congères. Les pneus de la Simca avaient beau faire ce qu'ils pouvaient pour agripper la neige encore poudreuse, les coups de volant et d'accélérateur que donnait Claude n'arrangeaient pas les choses. Albert et sa mère durent descendre et pousser le véhicule tout au long de la montée, jusqu'à la route de Lacroix. Après le croisement, la neige, damée et égalisée un peu par les pneus des voitures et des camions, devint plus maniable. Les passagers purent rester à bord et y subir les dérapages que Claude contrôlait tant bien que mal. Par chance, ils étaient seuls sur la route chaque fois que les portières de la voiture se retrouvèrent face au sens de la marche. Il y eut bien une fois, lors d'un des nombreux zigzags, où cela passa près ; mais la voiture adverse eut la chance de passer en zig alors que la Simca se trouvait en zag. Le klaxon indigné de l'effrayé s'éloigna sur l'arrière pendant que Claude corrigeait la trajectoire.

Lorsque la voiture s'arrêta devant l'étude de maître André, Claude était en nage et ses passagers bien pâles. Prévenu la veille par téléphone, le notaire ne les fit pas attendre. L'étude, surchauffée, sentait le chien et le tabac anglais, avec un filet de lavande. Les deux braques qui, à peine les Carrot s'étaient-ils assis, vinrent leur baver sur les genoux expliquaient l'odeur de chien. La pipe, qui ne quittait que rarement la bouche du notaire, justifiait celle du tabac. Pour la lavande, on peut penser qu'elle émanait de la veste de tweed du tabellion. Les braques dûment morigénés et renvoyés à leur couverture, à côté du radiateur, maître André plia sa haute taille, s'assit, choisit une pipe dans le râtelier qui ornait son bureau, et demanda d'un geste à Germaine la permission de la fumer. Germaine l'autorisa d'un signe de tête. Le notaire ouvrit une haute boîte rouge, y préleva des pincées de tabac dont il bourra sa pipe qu'il alluma à la flamme d'un briquet de bureau. Lorsqu'il eut soufflé la première bouffée, il afficha un air de profond contentement, saisit un épais dossier sur son bureau, en défit la sangle, et, après l'avoir parcouru quelques minutes, en sortit une feuille dont il commença la lecture.

— « Je soussigné Albert, Victor, Eugène Carrot, né le 14 janvier 1913 à Tournac, demeurant... »

Le notaire releva la tête, fixant Germaine.

— Avec votre mari, vous vous étiez donné au dernier vivant et ce testament entérine la chose. L'ensemble de ses biens vous revient jusqu'à votre décès. A ce moment, ils reviendront à votre fils unique, ici présent. La maison que vous habitiez avec votre mari en fait partie. Il va de soi que l'autre maison, dévolue à monsieur Claude Carrot par testament de votre beau-père, reste sa propriété. Terres, bois, bétail et autres biens d'exploitation restent indivis entre vous.

Le notaire se tut un instant et reprit d'une voix plus lente, presque méditative :

— Il est bien évident qu'on ne peut forcer quelqu'un à rester dans une indivision. Un des propriétaires indivis peut toujours en sortir, soit à l'amiable, soit en faisant appel à la justice.

Dix générations de propriétaires condensées en Germaine se récrièrent :

— Vous n'y pensez pas ! Morceler le domaine !

Le notaire eut un demi-sourire satisfait et se tourna vers Albert :

— La question se posera pour vous au décès (très lointain, je vous le souhaite) de madame votre mère. Pour l'instant la situation est simple, monsieur Claude Carrot n'a pas d'enfants. Mais sait-on jamais ?

Claude réfréna un coup d'œil en direction de Germaine et répondit, assez vivement :

— Ça ne risque pas que j'en aie un jour.

Il ajouta, plus calme :

— Et ça ne risque pas non plus que je vende ma part.

Le notaire leva la main droite d'un geste qui signifiait clairement : « Mon pauvre monsieur, j'en ai vu d'autres... »

Il y eut un moment de silence. Albert, qui était tourné vers Claude au moment où celui-ci s'était écrié qu'il n'aurait jamais d'enfants, avait surpris l'ébauche de regard de celui-ci en direction de sa mère. Il la regarda et vit rosir ses joues. Les mains du jeune homme, jusque-là bien sages sur ses genoux, se formèrent en poings. Il n'entendit rien de l'énumération des biens de son père, ni des recommandations du notaire quant à la destination des placements. Il se leva lorsqu'il vit les autres le faire, serra machinalement la main de maître André, et sortit dans le froid de la rue en leur compagnie sans avoir desserré les dents.

Les visites à la banque et à la Caisse d'épargne furent vite expédiées. On informa Germaine de ce que le compte au montant confortable bloqué par le décès de son mari serait libéré dès que maître André en aurait fini avec les formalités de succession. Cela ne lui fit ni chaud ni froid, ce n'était pas tous les jours qu'elle rédigeait un chèque. Pour les petites et moyennes dépenses, il y aurait le contenu du coffre. Mais elle n'en dit mot au banquier. Quant aux livrets d'épargne, ils étaient pleins depuis longtemps et, de mémoire de Carrot, personne n'y avait jamais touché.

Quand ils sortirent de la Caisse d'épargne, il leur restait un peu de temps avant le déjeuner. Germaine le passa à porter ses vêtements chez le teinturier. Comme depuis deux jours il faisait un froid de loup, les hommes allèrent l'attendre au bar de l'hôtel de France. Lorsque Claude en fit la proposition, Albert le suivit sans mot dire. Il garda le silence malgré les tentatives de son oncle d'entamer la conversation et ils finirent par rester face à face, silencieux, le regard dans le vide, devant leurs vichy-fraise. L'arrivée de Germaine fut un soulagement pour Claude, qui se demandait quelle mouche avait bien pu piquer son neveu.

Lorsqu'ils pénétrèrent dans la salle de restaurant, Ginette, la serveuse, se rua à la cuisine au lieu de se précipiter au-devant d'eux (les clients étaient assez rares, en hiver). Arsène Lejay, propriétaire de l'hôtel et chef d'une cuisine où il cumulait les emplois, sortit dans la salle et vint à leur rencontre en s'essuyant les mains sur son tablier. Les condoléances offertes et acceptées, il tint à les installer lui-même et à prendre leur commande. Ce n'était jamais une épreuve que de choisir sur la carte de ce restaurant, célèbre pour sa monotonie. Les visiteurs, voyageurs de commerce et autres itinérants, s'en plaignaient, et aussi les habitants de Fontbonne obligés pour de multiples raisons de s'y nourrir. Ce n'était pas le cas des gens des villages et tout particulièrement des paysans, dont le régime quotidien ne s'écartait guère du cochon, du chou et de la pomme de terre ; les cinq ou six fleurons de cuisine bourgeoise de la carte, simples mais bien préparés par Arsène, leur semblaient dignes de Lucullus. Le bœuf en daube, plat du jour, fit l'unanimité à la table Carrot. Si Claude et Germaine le mangèrent de bon appétit, Albert, morose et silencieux, picora le sien d'une fourchette distraite. Il en restait plus de la moitié dans l'assiette qu'emporta Ginette avec un regard navré. Il en fut de même de la fourme, qu'il effleura de la pointe du couteau, et des inévitables éclairs du dessert.

Le repas avait été vite expédié. Claude et Germaine se carrèrent sur la moleskine devant leur tasse de café, pour y passer au chaud le temps qu'il restait avant l'ouverture du bureau de l'assureur. Il n'en fut pas de même d'Albert, qui avala le sien brûlant, repoussa sa chaise et se dirigea vers la porte en disant qu'il allait prendre l'air. A la demande de sa mère, inquiète de savoir ce qu'il avait, il répondit « Rien ! » d'un ton sec, et sortit sans se retourner. Il n'était pas revenu lorsque Germaine et Claude, lassés de l'attendre, se levèrent pour se rendre chez Blanc. Il les y attendait sur le pas de la porte et les suivit sans mot dire à l'intérieur.

L'assureur habitait une maison grise, rue des Chanoines, où un panneau émaillé aux armes de sa compagnie signalait sa profession. Son bureau, glacial, sentait le renfermé et le vieux garçon qu'il n'était pas. Mal marié avec une épouse acariâtre qui se faisait un devoir de ne pas mettre les pieds dans son bureau, trop radin pour embaucher une femme de ménage, Thomas Blanc entretenait lui-même ses locaux à la façon des hommes, qui ne nettoient que ce qui se voit. Il accueillit ses visiteurs en gilet de tricot et pantoufles de tapisserie, s'assit derrière son bureau, les invita d'un geste aux chaises bancales et dépareillées, chaussa des lunettes rafistolées au sparadrap, et examina d'un œil critique les contrats que Germaine avait sortis de son cabas. Son avarice s'étendait même aux fonds de la compagnie qu'il représentait. Champion toutes catégories dans l'art de payer le plus tard et le moins possible, Thomas Blanc avait, à ses débuts, fait le bonheur de ses inspecteurs qui avaient vu le rapport encaissements sur sinistres grimper à la verticale. Les mêmes, quelques années plus tard, inquiets du nombre d'assurés qui partaient à la concurrence, abreuvaient l'agent de consignes de modération ; sans succès : on ne va pas facilement contre sa nature.

L'examen fut long et minutieux. Lorsqu'il eut extrait de ses dossiers le double des contrats, les eut examinés et comparés, et fut enfin convaincu que, même dans les petites lettres, il ne pourrait trouver prétexte à ne pas payer, il releva la tête et, fixant un point du mur entre Germaine et Albert, dit d'une voix navrée :

— Il y a là les assurances normales de l'exploitation de la ferme, incendie, grêle, responsabilité civile, etc. Vous pouvez les reprendre, il suffira de les changer de titulaire, je vais m'en occuper.

Regardant toujours à côté d'Albert, il tendit à Germaine deux des trois dossiers et, les deux mains posées sur le troisième comme pour l'empêcher de s'échapper, ajouta, plus triste encore :

— Votre père, Albert Carrot, avait souscrit, à votre naissance, une très grosse assurance décès. Le capital en est de trente millions[1]. Les bénéficiaires en sont, à parts égales, vous-même, son fils, madame Germaine Carrot, son épouse, et votre oncle Claude Carrot, son frère.

Laissant à ses auditeurs le temps de bien se pénétrer de l'importance de la somme, il les regarda tour à tour. Le visage de Claude affichait une expression très complexe, plus proche de l'horreur que de la joie ou de la surprise émue. Impassible, les yeux baissés, Germaine semblait ailleurs. Mais ce fut Albert qui retint l'attention de l'assureur. Tourné vers sa mère et son oncle, il les regardait d'un air où l'hostilité l'emportait sur toute autre expression. Thomas Blanc en déduisit dans l'instant que c'était l'idée de partager avec eux qui le mettait dans cet état. Un peu effrayé, il reprit :

1. D'anciens francs : environ 480 000 € en 2010.

— Naturellement, vous n'allez pas toucher cette somme tout de suite. Il va vous falloir en faire la demande auprès de la compagnie. Je vais vous remettre une lettre type, que vous recopierez et compléterez. Vous y joindrez le certificat de décès et l'enverrez à l'adresse qui se trouve sur le contrat. N'oubliez pas : vous devez l'expédier en recommandé avec avis de réception.

Thomas Blanc savait par expérience que la plupart des bénéficiaires à qui il confiait ainsi le soin de leurs propres intérêts commettaient des erreurs en remplissant leurs dossiers de remboursement. Il en résultait des retards qui lui étaient toujours agréables lorsque c'était à lui de remplir et de signer les chèques. Dans le cas de la famille Carrot, compte tenu du montant payé, le remboursement se ferait, tôt ou tard, sous forme de virement et il n'aurait pas la douleur de payer lui-même. Mais on ne se refait pas...

La nuit tombait lorsqu'ils rentrèrent à Tournac après un festival de glissades et de dérapages de même intensité que celui de l'aller. Ni Albert ni Germaine n'avaient desserré les dents de tout le trajet, malgré quelques timides tentatives de Claude d'entamer la conversation. C'est avec un soupir de soulagement qu'il gara la Simca sous le hangar et coupa le moteur. Sitôt sorti de la voiture, il gratifia sa belle-sœur et son neveu d'un « Bonsoir ! » que couvrit le ronflement de la trayeuse. Il y eut de la supplication dans la réponse de Germaine. Albert, quant à lui, était déjà à la porte et ne répondit pas. Contournant le bâtiment, Claude s'engagea dans la trace qui menait à la maison d'en haut.

Bien qu'en partant le matin ils aient bourré le fourneau, il faisait froid, dans la salle. Le feu n'avait pas tenu. Germaine se ceignit de son tablier et s'attela à le ranimer, pour réchauffer la soupe qu'elle avait mise à cuire avant de partir. Albert était monté se changer. Il redescendit en blue-jean et bourgeron, traversa la salle sans mot dire, chaussa une paire de sabots, et se rendit à l'étable. Deux ampoules de cinquante bougies y dispensaient une lumière de catacombes. Accroupi auprès d'une vache, Antoine était en train d'enfiler, sur les trayons du pis, les godets reliés par la « griffe » au bidon suspendu sous le ventre de l'animal par une courroie de cuir. La vache voisine, déjà équipée, attendait en ruminant la succion libératrice. Albert le regarda faire puis, tandis que le valet se tournait pour mettre la pompe en route, il remarqua :

— Vous n'avez pas graissé les trayons ?

Antoine actionna l'interrupteur et le ronflement de la pompe s'éleva. Il se redressa lentement, prit tout son temps pour sortir un paquet de gauloises de sa poche de poitrine, en extraire une cigarette, et l'allumer d'une allumette qu'il laissa tomber à ses pieds dans la rigole de purin. Soufflant une bouffée en direction d'Albert, il répondit, d'un ton de défi :

— Pas la peine de le faire toutes les fois.

La rage accumulée tout le jour par Albert et soigneusement refoulée fit un retour en force. Il serra les poings et esquissa un pas en avant. Antoine leva les yeux vers ce jeune homme qui, si mince soit-il, le dominait d'une tête. Il vit les poings serrés, les lèvres pincées, et les larges épaules. Il esquissa un geste de défense et fit un pas en arrière. Albert se contint, respira un bon coup, et dit, d'une voix coupante :

— Mon père le faisait à chaque traite, et, jusqu'à nouvel ordre, vous le ferez. Rien n'est changé. Je vais terminer la traite, faites les litières ; quand j'aurai fini, vous porterez les bidons.

(De toutes les opérations concernant le lait, la corvée de bidons était, en hiver, la plus pénible. Il fallait empêcher le lait de tourner et, pour cela, le maintenir au frais. C'était facile à la belle saison et même aux moins belles. Après la traite on plaçait les bidons sur une charrette à bras et on les portait jusqu'à l'abreuvoir du village où, en compagnie de ceux des autres fermes, ils attendaient au frais le camion de ramassage. Mais lorsqu'il gelait à pierre fendre, et chez nous c'est assez courant, cela devenait beaucoup plus problématique. L'abreuvoir public était gelé et il en était de même de tous les abreuvoirs privés. Et souvent même des bords de la rivière. Entre l'étable trop chaude et l'extérieur trop froid, il fallait trouver un juste milieu. Surtout que les congères, assez fréquentes, pouvaient empêcher le camion de passer et obliger les éleveurs à garder leur lait plus longtemps qu'ils n'auraient voulu. Aux deux maisons Carrot, on stockait les bidons dans la cave en voûte qui se trouvait sous le montoir de la grange ; cela n'allait pas sans mal, la porte en était basse et étroite. Lorsqu'enfin le camion était annoncé, il fallait les en ressortir, les placer sur un petit traîneau à bras, les traîner jusqu'au point de ramassage et là, attendre dans le froid l'arrivée du camion. Comme chez Carrot il y avait beaucoup de vaches, il y avait aussi beaucoup de bidons, ce qui nécessitait plusieurs voyages. A la maison d'en bas, Antoine, dont c'était la tâche, considérait cela comme une atteinte à sa dignité et l'accomplissait avec la plus mauvaise grâce du monde, hors de portée d'Albert. Léonce, de son côté, qui avait pourtant trois fois plus de chemin à parcourir que son collègue, prenait la chose avec philosophie et répondait d'un proverbe aux jérémiades d'Antoine lorsqu'ils se retrouvaient avec leurs bidons.)

Le valet ouvrit la bouche pour protester et se ravisa. Pendant qu'il faisait demi-tour, Albert ajouta :

— Et si je vous reprends à fumer à côté de la paille, je vous vire à coups de pied au cul. Compris ?

Antoine tourna les talons et alla prendre une fourche. Hors de portée, il haussa les épaules, porta la main à sa bouche et jeta son mégot sur le côté, à la limite de la litière de paille. Albert fit un pas en avant. L'autre entendit claquer les sabots, revint en arrière et, de la pointe du sabot, fit glisser le mégot dans la rigole. Albert lui tourna le dos et se mit en quête du pot de graisse à traire.

Albert partit le lundi suivant à cinq heures, par le car de Lacroix qui, à Fontbonne, assurait la correspondance avec celui du Puy. Il s'était montré pour le moins morose depuis la journée de Fontbonne, et Germaine, saluée d'un sec baiser sur le front au moment du départ, fut presque soulagée de le voir partir.

Le soir même, au moment de la traite, Antoine ouvrait les hostilités.

Fin du premier acte

INTERLUDE

10

L'annonce du mariage de Claude et de Germaine, moins de six mois après le décès d'Albert, surprit quelques personnes et en indigna quelques autres, outrées d'une telle entorse aux canons du veuvage. Elle en réjouit même quelques-unes. Mais pour la plupart des habitants de la commune de Saint-Jean-des-Laves et en particulier pour ceux du hameau de Tournac, ce ne fut pas une surprise. Il y avait trois bons mois qu'ils s'y attendaient.

Le valet, Antoine, fut pour beaucoup dans cette précipitation. La guerre d'usure qu'il mena contre Germaine, dès le premier soir qu'elle fut seule à la maison, peut en être considérée comme la cause principale. Sa nature profonde, malicieuse au sens le plus étymologique du terme, et son tempérament rebelle, qu'avaient matés la forte personnalité et la dureté intrinsèque d'Albert père et, très provisoirement, la rage d'Albert fils, avaient pris le dessus dès que celui-ci avait eu le dos tourné. Tout lui était prétexte à contester, chicaner, voire contrer les ordres de Germaine. Chaque tâche, même la plus anodine, était accomplie avec la plus mauvaise grâce du monde, bâclée à la limite du saccage, voire, au paroxysme, sabotée en conscience. Et gare à Germaine si elle s'avisait de lui faire des reproches. Le petit homme se dressait sur ses ergots, ses yeux pâles s'étrécissaient, et sa moustache tachée de nicotine se hérissait. On eût dit d'un roquet qui allait mordre. Puis il retombait sur ses plantes de pied, baissait la tête, glissait un regard torve sous le bord de son béret, tournait les talons, et se retirait en grommelant des choses que Germaine choisissait de ne pas comprendre. Il se tenait à carreau du samedi soir au dimanche, tant qu'Albert était à la maison, et recommençait le lundi matin, sitôt celui-ci parti.

Germaine, qui, chaque semaine, faisait un rapport à son fils sur la marche de la ferme, ne lui parla jamais de l'attitude du valet. Au début, parce qu'elle se croyait assez forte pour l'affronter seule ; plus tard, parce que l'Albert qu'elle avait en face d'elle n'était pas le même que celui qu'elle avait connu avant le malheur. Le jeune homme ouvert mais peu bavard, joyeux mais peu exubérant, simple, direct, sensible sans affectation, avait cédé la place à un être tourmenté, taciturne, fermé, qui donnait l'impression de se cuirasser en permanence contre le monde. Même son aspect physique avait changé. Il s'était voûté, semblait plus petit et plus frêle. Son nez paraissait plus long, son menton plus rentré. La tignasse de seigle, qu'il libérait en ôtant son béret, était terne et comme pas lavée. De son arrivée par le car, le samedi après-midi, à son départ, le lundi matin, il accomplissait les tâches de la ferme, relayant tour à tour Germaine et Antoine, qui filait doux en sa présence ; pour le reste, il se comportait en hôte de passage. Il participait aux repas, en compagnie de son oncle et des valets, sans jamais se mêler à la conversation, rarement fournie il est vrai. Sitôt le dernier quartier de pomme porté à sa bouche à la pointe du couteau, il empochait celui-ci, se levait de table, et repartait au travail. Il évitait le plus possible de se retrouver seul avec sa mère, et plus encore avec son oncle. Le samedi soir, lorsque Claude restait à la maison d'en bas pour regarder la télévision, Albert tirait une chaise et s'asseyait face au poste, derrière les fauteuils qu'occupaient sa mère et son oncle, à bonne distance l'un de l'autre. Durant ces soirées, tant Claude que Germaine sentirent plus d'une fois le regard d'Albert posé sur leur nuque plutôt que sur l'écran.

Aussi prématurés qu'aient pu paraître les bans du beau-frère et de la belle-sœur, la décision n'en avait pas été prise à la légère. Ni, quoi qu'aient pu en penser les mauvaises langues, sous le coup d'un regain de passion, bien que cela ait pu y contribuer. Au début, Germaine pensa être en mesure de faire face seule aux difficultés qu'il y avait à mener la ferme d'en bas, ainsi qu'aux provocations d'Antoine. Elle était de race paysanne et d'une famille où on savait ce que parler veut dire. Chez nous, les femmes servaient les hommes à table et mangeaient sur un coin du fourneau ; c'étaient les maris qui attelaient le cheval (ou démarraient le tracteur) pour les conduire à la messe du dimanche ou au marché du samedi ; c'étaient eux qui conduisaient le tracteur et elles qui s'asseyaient sur l'aile, cramponnées d'une main à l'arceau du siège troué ; eux qui allaient au bistrot et elles qui les attendaient dehors ; eux qui chargeaient et menaient les chars de foin et elles qui ratissaient les bordures ; eux qui allaient à la chasse et elles qui plumaient les cailles. Mais c'étaient elles qui menaient la maison. Aucune décision importante n'était prise, aucune dépense n'était engagée sans leur avis, voire leur consentement. C'est ainsi qu'avait fonctionné la ferme d'en bas du vivant de son mari, et Germaine croyait qu'il en serait de même après son décès. Elle déchanta bien vite devant l'hostilité affichée d'Antoine et l'attitude pour le moins réservée de son fils.

Cela n'allait pas beaucoup mieux du côté de Claude. Avant l'accident, les deux frères se répartissaient les tâches et ne se voyaient qu'aux repas, préparés par Germaine et pris à la maison d'en bas. Les travaux agricoles étaient exécutés en commun, avec un matériel commun réparti entre les deux bâtiments, et chacun gérait son troupeau dans la plus stricte autonomie. Mais cette autonomie n'était qu'apparente, nombre de décisions quotidiennes, importantes ou mineures, étaient prises en commun sans même que les deux frères eussent à se concerter, par cette sorte de télépathie qui fonctionne parfois dans les familles. Et on peut dire qu'au travers d'Albert, Germaine menait la maison de son beau-frère en même temps que la sienne. Ce lien se brisa lorsque Albert tomba de son rocher. Claude, accaparé par l'urgence, fut assez long à en prendre conscience. Et dans le temps où Germaine admettait que, face à Antoine, elle ne ferait jamais le poids, Claude se découvrait parfois un peu perdu. Ce fut à l'arrivée du printemps que se produisit cette double découverte.

Chez nous, la fin de l'hiver est toute une histoire et ne coïncide pas toujours avec l'équinoxe de mars. Il est même fréquent d'avoir à l'attendre jusqu'à la fin mai ; alors le printemps ne fait que passer, l'été sur ses talons. On dit à Fontbonne que la première neige tombe lors de la foire d'octobre et la dernière sur la foire de mai, dicton météorologique qui se vérifie autant que les autres. Mais, neige ou pas, froid ou chaud, il vient un moment où les fermes doivent sortir de leur léthargie hivernale. C'est alors que les prairies, parfois encore tavelées de blanc, se marbrent de vert tendre, que les ruisseaux gonflent et s'étalent, que le surgissement des bourgeons teinte d'aquarelle les haies et les bordures de bois, que les lièvres fous d'amour s'ébattent en plein jour sur les versants ensoleillés, qu'avec le retour des pinsons retentissent les premiers chants d'oiseaux. Alors, dans les étables, les vaches s'apprêtent à vêler et les génisses commencent à s'agiter. Vient alors une période de travail intense, du lever du soleil à son coucher et même après. L'herbe est parfois encore trop rase, dans les prés, pour y mettre le bétail, et les réserves de foin s'amenuisent. C'était peu fréquent chez Carrot, où la surface des prés à faucher excédait en général les besoins, et où on était plus prêteur ou vendeur qu'emprunteur ou acheteur. Mais, que l'on soit l'un ou l'autre, cela faisait du travail supplémentaire ; et, avec un homme de moins à la ferme, les journées étaient plus souvent trop courtes que trop longues. Claude, accaparé par le travail et le court terme, n'avait guère de temps à consacrer à l'avenir. Il est vrai que la présence de son frère aîné ne lui avait guère donné l'habitude de le faire. Aussi, au fil de ce premier printemps sans Albert, devint-il de plus en plus dépendant des avis et conseils de Germaine.

C'était vers la mi-avril, une matinée comme nous en avons trop peu à cette saison. Un soleil encore un peu blanc avait dépassé les bords de la cuvette et s'employait à dissiper les bancs de brume qui s'attardaient au-dessus de la rivière. L'herbe jeune, d'un vert tendre et brillant, était encore givrée de rosée. Les pas de Germaine, qui traversait les prairies entre les deux fermes, y laissaient une trace foncée, quasi rectiligne tant sa marche était déterminée. Miro suivait sur ses talons ; depuis l'enterrement d'Albert il ne la quittait pas d'une semelle. Ils se dirigeaient vers la maison d'en haut. Loin au-dessus de leurs têtes, une alouette invisible jubilait et son chant emplissait l'espace. Un peu prématuré de sa part, pensa Germaine en se courbant sous le fil d'une clôture électrique.

Claude venait de la tendre afin d'isoler une portion de prairie pour y lâcher ses vaches quand le soleil aurait séché l'herbe. Dans ce domaine aussi, les Carrot étaient des précurseurs. Ils avaient installé les premières clôtures électriques bien avant quiconque dans la commune. Ayant, sauf exception, peu d'enfants, ils pouvaient se permettre de les tenir à l'école plus longtemps que les autres ; en tout cas, jusqu'au certificat d'études. Ce qui, à long terme, était un avantage sur leurs voisins plus prolifiques était aussi un inconvénient. Ils étaient privés d'une main-d'œuvre gratuite, indispensable aux menus travaux de la ferme dont la garde des troupeaux n'était pas le moindre. Mais ils avaient l'esprit à l'innovation. Depuis l'arrivée au domaine, peu après la guerre, du premier électrificateur de clôture, on avait cessé de louer des garçons pendant les vacances scolaires pour garder les vaches. On les gardait à l'électricité

A mi-chemin entre les deux fermes, Claude était en train d'enfoncer à coups de masse des tronçons de rond à béton munis d'isolateurs de porcelaine. Roulée en boule à ses pieds, Rita se reposait de la chasse frénétique d'une volée de pinsons. Le démarrage en trombe de sa chienne à la rencontre de Miro lui fit lever les yeux. Il se redressa, embrassant d'un regard Germaine et le paysage en camaïeu de verts sur lequel elle se détachait. Il lui sembla qu'il la voyait pour la première fois depuis qu'elle avait épousé Albert. Grande, encore fine et droite, elle portait avec fierté ses quarante-deux ans. Ses cheveux châtains flottaient autour du fichu noir et blanc qu'à l'opposé des femmes d'ici elle nouait sur sa nuque, dégageant un visage rectangulaire, presque masculin. Le blanc du fichu et les petites fleurs du tablier de satin dégravé qu'elle portait sur sa robe noire étaient les seules taches de couleur qui tranchaient sur le reste de sa vêture. Même ses bottes sont noires, pensa Claude. Germaine marqua un temps d'arrêt en atteignant l'ombre qui s'étirait devant son beau-frère, puis fit trois pas rapides, se précipita contre lui, et posa la tête contre son épaule. Aussi grande qu'elle pût être, il la dominait d'une tête. Il resta les bras ballants, sans lâcher la masse, sentant contre sa poitrine les seins lourds de sa belle-sœur qui le pressaient au rythme de sa respiration. De lui-même son bras gauche se plia et vint entourer les épaules de Germaine. Ils restèrent un moment immobiles, les chiens se poursuivant autour d'eux. Puis elle s'écarta brusquement, le rose aux joues.

— C'est plus possible ! dit-elle, des larmes au bord des cils.

Puis elle hoqueta :

— Rouveyre vient de me téléphoner ; il refuse toute la livraison de caisses. Il dit qu'il n'y en a pas une sur deux de bonne.

Il est temps de faire un nouvel aparté dans ce récit. Le moins qu'on puisse dire est que chez Carrot on craignait l'oisiveté, mère de tous les vices. Or l'hiver était par excellence la saison de l'oisiveté. Les veillées entre voisins, le chapelet du soir, agenouillé à demi sur une chaise inclinée face au crucifix, n'avaient qu'un temps ; et, sauf à se coucher avec les poules, les soirées étaient longues. Plus longues encore les journées, nombreuses au début du XXe siècle, où la neige et le froid interdisaient toute activité extérieure. Albert 1887 avait dû mijoter cela sur un des nombreux lits d'hôpital où il soignait un dos et une jambe criblés d'éclats de grenade en 1917 du côté du

Mort-Homme, éclats qui lui sauvèrent la vie en le dispensant du reste de la Grande Boucherie. Toujours est-il qu'en 1919, quand il rentra enfin chez lui avec une patte folle et le dos en biais, il entreprit la construction d'un petit atelier de fabrication de caisses, face à la maison, symétrique de la soue par rapport à la porte du potager. Il l'équipa d'une petite forge à manivelle, d'une scie à ruban, d'un matériel de menuisier, et surtout d'un énorme poêle à bois dont le ronflement couvrait le bruit des machines. Par grand froid, il maintenait dans le local une température suffisante pour entretenir la circulation sanguine chez les occupants, sans pour autant leur ôter l'envie de s'agiter au travail. Après quelques tâtonnements, Albert finit par se spécialiser dans la fabrication de casiers à bouteilles, dont il se faisait à Fontbonne une assez grosse consommation. Il faut dire qu'à cette époque la ville ne comptait pas moins d'une centaine de cafés, estaminets, tavernes, bistrots, et autres lieux de perdition. Plus deux limonadiers et six marchands de vin. Dès lors, le mot repos disparut six jours sur sept du vocabulaire de la famille Carrot. Au moins de celui des hommes ; quant aux femmes, il y avait des générations qu'elles en ignoraient le sens. Les fermes avaient beau entrer en hibernation relative, de l'avent à mardi gras les hommes trouvaient à s'occuper à l'atelier. Il est d'ailleurs à noter que cet endroit fut le premier des bâtiments Carrot à être relié au réseau électrique et resta longtemps le mieux éclairé.

La coutume perdura après lui, même si la demande baissa quelque peu en suivant à la baisse le nombre de débits de boissons, que l'entre-deux-guerres avait divisé par deux. Au moment où se déroule notre histoire, malgré cette baisse et une diminution parallèle du nombre de jours de grosse neige, il restait encore assez de caisses à faire pour occuper le temps libre des hommes. De son vivant, Albert 1913 s'était réservé ce travail, pour lequel il se faisait aider du seul Antoine, après un essai malheureux avec Léonce. Sous sa férule, le valet travaillait bien et sans histoire. Aussi, tout naturellement, c'est à lui que Germaine confia l'atelier. Comme tout ce qu'il faisait depuis la mort d'Albert, Antoine accepta en maugréant cette tâche où il était pourtant son propre maître. Il fallut même une intervention assez vigoureuse de Claude pour l'y contraindre. Passé la période de réticence et de mauvaise volonté, Antoine avait paru se faire à ce travail. Il avait même semblé à Germaine qu'il y mettait un certain zèle tant il y passait de temps, au point d'augmenter la charge de travail de Léonce et de sa patronne. Ne voulant pas multiplier les occasions de conflit avec le valet – elle en avait déjà bien assez –, elle se garda de vérifier ce qu'il y faisait.

La commande d'Emile Rouveyre, marchand de vins à Fontbonne, était arrivée avec le printemps et Germaine l'avait transmise à Antoine afin qu'il vérifie son stock et fabrique d'éventuels manquants. Prenant cette demande comme une offense personnelle, il s'était retranché trois jours dans l'atelier, n'en sortant que pour les repas, qu'il avalait sans mot dire, plus renfrogné que jamais. Au bout de ces trois jours, il avait rendu la commande à Germaine en lui disant d'un ton rogue :

— Elles sont faites, vos caisses !

Le camion de Rouveyre était arrivé quelques jours plus tard ; Léonce avait aidé à le charger, Antoine ayant disparu sous prétexte d'aller vérifier une clôture à l'autre bout du domaine. Un coup de téléphone furieux du père Rouveyre avait suivi aux petites heures du lendemain et Germaine était là, à pleurer sur l'épaule de son beau-frère.

Claude dit, entre ses dents serrées :

— C'est encore un coup de cet abruti...

Germaine fit oui de la tête et ajouta :

— Je n'en peux plus. Cet homme me rendra chèvre. Si encore Albert m'aidait...

— Il ne t'aide pas ?

— Si tu veux dire aider au travail de la ferme, il aide, et plutôt deux fois qu'une. Du samedi au dimanche je ne le vois pratiquement pas. Et, quand je le vois, il n'ouvre pas la bouche. Il me regarde même un peu de travers. A croire qu'il m'en veut de la mort de son père...

Pensif, Claude rectifia :

— Ce n'est pas à toi qu'il en veut...

Puis, après un silence, il ajouta :

— Mais, face à Antoine, il ne te soutient pas ?

Germaine leva les bras et les laissa retomber.

— Lorsque Albert est ici, Antoine se tient à carreau. Il se garde bien de lui répondre comme il me répond. Et puis c'est Albert qui fait les trois quarts de son travail...

— Raconte-lui comment il se comporte le reste du temps...

— J'ai essayé. Je l'ai attrapé dimanche dernier avant qu'il ne parte prendre le car... Je ne suis même pas sûre qu'il m'ait entendue...

Claude carra les épaules.

— Ecoute. Il me reste cinq ou six piquets à planter. Je finis cette clôture et je sors les bêtes. Ensuite je descendrai chez toi m'occuper d'Antoine. Après dîner je prendrai la voiture et j'irai voir Rouveyre pour tenter d'arranger le coup avec lui.

(Ai-je dit que chez nous on déjeune le matin, on dîne à midi, et on soupe le soir ?)

Claude tendit le bras et posa la main sur l'épaule de Germaine. Elle esquissa un pas en avant, fit un demi-sourire, sortit son mouchoir de la poche de son tablier, s'essuya les yeux et le nez, rempocha son mouchoir, et fit demi-tour. Claude la regarda ; elle marchait dans ses traces de l'aller, un peu redressée. Miro, qui s'était attardé un instant avec Rita, la rejoignit ventre à terre. Claude se baissa, ramassa sa masse, et partit en comptant six pas vers l'emplacement du piquet suivant.

L'entrevue avec Antoine, enfin revenu de l'autre bout du domaine, fut assez conflictuelle. On peut même penser qu'elle se serait terminée en pugilat si la différence de taille et d'allonge entre le maître et le valet n'avait pas retenu ce dernier. Elle l'eût été à coup sûr dans les mêmes circonstances avec Albert père, et Antoine eût récolté la rossée que peut-être il recherchait inconsciemment. Quoi qu'il en soit, au terme de la discussion, Antoine cracha une démission de défi. Claude s'empressa de le prendre au mot. Il rédigea une lettre que l'autre, encore tout excité, signa d'une main malhabile. Sans perdre de temps, Germaine alla prendre dans le coffre de quoi lui payer six mois d'un salaire qui n'était pas bien gros. Le valet eut un geste de recul en voyant l'épaisseur de la liasse et Claude lança un regard de reproche à sa belle-sœur : sa générosité risquait de donner des remords à Antoine et l'inciter à ravaler sa démission. Heureusement le valet se ravisa, tendit la main, saisit les billets, fit mine de les compter, et les fourra dans sa poche. Claude lui dit alors :

— Bon. Tu vas rassembler tes affaires et partir tout de suite.

C'est à ce moment que l'homme comprit l'étendue du désastre. Il se tassa sur lui-même, ses gestes se ralentirent et il lança en direction de Germaine un regard qui se voulait suppliant. Elle détourna les yeux. Epaules voûtées, toute arrogance ravalée, le valet fit lentement demi-tour et se dirigea vers la porte de l'étable, suivi de Claude. Germaine eut la langue levée pour les rappeler et se ravisa ; l'autre lui en avait trop fait voir depuis la mort de son mari. Elle mit deux bûches dans le fourneau, revint à la table, et se mit à nettoyer des jeunes pissenlits ramassés de la veille, qu'elle se proposait de mettre en salade avec des pommes de terre, des lardons et de l'huile de colza. Elle leva la tête un moment plus tard, lorsque Antoine, portant un baluchon à la main, passa devant la fenêtre et lui lança un regard misérable. Elle détourna les yeux et cacha sa tête dans ses mains. De grosses larmes coulèrent sur ses pissenlits. Il lui sembla qu'ils venaient d'enterrer Albert une deuxième fois.

Les événements qui suivirent et conduisirent à l'annonce du mariage de Germaine et de Claude mériteraient peut-être d'être contés mais alourdiraient inutilement ce récit. Toujours est-il que, deux mois après le départ d'Antoine, Claude et Germaine faisaient publier les bans. Comme je l'ai dit plus haut, il y eut quelques esprits chagrins pour se scandaliser d'une telle hâte. Ils furent peu, dans l'ensemble. Les habitants du Plateau sont avant tout pratiques et quelque peu routiniers ; l'idée qu'une exploitation, surtout de l'importance de celle des Carrot, puisse être menée par une femme leur semblait impensable. Il y a dans la mentalité des gens d'ici un vieux fond barbare auquel la loi salique convient parfaitement. Claude épousant Germaine, les choses rentraient dans l'ordre. Même le curé de Saint-Jean auquel ils allèrent s'ouvrir de leur projet s'en réjouit ; il leur offrit en prime une caution biblique en leur citant le

Deutéronome 25, 5, prenant soin toutefois d'omettre le passage « sans laisser de fils », de crainte de compliquer la situation.

On peut donc conclure en affirmant que la façon dont Germaine mit fin à sa régence en épousant son beau-frère remporta une très large approbation. Même chez les esprits chagrins déjà cités, pour lesquels c'était plutôt un plaisir que de se scandaliser. Une seule personne fut bouleversée par cette annonce et ce fut Albert. La suite de cette histoire est le récit des conséquences de ce bouleversement.

ACTE II

11

Au moment d'entrer à la mairie, Germaine regarda encore autour d'elle ; Albert n'était toujours pas là. Il avait disparu depuis le matin lorsque, après la traite, elle était montée se faire belle pour la noce. Ils étaient convenus, avec Claude, de ne pas tomber dans l'excès de toilette – il s'agissait après tout, pour elle au moins, d'un remariage – mais elle tenait quand même à se faire aussi belle que le lui permettaient les circonstances. Et, puisque son veuvage allait cesser, elle abandonnerait le noir qu'elle portait depuis près de six mois. Elle n'était pas allée jusqu'à s'accorder à la saison en s'habillant de clair, se contentant d'un sage tailleur bleu marine, acheté du vivant d'Albert et que, jusqu'alors, elle n'avait porté que pour les noces et baptêmes ; chez les autres. Le chapeau assorti au tailleur, que les bonnes âmes auraient trouvé trop coquin pour l'occasion, avait été revu et corrigé par les soins d'Armande Bonnafaix et muni d'une voilette qui lui masquait la moitié du visage.

Les deux futurs étaient arrivés ensemble à Saint-Jean, dans la Simca récurée pour l'occasion mais sans fleurs blanches aux essuie-glaces, ni rubans aux poignées de portières. Ils avaient marché jusqu'au perron de la mairie sans se donner le bras, en promeneurs. Claude était endimanché mais pas plus qu'un dimanche normal pour la messe. Et les censeurs les plus rigoureux n'auraient pu que remarquer que Germaine ne portait pas de bouquet. On peut dire en bref qu'ils avaient fait leur possible pour banaliser cette journée, dont l'un au moins pouvait affirmer qu'elle était la plus belle de sa vie.

Ils avaient cru ainsi échapper à la curiosité populaire, et s'étaient lourdement trompés ; tout Saint-Jean, Tournac, et une grande partie de la population des hameaux environnants étaient là. N'étaient restés dans les fermes que les vieillards intransportables, les enfants à la mamelle et leurs mères, ainsi que les personnes indispensables à la survie du bétail. Les fiancés durent se frayer un chemin au milieu d'une foule épaisse et bourdonnante, où manquait Albert.

Arrêtée sur la deuxième marche du perron, Germaine parcourait les dizaines de visages qui la contemplaient, cherchant celui de son fils. Claude, entré avant elle, ressortit pour s'enquérir de la cause de cette halte.

— Albert n'est pas là, lui dit Germaine.

Claude répondit, dans une grimace et un haussement d'épaules :

— Dieu sait ce qu'il aura encore été inventer...

Puis, prenant cette fois le bras de Germaine, il la conduisit dans la salle des mariages.

Il y avait déjà quelque temps qu'Albert avait adopté une conduite des plus incohérentes. Cela avait commencé le jour où Germaine lui avait annoncé son remariage et ne faisait qu'empirer. Ce fut par la tête que débuta la série de ses excentricités ; il cessa tout net de se rendre chez le coiffeur et, au moment du mariage de sa mère, arborait une crinière d'un blond agressif à reflets verts, une espèce de coiffure à la Jeanne d'Arc, qui lui couvrait les oreilles. Une frange, égalisée au ras des sourcils, lui masquait le front. Germaine, intriguée par la pâleur anormale de cette chevelure, avait un jour surpris son fils en train de se rincer la tête avec de l'eau qui sentait la javel à cinq mètres. Lorsqu'elle lui avait fait observer le danger que cela représentait pour la santé future de ses cheveux, il avait haussé les épaules. Peu après, c'était au matin de Pentecôte, elle l'avait vu sortir de sa chambre portant un ballot de vêtements pliés dans une couverture. Et, dans l'eau bouillante de la chaudière à cochons vaguement rincée, il avait entrepris de les teindre en noir. Tout y était passé, manteau, chandails, chemises, pyjamas, vêtements de dessus et de dessous, même ses bleus de travail. Il avait fini par se déshabiller, joindre au bouillon les vêtements qu'il venait de quitter, chaussettes comprises, et, nu comme un ver, enveloppé dans la couverture, touiller sa préparation. Estimant atteint le résultat espéré, il avait suspendu sa préparation aux fils d'étendage qui couraient à l'entrée du potager. C'était à la mi-mai, une de ces journées où un ciel d'encre, portant toute l'eau des sept mers, défile à toute allure, fouetté par le vent de nord-ouest. Lorsque Albert, bleu de froid, était enfin remonté dans sa chambre, Germaine, prise de pitié, sentant venir la pluie, était allée décrocher les vêtements et les pendre sous le hangar. Elle fit bien : il tomba des cordes du dimanche à midi au lundi soir. L'humidité ambiante était si importante que les habits d'Alfred ne purent sécher complètement ; le mardi matin lorsqu'il s'habilla et sortit pour aller prendre le car de Fontbonne, ils étaient encore moites. Il n'est pas certain qu'il s'en rendit compte. De ce moment, Albert, à l'instar de sa mère, ne fut plus vêtu que de noir, surenchérissant même sur elle par la noirceur de ses sous-vêtements. Et quel noir ! Marbrés, parcourus d'arcs-en-ciel qui allaient du violet pisseux au kaki passé, les vêtements du jeune homme témoignaient de la hâte et de l'amateurisme avec lesquels on les avait endeuillés.

La liste des excentricités d'Albert depuis l'annonce du remariage de sa mère tiendrait des volumes. N'ayant que trop d'occasions d'alourdir ce récit, je m'en tiendrai là.

Debout, le ventre étayé par la feutrine verte de la table entre ses deux poings, Emile Gonnet regardait les fiancés venir à lui et s'installer sur les deux fauteuils paillés qui lui faisaient face. Assis à sa droite, porte-plume en batterie, le Code à portée de main et le registre d'état civil ouvert devant lui, le secrétaire de mairie regardait avec un peu de crainte la foule qui se pressait dans l'encadrement de la porte. Les plus chanceux ou les plus habiles étaient déjà entrés et luttaient sournoisement pour les trois rangées de chaises disponibles. Le maire eut un moment de nostalgie, teintée d'un peu de malice. A Saint-Jean comme dans beaucoup d'autres communes, l'instituteur, par tradition, on pourrait dire de droit, était secrétaire de mairie. Gonnet l'avait été en son temps et ne comptait plus les mariages auxquels il avait participé assis à cette même table, et dans la même attitude que son remplaçant. En devenant maire, il avait seulement changé de place et de position. Il savait que l'homme qui était assis à sa droite avait espéré, à l'occasion des élections du printemps, devenir à son tour celui qui, debout, célébrait les mariages. Cette ambition aussi clairement affichée, contrariant Emile Gonnet, l'avait amené à se représenter en démentant les propos qu'il avait tenus tout l'hiver. Comme il n'avait jamais rien fait dans la commune, il avait été réélu avec un score soviétique, condamnant son successeur à six années supplémentaires de purgatoire.

Lorsque la salle fut pleine, que l'on n'entendit plus que les raclements de pieds des entassés de l'intérieur et le brouhaha de la place, le maire balaya la salle d'un regard circulaire, vérifia que son secrétaire se tenait l'arme au pied, et porta les yeux sur le premier rang de chaises. Germaine et Claude n'ayant guère de famille directe, ce rang était presque vide. Seuls l'occupaient les mariés et leurs témoins. L'une de ces chaises semblait, si on peut dire, plus vide que les autres ; c'était celle qu'aurait dû occuper Albert. Emile Gonnet se promit in petto d'en toucher deux mots au jeune homme à la première occasion, et de lui faire honte de cette absence. Il chaussa ses lunettes et porta la main à la poche de son costume. Dans ce mouvement, ses yeux tombèrent sur le gland doré de son écharpe, qui lui pendait sur le nombril au lieu de se situer sagement sur le côté. Il esquissa un geste de la main gauche pour rétablir la situation mais se souvint à temps qu'il l'avait ainsi disposée pour dissimuler derrière son épaule une tache de graisse que, depuis plusieurs mois, il se promettait de faire nettoyer. Il sortit un papier, le déplia, et de sa voix d'instituteur, détachant les mots, marquant d'une inflexion les points et les virgules comme s'il dictait un texte de Pierre Loti, commença de lire son discours.

Compte tenu de l'âge de ses clients et des circonstances de leur mariage, Emile Gonnet n'avait pas jugé bon de leur dispenser le discours-fleuve habituel, fondé sur la fécondité, les valeurs républicaines et l'obéissance due à l'époux, qu'il servait aux jeunes gens. Dans son court propos de substitution, il mit l'accent sur la prospérité qui naissait de la bonne gestion et sur la sérénité de l'âge mûr. L'affection mutuelle remplaça l'amour, et les soirées au coin du feu prirent la place des allusions un peu égrillardes à la nuit de noces, par lesquelles se concluait son discours standard. Tel quel, ce laïus rédigé le matin même sur la toile cirée de sa table de cuisine fut apprécié des spectateurs. Un murmure approbateur s'éleva de l'assistance lorsque après avoir rempoché son papier il fit signe aux futurs époux de se lever. Le reste de la cérémonie fut vite expédié. Les articles du code civil une fois lus, et comme dictés aussi, par le secrétaire, les questions sacramentelles furent posées aux fiancés ; il y fut répondu de façon satisfaisante et le maire les déclara mari et femme. Pendant que la foule s'écoulait, sans beaucoup d'espoir de trouver place à l'église, remplie sans nul doute de ceux qui étaient restés sur la place, les mariés se tinrent debout côte à côte à regarder sans le voir Emile Gonnet qui enroulait son écharpe autour de sa main gauche et la fourrait dans sa poche. Alors seulement Claude tressaillit et prit la main de Germaine. Ainsi unis, ils rejoignirent les témoins, déjà penchés plume à la main sur le registre du secrétaire.

Le témoin de Claude était Arsène Guétrier, paysan sur le Plateau. Camarades de banc à l'école des frères de Craponne, les deux jeunes gens s'étaient retrouvés en 1940 mobilisés à Clermont dans le même régiment. Ils avaient échappé par miracle à la captivité lors de la débâcle et avaient conservé des liens d'amitié même s'ils ne se voyaient que de temps à autre, le samedi au marché de Fontbonne. Le témoin de Germaine était sa sœur, Mélanie, mariée à un épicier d'Ambert. Les deux sœurs ne se fréquentaient guère, tant la frontière virtuelle qui, au nord de Fontbonne, séparait le Velay de l'Auvergne était étanche. Ces deux témoins ne jouent aucun rôle dans cette histoire et nous n'en dirons pas plus à leur sujet si ce n'est qu'après l'église, un repas devait réunir, dans l'arrière-salle de chez Masson, les mariés, leurs témoins et leurs conjoints, ainsi qu'Emile Gonnet, pour lequel, depuis son enfance, Claude avait gardé de l'affection. Sans oublier le curé, invité de droit aux repas de mariage. Albert, que sa mère avait timidement convié à se joindre à eux, avait refusé sans donner de raison.

Les nouveaux mariés sortirent les derniers de la mairie. Le maire et le secrétaire, bouffeurs de curés par tradition professionnelle, leur serrèrent la main sur le seuil et rentrèrent ranger la salle. La place s'était vidée. Les curieux s'étaient entassés dans l'église, débordant sur les marches par les portes ouvertes. Arrêtée un moment sur le seuil, Germaine, éblouie, chercha du regard sur la place la silhouette blonde et noire d'Albert. Elle n'y était pas. Claude lui prit le bras et l'entraîna vers l'église.

12

Le curé Valette n'était pas tranquille. Il craignait un incident et avait de bonnes raisons pour cela. Elles remontaient à quinze jours, à la messe du dimanche. Il avait, à la fin de son sermon, après les annonces d'intentions de messes et d'offices, prononcé en chaire la formule de rigueur :

« Il y a projet de mariage entre Claude Carrot et Germaine veuve Carrot, née Trousseau, demeurant tous les deux à Tournac. Si vous connaissez quelque empêchement à ce mariage, vous êtes tenus en conscience de nous en avertir. »

Depuis le début de son ministère, il avait prononcé cette phrase quelques dizaines de fois sans jamais obtenir la moindre réponse. Tout au plus, parfois, un ragot de bas étage auquel il faisait un sort avec vigueur et sévérité. Il avait la main sur le portillon de sa chaire lorsqu'une voix s'était élevée du fond de l'église :

« Moi ! J'en connais un, d'empêchement... »

Le prêtre avait sursauté et aperçu, dans la pénombre du tambour, une forme sombre qui s'avançait dans l'allée centrale. Tous les assistants s'étaient retournés, à grand bruit de pieds et d'étoffes froissées. Un murmure s'était élevé. En entrant dans la lumière des vitraux, la forme était devenue celle d'Albert, un

Albert méconnaissable, qui marchait lentement, sourire aux lèvres. Il s'était arrêté au pied de la chaire et avait levé les yeux vers le prêtre, qui lui avait demandé :

« Qu'est-ce qu'il t'arrive, Albert ? Tu connais un empêchement au remariage de ta mère ? Tu sais que rien ne l'interdit. »

Albert avait alors crié, de plus en plus fort :

« Mais il ne peut pas l'épouser ! Ce ne serait pas juste ! Il a... »

Un silence de mort s'était établi dans le saint lieu. Surpris, Albert avait regardé autour de lui. Les visages étaient tendus, presque avides. Le prêtre s'était penché et, à voix très basse, avait posé la question :

« Qui a fait quoi, Albert ? »

A ce moment, Albert avait aperçu le visage de sa mère, à deux rangées de lui. Elle le regardait avec terreur, les yeux écarquillés d'où perlaient de grosses larmes qui contournaient son menton et partaient se perdre dans le col de sa veste. Il avait fait demi-tour et s'était sauvé en courant, laissant la porte de l'église ouverte. Un brouhaha de conversations excitées s'était élevé et le prêtre, redescendu de sa chaire, avait eu beaucoup de peine à reprendre le cours de l'office. Pendant qu'il se déshabillait à la sacristie, Germaine était venue frapper à la porte. Le curé avait expédié son enfant de chœur et tenté de calmer la veuve et future mariée, tout en l'interrogeant sur les motifs qui avaient pu pousser son fils à un tel esclandre. Il avait alors recueilli de la bouche de Germaine un historique des excentricités diverses du jeune homme depuis l'annonce du mariage. Rassuré par ce récit, il avait abandonné l'idée qu'il pouvait y avoir quelque secret inavouable, cause de l'attitude d'Albert ce matin-là.

Il avait accueilli les époux au pied de l'autel, indiqué leurs places aux témoins, et commencé sa messe. Mais l'absence d'Albert l'inquiétait ; chaque fois qu'il se retournait vers les fidèles, il regardait, par-delà les prie-Dieu des mariés, les mariés eux-mêmes assis face à lui, les dalles de l'allée, éclairées vers le fond par un coin de lumière venant des portes ouvertes, et, au-delà, un bout de place. Il y guettait l'apparition d'Albert. Il lui tardait d'en avoir fini avec cette histoire et il regrettait d'avoir été inflexible en maintenant la messe, alors que Claude et Germaine souhaitaient une cérémonie réduite à sa plus simple expression.

Après l'échange, sans histoire, des alliances et des consentements, le prêtre un peu soulagé se tourna vers l'autel et entama la liturgie de l'eucharistie. Il tournait les pages de son livre lorsqu'il entendit, venant des portes, le pas d'un cheval qui résonnait sur les pierres, accompagné d'un flot de paroles excitées. Abandonnant son missel, il se retourna et vit Albert, monté à cru sur un grand cheval noir qu'il menait au licol, traverser la place et entreprendre de lui faire escalader les marches de l'église, ce que le Noir, confiant et habitué aux terrains difficiles, fit sans hésitation. Parvenu sur le petit perron qui surmontait l'escalier, Albert arrêta sa monture, se laissa glisser au sol, dit quelques mots à l'oreille de l'animal, dont la tête et l'avant-main envahissaient l'intérieur du tambour, et s'avança dans l'église. Dans le silence revenu, il se rendit à pas lents au pied de la statue de saint Antoine, et prit deux cierges qui brûlaient là. Un cierge dans chaque main, un sourire extatique aux lèvres, il remonta l'allée centrale jusqu'à deux pas derrière sa mère et son oncle qui le regardaient arriver.

A cet endroit, il se pencha, fit couler au sol quelques gouttes de cire et fixa les cierges sur les dalles de part et d'autre de l'allée. Puis il s'allongea entre eux, les pieds en direction de l'autel, joignit les mains sur sa poitrine et ferma les yeux. Jusque-là fasciné par le comportement du jeune homme, le curé se reprit et revint aux époux. Il surprit Germaine esquissant un geste en direction de son fils et la main de Claude qui se tendait pour lui saisir le poignet. Germaine sembla lutter un instant et les jointures de la main de Claude blanchirent. Enfin Germaine abandonna et se retourna vers le prêtre. Claude lui dit, à voix basse :

« Continuez, mon père. Ne faites pas cas de ce... »

Il s'interrompit et se tourna vers Germaine avec un regard d'excuse.

Le reste de la messe fut célébré dans le plus grand silence, on pourrait presque parler de recueillement, la voix de l'officiant interrompue de temps à autre par le claquement sur les dalles d'un fer du percheron qui changeait son pied de repos. Lorsque le curé prononça l'*Ite missa est*, bénit l'assemblée et fit signe aux époux et à leurs témoins de le rejoindre à la sacristie pour signer le registre, la foule s'écoula en silence, tous les visages tournés vers le gisant. Mais lorsque les fidèles, contournant le percheron immobile comme son maître, se retrouvèrent sur la place, les langues se délièrent. Le volume sonore atteignit les sommets d'un jour de foire à Fontbonne et couvrit le son des cloches que branlait Rogatien Fournol.

Dans l'église vide, Albert se redressa, arracha ses cierges et les rapporta aux pieds de saint Antoine. Il sortit, saisit le licol du Noir, lui fit faire un demi-tour sur place et descendre les marches. Dans la foule, les hommes, dont la plupart savaient mener un cheval, interrompirent leurs commentaires excités, le temps d'admirer la manœuvre. Quand le cheval fut au bas de l'escalier, Albert le plaça à côté des marches, sur lesquelles il prit appui pour enfourcher sa bête. Traversant la foule sans un regard pour quiconque, il s'engagea sur la coursière de Tournac.

Un silence relatif, de murmures et de chuchotis, s'établit sur la place lorsque les époux sortirent de la sacristie. Les femmes remarquèrent le visage dévasté de Germaine. Claude arborait un air dur dont il n'était pas coutumier, et qui le faisait ressembler à son défunt frère. Beaucoup, effrayés, s'écartèrent et partirent. Claude eut alors la bonne idée d'offrir, à tous ceux qui restaient, de boire à leur santé (et à ses frais) au café Masson. Si ce geste détendit l'atmosphère, il n'empêcha pas les conversations de tourner autour de l'attitude d'Albert. L'avis général fut que la mort de son père avait tourné la tête du jeune homme. Les plus optimistes assuraient que les choses rentreraient dans l'ordre à la longue. Beaucoup affirmèrent que le dérangement était définitif. Les oiseaux de mauvais augure dirent, en secouant la tête, que le remariage de Germaine commençait mal.

13

La côte de la Mine était toujours une épreuve pour les trains et autorails de la ligne de Saint-Etienne à Fontbonne. La pente en était si forte que, par temps de gel, on devait atteler deux locomotives pour extirper le train de la gare de Saint-Gatien et le hisser pied à pied jusqu'au Plateau. C'était aussi une épreuve pour les voyageurs, ballottés dans les courbes jusqu'à la gare de Saint-Martial où la pente s'assagissait bien qu'il restât des courbes. De fait, passé Saint-Gatien, on était ballotté jusqu'à Fontbonne.

Aurélie Carrot avait emporté un livre en partant de Lyon mais n'avait pas dépassé la vingtième page. Il en était ainsi chaque fois qu'elle partait pour Fontbonne. Lectrice avide, elle était capable de lire en tout lieu et dans toutes les positions. Mais pas dans ce train-là. Passé Saint-Etienne, les souvenirs arrivaient en farandole ; son livre ouvert restait sur ses genoux tandis qu'elle rêvait, laissant courir les yeux sur un paysage qu'elle connaissait par cœur.

Aurélie était fille cadette de Paul Carrot, cousin issu de germain des frères Carrot de Tournac. Conçue à la fin de la drôle de guerre, elle avait connu son père en 1945. Son aîné d'un an, Laurent, était à huit jours près le jumeau d'Albert. Il en était de même de leurs pères, nés le même mois. Il n'existait que deux familles Carrot dans le département, et elles étaient cousines. Robert, père d'Arsène et grand-père de Paul, fils cadet d'Albert 1839 de Tournac, avait dérogé aux habitudes ancestrales des Carrot en n'entrant ni dans l'armée ni dans les ordres. A sa majorité, il avait épousé la fille unique d'un paysan des Olmes, un de ces villages du bord du Plateau qui montent la garde au-dessus de la Limagne d'Ambert, et avait repris l'exploitation familiale. Ce n'était pas un Carrot pour rien. Trois générations plus tard, sans atteindre les dimensions impériales de celle de Tournac, la ferme Carrot des Olmes constituait déjà une jolie principauté. Mais les Carrot des Olmes ne font que passer dans ce récit et je n'en dirai rien de plus.

Lorsque Paul était né en 1913, aux Olmes, deux ans après son frère aîné, l'expansion coloniale était terminée et les lois anticléricales avaient bien réduit l'attractivité du sacerdoce. En revanche, la fonction publique, en plein essor, ouvrait une voie royale aux puînés des familles paysannes. Paul Carrot y fut donc destiné dès son enfance et, bon fils, se mit en mesure d'y entrer. Il passa le concours des PTT, le réussit, et entra au bas de l'échelle dans l'administration. Intelligent et travailleur, en vrai Carrot qu'il était, même de la branche cadette, il progressa de concours en concours. Au moment de ce récit, il était contrôleur à la Grande Poste de Lyon.

Bien que distants de plus de cent vingt kilomètres, les Carrot de Tournac cousinaient ardemment avec ceux de Lyon. Il faut dire qu'Albert 1913 et Paul, mobilisés en 1939 chacun de son côté, capturés tous deux en juin 1940, l'un à Dunkerque, l'autre en Lorraine, s'étaient retrouvés dans le même stalag, du côté de Wuppertal. Evadés deux fois ensemble, repris deux fois ; par miracle on ne les avait pas séparés. Libérés le même jour par l'armée américaine, c'était par le même train qu'ils étaient arrivés un beau matin à la gare de Fontbonne, décorée pour la circonstance. Cela crée des liens, et Paul était beaucoup plus lié à son cousin Albert qu'à son frère des Olmes. Leurs épouses aussi avaient sympathisé. Par courrier, d'abord, sur le conseil de leurs prisonniers d'époux, histoire de se soutenir en échangeant des nouvelles qui, par la force des choses, étaient les mêmes. De ce fait, quand fut venu le temps des restrictions, Odette Carrot avait tout naturellement élu la ferme de Tournac comme but de ses expéditions bimensuelles de ravitaillement et fait pour de bon la connaissance de Germaine. Partie en train de Lyon aux aurores du samedi matin avec ses deux enfants, une valise vide à la main, elle arrivait vers midi à Fontbonne. Claude les y attendait au volant d'une vieille Vivaquatre Renault à gazogène. Il les ramenait le dimanche au train de dix-sept heures, suralimentés, la valise étirant le bras d'Odette, Laurent et Aurélie saouls de riche nourriture et de grand air.

Après la guerre, Tournac devint naturellement la deuxième maison des Carrot lyonnais. Du moins de leurs enfants, qui y passaient les grandes vacances, du surlendemain de la sortie à l'avant-veille de la rentrée ; à l'exception parfois d'une quinzaine où leurs parents, dont un seul était postier, les emmenaient au Grau-du-Roi lorsqu'ils pouvaient prendre leurs congés ensemble. Albert était, bien sûr, du voyage. Les autres années, Odette et Paul prenaient leurs congés en ordre dispersé à la ferme, aidant aux travaux dans la mesure de leur possible et ne voyant qu'à la nuit leurs enfants qui, depuis l'aurore, couraient la campagne avec leur cousin.

Non contentes de se retrouver aux vacances d'été, les deux familles avaient pris l'habitude de fêter Noël ensemble. L'idée d'inviter les Lyonnais était venue à Albert 1913 le jour où il avait mis son fils en pension au Puy, à l'entrée en sixième. C'était un dimanche soir de la fin septembre, à la tombée de la nuit. Le vestiaire des petits, bas et mal éclairé par deux lampes étanches, grouillait de familles en train de faire leurs adieux à leurs rejetons. Les vêtements d'Albert avaient été rangés dans son casier, et ses chaussures au râtelier. Le sarrau, neuf et raide, qu'il mettrait le lendemain avant de se rendre à la première étude, pendait au portemanteau numéroté. Albert regardait sa mère, qui lui agrippait la main de toutes ses forces. Il espérait qu'elle n'allait pas se mettre à pleurer et lui faire honte devant les autres. Il avait déjà assez de mal à se retenir lui-même. Plusieurs fois déjà son père avait tenté d'emmener Germaine et chaque fois celle-ci avait trouvé un nouveau prétexte, une nouvelle recommandation à faire, pour différer la séparation. A la fin, Albert avait fini par dire à Germaine :

« Tu sais quoi ? On va inviter les Lyonnais à fêter Noël à Tournac. Comme ça, le petit pourra voir ses cousins. »

La proposition avait surpris Germaine au point qu'elle avait lâché la main de son fils et qu'Albert avait pu l'emmener.

C'est ainsi que, depuis cette date, Laurent et Aurélie arrivaient à Tournac à la veille de Noël, avec leurs parents, et y passaient la semaine. Albert, Germaine et leur cousin les ramenaient à Lyon, au matin du 1er janvier, que les familles passaient ensemble. L'attente de ces vacances d'hiver suffisait à enjoliver les dernières semaines du premier trimestre, autrement si longues et tristes. Les journées étaient courtes, mais tellement remplies ! Les garçons disparaissaient bien avant le jour, tendus vers des occupations mystérieuses et pour la plupart interdites. Ils revenaient un court instant à midi, souvent porteurs de truites, de chevesnes, parfois d'écrevisses, capturés par des moyens inavouables. Ils repartaient aussitôt après avoir engouffré d'énormes platées de pommes de terre, un quignon et une barre de chocolat dans la poche. Ils ne rentraient qu'à la nuit, crottés comme des rats, posaient fièrement sur la table le fruit de leur braconnage, grives ou même ramiers, pris à la glu ou au trébuchet, et s'en allaient aider aux travaux de l'étable. Lorsqu'elle eut passé dix ans, Aurélie fut admise à les suivre et, pour ce faire, à porter un pantalon. Quand trop de neige ou trop de froid interdisaient tout braconnage actif (il en fallait beaucoup...), ils montaient jusqu'au plateau des Trèves et, dans la forêt, cherchaient des coulées de lièvres afin d'y poser des collets. Ils n'en prirent jamais.

Lorsque les garçons atteignirent quatorze ans et que la carabine à plombs ne suffit plus à leurs ambitions, Albert se procura pour eux, chez Martin à Fontbonne, deux fusils Darne de calibre 20, que l'armurier avait rachetés dans un château de la Plaine et remis en état. De ce moment, leurs tableaux de chasse devinrent plus conséquents, en nombre et en qualité. Aurélie, qui piaffait, fut de la partie avec le décalage habituel d'un an. Paul Martin lui avait déniché une mignonne carabine de calibre 24, de même provenance que les fusils des garçons ; elle en fit bon usage : merles et étourneaux vinrent s'ajouter aux grives et aux ramiers. Il était bien sûr interdit de chasser, à leur âge et à cette saison. Mais c'était une époque bénie, où les gardes-chasse étaient rares et les gendarmes occupés ailleurs. Et ils ne furent jamais dénoncés ; ou, s'ils le furent, ce fut sans effet : personne ne les inquiéta. A ce régime, Laurent et Aurélie en étaient venus à considérer Albert comme un frère un peu lointain. Et même plus, s'agissant d'Aurélie.

14

Seule dans son compartiment de seconde, le buste oscillant au gré des secousses, la jeune fille rêvait en regardant défiler au ralenti les genêts du talus. Elle revivait les étés qui, aux cerises, paraissaient interminables, et, aux prunes, avaient filé comme l'éclair même si les derniers jours s'étiraient parfois un peu.

... Les baignades, dans le plan d'eau du barrage...

... La façon dont Laurent, qui savait nager, avait appris à son cousin en le poussant à l'eau là où il n'avait pas pied...

... Les pêches miraculeuses, les goujons gros comme des truites qu'ils pêchaient au carbure dans le trou d'eau d'un retour de courant, au risque de se faire estropier. Les vairons, pris à la bouteille, qu'on vidait en leur pressant le ventre et que tante Germaine faisait frire pour eux seuls [1]...

... Les sifflets à coulisse, fabriqués au couteau dans un tronçon de sureau, et sur lesquels Albert parvenait à jouer des airs presque reconnaissables...

1. Deux méthodes de pêche très efficaces (et très interdites), que je me garderai bien de dévoiler.

... Et les travaux de la ferme : la traite, pour laquelle, dès dix ans, elle avait montré des aptitudes surprenantes ; « pour une Lyonnaise », disait Albert un peu méprisant...

... Les foins : munis de râteaux à leur mesure, ils rassemblaient les derniers brins oubliés par les faneuses, aux bordures ou entre les andains. Le retour du pré juchés au sommet du char, nichés dans l'odeur enivrante du foin frais qu'on allait rentrer à la fenière en enveloppant les chambres d'une épaisseur douillette...

... Le battage du seigle : tandis qu'Aurélie aidait à la cuisine, les garçons, équipés de sacs à leur taille, recueillaient le grain qui coulait de la machine ronflante et le portaient au grenier sur un tas contenu par des poutres en carré.

... Et tant d'autres souvenirs...

Mais aussi ce jour de l'été de ses quinze ans. C'était juste avant le 15 août et ses orages, au moment où les bois de pins sont secs comme de l'amadou. Ils ramassaient des pommes de pin, que chez nous on nomme *pègnes*, et qui, bien sèches, constituent le meilleur des allume-feu. Avec Albert ils se trouvaient sous le même arbre, traînant entre eux un sac de jute (ils disaient une « *boge* ») à moitié plein. Laurent, seul avec sa *boge*, était invisible. Soudain Albert, lâchant son côté du sac, s'était tourné face à elle et lui avait dit, la voix neutre comme s'il énonçait une évidence :

— Dans cinq ans je serai majeur. Alors, je t'épouserai et tu viendras vivre ici.

Il avait déposé un baiser sur le bout de ses doigts et en avait effleuré les lèvres d'Aurélie. Reprenant le coin du sac, il s'était penché et avait repris sa cueillette. Pour le reste des vacances, il avait semblé oublier cet instant.

Pas elle.

L'été suivant, elle avait seize ans et les garçons dix-sept. L'isolement relatif de Tournac, qui jusqu'alors en avait fait un paradis, commençait à leur peser. Aurélie, juste sortie de l'âge ingrat, s'en serait accommodée. Les garçons, que travaillaient les hormones, avaient d'autres centres d'intérêt. Les vaches des fermes Carrot étant traites et gardées à l'électricité, il n'y avait pas beaucoup de besognes à donner aux cousins pour les garder à la maison. Leur père et oncle arrivait à les tenir jusqu'au déjeuner et là, jusqu'au fromage. Alors les garçons échangeaient un regard complice et s'éclipsaient, laissant Aurélie aider Germaine à la vaisselle. Et ce n'était pas, comme les années précédentes, pour aller braconner des truites à la main ou des écrevisses au fagot ; même s'il leur arrivait, certains soirs, de capturer quelques poissons avant de rentrer, histoire de se constituer un alibi. C'est qu'il y avait sur la commune quelques filles de leur âge, rustiques voire un peu simplettes, qui s'ennuyaient en gardant les vaches. Alors, forcément... Albert 1913, qui avait en son temps pratiqué cet exercice, les regardait partir et rentrer d'un air attendri, voire complice. Mais Germaine voyait cela d'un très mauvais œil et ne manquait pas de le faire savoir.

« Bien heureux, disait-elle le soir sous la couverture, s'ils ne vont pas nous en engrosser une... »

Fort d'une expérience pas si lointaine après tout, Albert lui rétorquait que, pour érotiques qu'ils fussent, les jeux qui se pratiquaient à l'ombre des genêts ou des haies d'épine noire n'allaient pas aussi loin qu'elle se l'imaginait et que les filles savaient défendre leur pucelage. (Ce qui avait été vrai lors de ses dix-sept ans et l'était déjà moins, à l'époque de ce récit.)

« Certes, argumentait Germaine, mais l'une d'elles pourrait prendre fantaisie d'aller vivre à Lyon...

— Elles ne sont pas assez fines pour cela, répondait Albert en se tournant sur le côté.

— Ou épouser la grosse ferme... » glissait alors Germaine.

Albert se redressait et concluait, d'une voix froide, avant de se retourner pour de bon :

« C'est une histoire qui se réglerait entre le père et moi. »

Aurélie, qui ne savait rien de ces inquiétudes ni de ces assurances, avait passé, cette année-là, de très mauvaises vacances.

Mais, plus le train approchait de Fontbonne, plus le souvenir des vacances de l'année précédente s'imposait à elle, au point de supplanter tous les autres à partir de Saint-Martial.

Elles avaient pourtant mal commencé. Les garçons, un peu lassés des gardiennes de vaches, soucieux pourrait-on dire d'améliorer l'ordinaire, avaient trouvé un nouveau champ d'exercice. Ils montaient tous les jours à vélo jusqu'à Saint-Paul, où se trouvait une colonie de vacances de la ville de Sète. Les monitrices y étaient très ouvertes à la discussion et leur accent méridional ajoutait à leurs charmes. Elles présentaient en outre l'avantage d'être renouvelées toutes les trois semaines. Même Germaine y trouvait son compte : la possibilité d'une grossesse inopportune lui semblait moins grande et ses conséquences éventuelles moins dramatiques. Après tout, ces filles étaient des étrangères, citadines de surcroît. L'assiduité des garçons auprès des Sétoises fit qu'Aurélie resta seule du matin au soir jusqu'au début d'août. Mais les deux cousins n'avaient pas d'exclusivité sur les monitrices. Ils furent supplantés en un tournemain par une bande de vacanciers de Saint-Etienne, qui présentaient sur eux l'avantage de rouler en Vespa. Le moteur et la selle à deux places firent la différence. Laurent et Albert ne se rendirent pas sans combattre. Ils pochèrent même un œil stéphanois ou deux, sans autre résultat que moral. Ils durent se rendre à l'évidence : ces filles ne valaient ni la sueur dépensée pour monter les conquérir, ni les horions récoltés pour les garder. Et ils se firent le serment de revenir l'année suivante, permis de conduire en poche ; on verrait bien alors si les Vespa tiendraient devant la Simca.

Laurent retourna vers les gardiennes de vaches qui, au début, lui battirent un peu froid. Certaines avaient trouvé chaussure à leur pied dans l'intervalle et le choix s'était bien rétréci. Albert, lui, découvrit ou plutôt redécouvrit sa cousine. C'est qu'elle avait bien changé, la petite Aurélie à laquelle, sur une inspiration, il avait promis le mariage il y avait si longtemps. La fillette était devenue promesse de femme. Et quelle promesse ! Grande, plus que la moyenne des filles de son âge, faite au tour avec ce quelque chose d'imprécis qui rend si émouvante la beauté des adolescentes, elle avait hérité des Carrot standard la sveltesse et la pâleur. Mais il devait traîner dans ses gènes quelque chose des Carrot atypiques : ses cheveux blonds se teintaient de roux et ondulaient en mousse. Elle tenait de sa mère l'ovale très pur de son visage, et les hautes pommettes encadrant un nez droit. Mais les yeux violets, fendus et bordés de sombre, qui habitaient son visage n'appartenaient qu'à elle ; aussi loin qu'on remontât dans les familles on ne pouvait trouver les mêmes. Largué par les Sétoises, Albert les vit pour la première fois.

On ne saurait dire qu'il fit la cour à sa cousine. Du moins pas dans les règles de l'art. Sans pour autant se muer en amoureux transi, il cessa de n'être pour elle qu'un camarade. Il se mit à l'aider, à la protéger sans ostentation, à s'intéresser aux livres que déjà elle dévorait, tout simplement à lui parler comme un garçon de dix-sept ans parle à une fille d'âge en rapport. Laurent s'en aperçut bien avant l'intéressée. Il hésita un peu sur la démarche à suivre – après tout il était le grand frère, gardien de sa petite sœur. Après mûr examen, il opta pour le laisser-faire. Enfin presque ; sachant ce que valaient les amours à leur âge, il attira un jour son cousin à l'écart et lui conseilla, dans l'intérêt de leur amitié, de ne pas faire de mal à Aurélie.

S'il n'avait rien dit, il est possible que les amours d'Albert et d'Aurélie se fussent arrêtées là. Mais l'intervention de Laurent cristallisa chez Albert un sentiment encore diffus et son amour pour sa cousine lui sauta à la figure. De là à le lui faire savoir il n'y avait qu'un pas, qu'il franchit le 15 août, à l'occasion de la *vogue* à Fontbonne.

Les jeunes gens, appuyés par Germaine, faisaient depuis une semaine le siège d'Albert pour qu'il consentît à les conduire à cette fête votive, grand événement culturel de l'été dans le canton. On y venait de très loin pour assister au corso fleuri, tourner avec les manèges, se faire secouer dans les autos tamponneuses, casser des pipes en terre à la carabine ou des bouteilles à la boule de pétanque, manger des confiseries médiocres, et se faire plumer à la loterie. Le tout dans la poussière, le vacarme des chansons à la mode qui dégoulinaient des haut-parleurs, et l'odeur mêlée de foule et de praline. Au titre des plaisirs accessoires, on peut noter les baisers sous la bâche de la chenille, le flirt dans les coins sombres, l'agitation rythmée par la grosse caisse de l'orchestre d'un parquet-salon, la consommation excessive de boissons alcoolisées, ou la combinaison des quatre. On ajoutera, pour les plus alertes, la bagarre qui, depuis la plus haute antiquité, concluait le bal du soir ; et, souvent, le premier gros orage de la saison, qui noyait les ardeurs de toute sorte et renvoyait tout le monde à la maison.

Albert consentit ; le 15 août de cette année-là fut, pour les cousins, conforme au programme. En débarquant à Fontbonne, les occupants de la Simca se séparèrent. Germaine et son mari regardèrent passer chars fleuris, vélos fleuris, calèches fleuries, tracteurs fleuris et piétons déguisés, précédés par l'harmonie municipale. Ils leur emboîtèrent le pas et s'en furent sur la place de la Gare danser au bal de l'après-midi, plus familial que celui du soir. Germaine avait, de haute lutte, arraché cette danse à un époux qui ne goûtait guère ce genre de distraction. Il lui piétina les pieds pendant une heure, sans trop distinguer tango, rumba ou valse musette, avant qu'elle ne rende les armes et lui propose d'aller se rafraîchir au bar de l'hôtel des Voyageurs. Ils y restèrent jusqu'au soir et nous allons les y abandonner.

Sitôt hors de vue des adultes, les trois jeunes gens s'égaillèrent. Quelques jours auparavant, une des fermes de Saint-Jean, où Laurent recrutait ses camarades de jeux, avait reçu la visite d'une cousine du Puy. Le jeune homme s'y était intéressé d'assez près, jusqu'alors sans succès même en excipant de sa qualité de Lyonnais. La mijaurée, qui l'avait vu à l'œuvre avec ses cousines, avait quand même accepté de le rencontrer à la *vogue*, sur la promesse qu'il se tiendrait convenablement. Il avait accepté, comptant bien qu'une fois mise en condition par les chocs des autos tamponneuses, le vertige de la chenille et l'obscurité de sa capote auraient raison des hésitations de la demoiselle. Il abandonna sa sœur et son cousin et s'empressa d'aller la rejoindre.

Lorsqu'ils se trouvèrent livrés à eux-mêmes, Albert et Aurélie se regardèrent. Parmi la foule qui se pressait autour d'eux, les épaules qui les bousculaient, les boniments des tenanciers de loteries qui se mêlaient, pour les assourdir, aux chansons des manèges, ils se hurlèrent ce dialogue :

« Tu veux faire des autos tampons ?

— Pas tellement. Et toi ?

— Pas plus que ça. Et la chenille ?

— Plus tard, peut-être. »

La main d'Aurélie vint d'elle-même se placer dans celle du jeune homme et ils s'engagèrent à pas lents entre les manèges. Ils s'arrêtèrent un instant auprès d'une baraque de confiseur pour acheter des pommes rouges et repartirent. Ils allaient sans rien dire, léchant leurs pommes, regardant autour d'eux. De temps à autre, ils se tournaient l'un vers l'autre, écartaient les pommes de leur bouche, et se souriaient. Il n'y avait à ce moment dans leur sourire que la joie d'être ensemble. C'était le sourire qu'ils échangeaient lorsque, dans l'eau jusqu'aux cuisses, l'un d'eux se redressait avec à la main une truite qui frétillait, tenue à deux doigts par les ouïes. Un sourire de bonheur pur.

Marchant sans but, ils avaient quitté la grande rue, où se tenaient les manèges, et s'étaient retrouvés dans le dédale de petites rues pavées qui constitue le centre de Fontbonne. Passé le deuxième coin, on n'entendait plus les bruits de la fête. Silencieux dans les rues désertes, croquant leurs pommes, ils finirent par se retrouver dans la rue des Deux-Ponts. Il convient de dire un mot de cette courte artère, l'une des curiosités de notre ville. Elle est enjambée par deux ponts habitables, et chacun de ces ponts relie une maison à son jardin, situé de l'autre côté de la rue. Nul ne sait l'origine de cette singularité, ni pourquoi, lors du percement de cette voie, les propriétaires n'ont pu s'entendre pour échanger leurs jardins et éviter la dépense. Toujours est-il que les arches de ces deux voûtes, aux pieds mordant sur la rue, délimitent deux espaces sombres, très appréciés des amoureux ou autres amateurs de discrétion. Hasard ou nécessité, c'est là que parvinrent nos deux jeunes gens. Ils s'arrêtèrent alors, surpris de s'y retrouver. Il faisait frais et sombre, sous la voûte. Ils jetèrent en même temps les bâtonnets de leurs pommes et se tournèrent l'un vers l'autre.

« Tu as la bouche toute rouge, dit Albert.

— Tu ne t'es pas regardé !

— Attends, je vais te débarbouiller. Passe-moi ton mouchoir.

— Je n'en ai pas... »

Albert fit mine de fouiller ses poches et écarta les mains dans un geste d'excuse.

« Il va falloir faire autrement. »

Il saisit la tête de la jeune fille entre ses mains et se pencha sur elle. Aurélie se raidit, esquissa le geste de se libérer, et s'abandonna. Albert commença de lui picorer les lèvres à petits coups de langue infiniment doux. Bientôt, la jeune fille écarta les mains de ses flancs, enlaça le garçon et se colla contre lui, vibrant comme une lame. Dans la pénombre fraîche de la voûte, en cet après-midi d'août, ils échangèrent un premier baiser au goût de pomme, de caramel, et de fruit défendu.

Il y en eut d'autres, à ce moment et en ce lieu, avant qu'ils ne se résignent à rejoindre la fête. Puis quelques-uns sous la capote de la chenille, où ils avaient fini par aller s'étourdir. Et bien d'autres encore, dans le mois qui suivit, malgré les hostilités qui faisaient rage entre Albert et son père. Mais c'était la pomme au caramel qui s'attardait sur les lèvres d'Aurélie lorsque le train entra en gare de Fontbonne.

15

Claude l'attendait sur le quai, sourire aux lèvres. Il la saisit aux épaules et la tint à bout de bras.

— Tu as encore grandi !

Il se mit à côté d'elle et, de la main à plat, marqua sur son épaule la hauteur de la jeune fille.

— Tu vas bientôt me dépasser !

Il l'embrassa trois fois, comme on fait chez nous, s'empara de la valise d'Aurélie, et se dirigea vers le portillon de sortie. Chemin faisant, il s'étonna :

— Tu es toute seule ? Où est ton frère ?

— Il a échoué à l'oral du bac.

— Tes parents n'ont pas dû apprécier. Surtout qu'il redoublait...

Aurélie agita la main devant elle.

— C'est le moins qu'on puisse dire ! Papa l'a privé de vacances. Il va passer le mois d'août en pension dans une boîte à bachot. En rentrant, il restera à Lyon pour réviser jusqu'à la session de septembre.

Elle omit de dire qu'elle avait réussi avec la mention bien, ce qui avait ajouté à la fureur de Paul et à l'humiliation de Laurent.

La Simca les attendait sur la place. Il y régnait une chaleur de four malgré les vitres ouvertes. Claude, qui craignait toujours d'être en retard, était arrivé une demi-heure avant le train. En traversant Fontbonne,

Aurélie fut aise de constater que le bourg n'avait pas changé. A la hauteur de la rue des Béates, elle tourna la tête pour tenter d'apercevoir le coin de la rue des Deux-Ponts. Le goût de la pomme rouge lui revint aux lèvres.

Au sortir de la cuvette, lorsqu'ils s'engagèrent sur le Plateau, la jeune fille mit la tête à la portière pour profiter du courant d'air et des odeurs de toutes sortes. Bien que l'oral du bac et les formalités d'inscription en faculté l'aient retenue à Lyon plus tard qu'à l'habitude – on avait passé le 20 juillet –, il flottait encore dans l'air une odeur musquée de foin frais, qui se mêlait à l'âcre des genêts, alors en pleine explosion. C'était l'odeur de la campagne, cette campagne où vivait Albert.

Lorsqu'ils atteignirent la cassure du Plateau et, entamant la descente, pénétrèrent dans l'ombre fraîche des premiers bois, Claude arrêta la voiture, la rangea sur le bas-côté, et se tourna vers Aurélie, qui s'écarta contre la portière.

— Il faut que je te parle d'Albert, lui dit-il.

— Qu'est-ce qu'il a ? Il lui est arrivé quelque chose ?

Claude se frappa la tempe de l'index.

— Il a très mal pris la mort de son père. On peut même dire que ça l'a rendu un peu dingo...

Les yeux de la jeune fille s'agrandirent. Elle s'écria :

— Dingo comment ?

Il y avait, dans cette exclamation, beaucoup plus d'angoisse que n'en méritait la nouvelle. C'est que, depuis la fin des dernières vacances, les deux jeunes gens s'étaient écrit quelques lettres. Oh ! Pas des lettres d'amour comme on en confectionne dans les romans à deux sous. Plutôt des lettres d'amitié amoureuse. Celles d'Aurélie plus tendres, et celles d'Albert plus informatives, mais, pour qui lisait entre les lignes, il n'y avait aucun doute sur la qualité du sentiment qui les unissait. Justement, Aurélie avait constaté que, depuis la mort de son père, le ton des lettres d'Albert avait changé. Il était devenu âpre, sarcastique, critique de tout, des femmes en général et de sa mère en particulier. Pire : à la lettre pleine de tendresse qu'Aurélie lui avait envoyée à l'occasion du remariage de sa mère, Albert avait répondu par quelques lignes incohérentes, que la jeune fille avait encore à l'esprit à ce moment :

Leur autel était un cadavre.
Ils croient que c'est fini mais j'y suis encore.
Qu'est-ce que la vie d'un homme ? La pesanteur, la vitesse, et puis les autres.
L'Autre !
Je ne ferai rien d'autre, je ne penserai à rien d'autre.
Il leur faudra payer.

Claude lui fit alors un compte-rendu de toutes les excentricités commises par Albert depuis la mort de son père. Il lui décrivit sa froideur apparente, sa morosité entrecoupée d'agressivité, ses bizarreries. Pour finir, il lui raconta la scène de leur mariage, le cheval noir, le gisant, et les cierges. Et il conclut :

— Il doit partir au service militaire à l'automne et, franchement, je le verrai s'en aller avec soulagement. Sa mère n'en peut plus. Moi, je me tiens à carreau par égard pour elle mais je ne suis pas sûr de pouvoir le faire encore longtemps sans lui rentrer dans le chou.

— Il n'est là qu'aux fins de semaines...

— Penses-tu ! Il a démissionné de chez Drouet. Un lundi, il y a quinze jours, il n'est pas reparti au Puy. Je lui ai demandé ce qu'il avait et il m'a répondu qu'il n'y retournerait plus. Comme ça ; sans donner d'explication. J'ai téléphoné au chef d'atelier, qui m'a confirmé la démission, sans préavis, sans même passer prendre sa paye. Le pauvre homme était très embêté. Il m'a dit qu'il était très content d'Albert jusque-là ; même les derniers temps, où il était infect à la maison. Depuis, il traîne... Oh ! On ne peut pas dire qu'il n'aide pas à la ferme. Pour aider, il aide. Mais comme ça lui chante et quand ça lui chante... Le reste du temps, il disparaît pendant des heures, dans les bois de la Virolette ou du plateau des Trèves.

Malgré son inquiétude, Aurélie se réjouit d'avoir tous les jours son cousin pour elle. Cela dut se voir sur son visage. Claude reprit :

— Je t'avouerai que Germaine et moi t'attendions avec impatience. Peut-être que tu auras une bonne influence sur lui... Peut-être qu'il va changer...

Il disait cela sans avoir l'air d'y croire.

Il remit le contact et tira sur le démarreur. En embrayant, il ajouta :

— Ah ! J'oubliais : tu vas le trouver changé. Il a teint tous ses vêtements en noir (et il faut voir comme...). Pire : il s'est décoloré les cheveux.

— Mais il était plutôt blond...

Il y eut à ce moment, dans la voix de Claude, comme une menace voilée.

— Pas blond comme ça...

Lorsqu'ils parvinrent à la ferme, Albert se trouvait sous le hangar, en train de panser le Gris avant de le ramener au pré. Ils avaient ensemble butté un champ de pommes de terre et revenaient de l'abreuvoir. Le jeune homme se plaisait dans la compagnie des percherons. Depuis la mort de son père, il s'était même beaucoup rapproché du Gris, que jusqu'alors il craignait un peu. Le grand cheval, de son côté, avait fait un bout de chemin dans sa direction. Il tolérait d'Albert ce que jusqu'alors il n'avait admis que de son père. Les deux formaient une bonne équipe, mise à contribution pour toutes les tâches que le tracteur ne pouvait accomplir. Butter les pommes de terre en était une.

La voiture s'arrêta dans la cour. Aurélie en sauta, saisit son sac sur la banquette arrière, et courut embrasser Germaine qui les attendait sur le pas de la porte. Elle n'avait pas vu Albert, caché derrière le cheval. Germaine s'empara du sac.

— Je vais le porter dans ta chambre. Va voir Albert, si tu veux.

— Où est-il ?

Du menton, Germaine désigna le hangar. Aurélie aperçut les jambes de son amoureux qui dépassaient sous le ventre du cheval. Il avait sûrement entendu arriver la Simca et n'avait pas fait un mouvement pour venir l'accueillir. Un peu déçue, elle s'avança vers lui, contournant à distance respectueuse la croupe du Gris. Une brosse à la main, Albert frottait à rebrousse-poil l'encolure de l'animal là où une trace sombre et luisante marquait l'emplacement du collier. Aurélie s'avança sans qu'il ne bouge ni ne s'interrompe. Il ne pouvait pas ne pas l'avoir vue, ne fût-ce que du coin de l'œil. Elle l'interpella à mi-voix :

— Albert !

Il se figea pendant quelques interminables secondes, la brosse posée sur l'épaule du Gris, puis se tourna vers elle. En le voyant de face, et en pied, la jeune fille porta la main à sa bouche et ses yeux s'agrandirent. Elle se figea à son tour et ils se parlèrent à deux pas de distance sans qu'aucun d'eux ne fasse un geste pour se rapprocher.

— Tiens ! Tu es là ?

— Tu ne m'attendais pas ?

Il parut réfléchir. Le Gris changea de pied d'appui, claquant un fer sur le sol du hangar. Aurélie sursauta. Enfin Albert parla :

— Si, je crois. Je crois que je t'attendais. En fait, ma mère m'a dit que tu allais venir. Mais elle en dit tellement...

Ce fut au tour de la jeune fille de se taire. Elle ne rompit le silence qu'en voyant son cousin esquisser le geste de se tourner pour reprendre son pansage.

— Je pensais que tu serais peut-être à la gare pour m'accueillir. Tu as bien le permis, non ?

— Le permis ? Ah ! Oui. C'est l'autre qui a voulu que je le passe. Il disait qu'à l'armée j'aurais des chances d'avoir une planque si j'avais déjà le permis. Mais je n'y crois pas. Lui aussi, il raconte n'importe quoi pour obtenir ce qu'il veut. (Un silence.) La gare ? Il fallait que je m'occupe du cheval.

Plus tard, Aurélie prit conscience de ce qu'à ce moment précis elle avait vraiment vu le jeune homme, depuis les cheveux blond verdâtre coupés à la Jeanne d'Arc, jusqu'aux sabots peints en noir, en passant par les vêtements, noirs aussi, que la teinture artisanale avait auréolés aux endroits les plus incongrus. Comme ils avaient rétréci dans le bouillon, ils ne lui couvraient ni les poignets ni les chevilles et lui conféraient une allure de simplet de caricature. Sur le moment, elle ne put que demander :

— Et... tu vas bien ?

Il sembla réfléchir un moment avant de répondre, l'air perplexe :

— Si je vais bien ? Comme si on pouvait aller bien dans cette pourriture ! Tu ne sens pas ? Il y a quelque chose de pourri, dans ce coin !

Il ajouta, comme à regret :

— Tu aurais mieux fait de rester chez toi.

Il se tourna et reprit son pansage. Les yeux d'Aurélie s'agrandirent encore. Elle fit demi-tour et partit en courant, frôlant la croupe du percheron. Elle ne vit pas Albert se redresser et se placer devant le cheval pour la regarder partir avec une immense pitié dans le regard. Et il ne vit pas les deux grosses larmes qui perlaient aux yeux de la jeune fille.

Il eut bien d'autres occasions de la faire pleurer, durant les trois semaines qu'elle passa à la ferme avant que ses parents ne viennent la chercher pour la traditionnelle quinzaine au Grau-du-Roi. C'était comme s'il avait envie de la voir et que, dans le même temps, elle lui répugnait. Chaque fois que les deux jeunes gens se retrouvaient seuls (et Dieu sait si elle s'ingéniait à provoquer des occasions), le scénario était le même. Elle tentait de s'approcher et il la regardait d'un air qui la gelait sur place. Courageuse, elle tentait d'engager la conversation, de l'amadouer, d'extraire de lui la raison de son attitude. Il ne répondait pas ou répondait à côté, en phrases le plus souvent sibyllines sur les femmes en général et sa mère en particulier. Lorsqu'elle se lassait et, le plus souvent en larmes, commençait à s'éloigner, c'était lui qui esquissait un geste pour la retenir, geste qu'il n'achevait jamais, comme bloqué par une force supérieure.

La présence de la jeune fille ne lui avait pas fait abandonner ses errances quotidiennes. Sitôt accomplies les tâches dont il voulait bien s'acquitter, il troquait les sabots pour des chaussures de marche et partait sans jamais rien dire à personne, en direction du plateau des Trèves ou du replat de la Virolette, qu'il arpentait sans repos. Les ramasseurs de champignons, terrifiés par cette silhouette noire qui leur apparaissait brusquement au détour d'un layon, croisait leur chemin sans un regard et disparaissait de même, en avaient fait le conte à Saint-Jean. Le bruit en était parvenu jusqu'à la ferme Carrot. Germaine avait tenté d'interroger son fils sur la raison de ces déambulations forcenées. S'étant fait rabrouer, elle avait chargé Aurélie de la demande. La jeune fille avait guetté le moment où son cousin changeait de chaussures. Profitant de ce qu'il était assis, les deux mains prises par les lacets, elle s'approcha de lui et lui proposa, sans trop d'espoir, de l'accompagner. Sans lever la tête, il répondit :

— Si tu veux.

Il se releva et, sans un regard pour elle, partit, longeant la Siche, sur la coursière de Saint-Jean. Par chance, elle était déjà en tennis et pantalon, prête à partir. Elle lui emboîta le pas. Il marchait vite. Si grande qu'elle fût, ses enjambées étaient loin d'être aussi longues que celles d'Albert et elle devait parfois faire deux ou trois pas en courant pour rester à sa hauteur. Il allait sans s'occuper d'elle et elle se demanda plus d'une fois pourquoi elle avait tenu à l'accompagner. Elle fut un peu soulagée lorsqu'ils attaquèrent le sentier abrupt qui, coupant les lacets de la route, montait jusqu'au replat. Il y eut quelques passages difficiles, sortes de marches de quatre-vingts centimètres où Albert, une fois l'obstacle franchi, se retourna et tendit la main pour l'aider. A la première marche, elle frémit : c'était la première fois qu'elle le touchait, depuis son arrivée. Mais l'indifférence machinale qu'elle lut sur son visage, la manière qu'il eut de reprendre son ascension dès qu'il l'eut hissée la refroidirent et lui firent prendre ce geste pour ce qu'il était : un reste d'éducation. Jusqu'à la dernière marche, celle qui arrivait au replat. Au lieu de s'écarter lorsqu'elle fut à sa hauteur, il garda sa main, l'attira à lui et la serra un instant dans ses bras. Elle leva les yeux et rencontra le regard de l'Albert d'avant, celui de la rue des Deux-Ponts. Cela ne dura qu'un instant. Il eut un sursaut, la lâcha et partit devant lui dans le sentier. Elle le suivit, le cœur battant ; et pas seulement des suites de l'ascension.

Albert resta sur le sentier jusqu'à la clairière où se terminait la route, là où Claude et le Noir avaient tiré les grumes le jour de la mort de son père. Les autres grumes avaient été depuis longtemps sorties du bois et enlevées par le grumier de la scierie Avissenne. Non loin du cercle brûlé, le sol était jonché d'écorces en décomposition. Aurélie pensa un instant qu'il était trop tard en saison pour espérer y trouver des morilles. Mais ce n'était pas le but d'Albert. Sans prévenir, il s'enfonça sous les arbres. Elle regardait ailleurs à ce moment. Lorsqu'elle tourna les yeux vers lui, il avait disparu. Elle se précipita à l'endroit où elle l'avait vu pour la dernière fois et pénétra à son tour dans le bois. Elle put apercevoir un court instant la silhouette du jeune homme entre les arbres et, marchant à l'instinct, partit dans cette direction.

Elle eut de la chance ; on se perd facilement, dans un bois de pins où toutes les directions se valent, en l'absence de soleil. Elle tomba sur son cousin, immobile, la tête penchée. En s'approchant, elle le vit à l'extrême bord de la falaise, regardant vers le bas. Elle comprit que c'était de là que son père était tombé et se demanda combien de fois, depuis, Albert y était revenu. Il esquissa un geste des deux bras en arrière, comme pour prendre son élan. Elle se précipita et le ceintura, pensant en un éclair que, si elle ne pouvait le retenir, au moins elle tomberait avec lui. Il ramena les mains devant lui, se dégagea doucement, et tourna le dos au vide. Levant les yeux, elle rencontra pour la deuxième fois le regard de l'Albert d'avant. Il la tint un moment aux épaules et lui dit, dans un demi-sourire :

— Ne crains rien. Je ne sauterai pas.

Son sourire s'effaça. Son regard s'empara de celui d'Aurélie, comme pour l'hypnotiser. Elle entendit un murmure :

— Je ne suis pas fou.

Il la lâcha et repartit dans la direction d'où ils venaient, en grognant entre ses dents :

— Si quelqu'un saute d'ici, ce ne sera pas moi.

Ils redescendirent du replat comme ils étaient montés, mais Albert ne fit pas un geste pour aider Aurélie. Il est vrai que les marches étaient plus faciles à sauter qu'à escalader. Arrivés à la coursière, Albert s'engagea dans la direction de Saint-Jean, Aurélie sur ses talons. Un sentier presque invisible s'ouvrait dans la haie d'épine là où la Roche du Moine surplombait la route. La jeune fille le connaissait bien ; il conduisait à la mine, au pied de la falaise. Avec Albert, ils s'y étaient réfugiés plusieurs fois, après les baisers au caramel, pour d'interminables séances de baisers et de caresses sans qu'au grand regret du jeune homme les choses n'allassent plus loin. Aurélie avait de la vertu...

Il y avait un espace dégagé au pied de la falaise. Albert le parcourut à pas lents, tête basse comme s'il cherchait quelque chose. Aurélie s'enhardit à demander :

— C'est ici ?

Sans répondre, le jeune homme s'immobilisa et inclina la tête.

Ils repartirent sur le chemin en direction de la ferme. Au moment d'entrer dans la cour, Albert s'arrêta, saisit Aurélie à l'épaule, et la serra. Elle pensa qu'on n'aurait jamais cru que des mains aussi fines pussent avoir une telle force.

— Je voulais que tu voies, dit-il de sa voix normale, sa voix d'avant.

Il s'effaça pour la laisser entrer.

Ces brèves réapparitions de l'Albert au goût de sucre d'orge furent les seules dont Aurélie put se réjouir avant son départ. Elle tenta plusieurs fois de l'accompagner à nouveau, espérant reproduire les conditions qui avaient provoqué ces éclaircies. Sans succès ; il s'arrangea désormais pour tromper sa vigilance et partir dès qu'elle se relâchait. Et lorsqu'elle se risqua à lui redemander de l'accompagner, il refusa sèchement. Elle ne savait plus à quel saint se vouer. Claude était un Carrot, même s'il n'avait pas la dureté intrinsèque des hommes de sa famille ; il était inconcevable de lui demander de l'aide. Et c'est auprès de Germaine que la jeune fille, totalement désemparée, trouva un semblant de réconfort. Elles eurent beau comparer leurs expériences, mettre en commun tout ce qu'elles avaient pu remarquer des attitudes et des paroles d'Albert, elles n'y purent trouver d'explication, à défaut de remède. Lorsque Paul et Odette, faisant un détour sur la route des vacances, vinrent prendre leur fille, rien n'avait changé ; Aurélie avait déjà pleuré maintes fois toutes les larmes de son corps.

Il était d'usage, lors des départs en vacances, que les Carrot de Lyon dînent et dorment à la ferme avant de repartir le lendemain à la pointe du jour. Même si Paul n'avait pas pour Claude les sentiments véritablement fraternels qu'il avait eus pour Albert, les deux hommes s'entendaient bien. Et l'affection née entre les deux femmes pendant les années sombres n'avait pas faibli. Le dîner aurait été joyeux, sans la présence morose d'Albert.

Au lendemain de la mort de son père, il avait pris au bout de la table la place de celui-ci. Même après qu'il eut épousé Germaine, Claude n'avait jamais jugé bon de la lui disputer. Il était là, silencieux le plus souvent, promenant sur les convives un regard indifférent qui se teintait d'hostilité en se posant sur sa mère ou son oncle. A Paul et Odette, qui, au début, tentèrent de lui parler, il répondit par monosyllabes. Lorsque Aurélie s'y mit à son tour, il lui répliqua par une tirade complètement hors de propos et presque agressive. La jeune fille piqua du nez sur son assiette. Odette adressa un regard interrogatif à Germaine, qui lui répondit d'une grimace désolée, et la conversation se poursuivit comme si le jeune homme n'était pas là.

Tout le monde sortit après souper pour prendre le frais avant d'aller au lit. Pendant que les adultes sortaient leurs chaises et s'installaient dans la cour, près du mur du potager, Aurélie partit à pas lents sur le chemin, longeant la rivière en direction du pont de Tournac. Un gros saule poussait à quelques mètres en aval de la ferme. Dans son ombre la berge avait été aplanie et une petite digue de planches construite pour servir de lavoir. C'était avant que l'on en construise un, de pierre avec un toit, en aval du pont. Enfants, les trois cousins avaient passé là des heures, assis, jambes dans l'eau, à méditer leurs mauvais coups. L'obscurité tombait rapidement et la silhouette du gros arbre ne se distinguait qu'à peine sur le fond du ciel, déjà presque noir à l'est. La jeune fille s'approcha de l'eau, quitta ses tennis, remonta au-dessus des genoux les ourlets de son pantalon et s'assit comme autrefois. L'eau était froide, malgré l'août, et ne se devinait que par le reflet du ciel qui, à l'ouest, passait du rose au vert. Aurélie resta longtemps immobile, le buste en arrière, appuyée sur ses bras tendus. Le feuillage du saule, au-dessus d'elle, lui masquait les étoiles en train de s'allumer. Au couchant, l'étoile du Berger clignotait au ras des premières branches. Un murmure de conversation indistincte lui parvenait depuis la ferme. De grosses larmes se formaient au coin de ses paupières et roulaient lentement sur ses joues.

Elle n'avait rien entendu. Soudain, elle sentit une présence près d'elle, du côté du village. Elle tourna la tête. Une ombre indistincte s'approcha tout près. Une voie connue lui dit :

— N'aie pas peur.

L'ombre s'assit à côté d'elle, jambes dans l'eau. Après un long silence, Albert commença, d'une voix sourde :

— Je m'en veux de te faire de la peine...

Il s'interrompit et, du bras droit, enlaça les épaules d'Aurélie. Elle résista un instant puis s'abandonna et posa la tête contre l'épaule du garçon. Il reprit :

— C'est un monde de folie... Et c'est le nôtre... Il y a des bourreaux et il y a des victimes. Et tu risques bien d'en être une... Mais je ne peux pas t'épargner... Je suis comme je dois être... Où je suis allé, tu ne peux pas me rejoindre... Tu ne pourras jamais...

Les yeux écarquillés sur l'obscurité, Aurélie écoutait ces paroles entrecoupées de silences. Le pire était que c'était l'ancienne voix d'Albert, son Albert, qui les prononçait. Elle fit un mouvement, comme pour s'écarter. La main du garçon resserra son étreinte sur son épaule et il continua :

— C'est de leur faute... J'y suis obligé... Nous aurions pu... Mais tu ne pourras jamais.

Elle cria presque :

— Laisse-moi essayer !

Elle sentit, au mouvement de ses épaules, qu'il faisait non de la tête. Elle se dégagea d'une secousse, sortit les jambes de l'eau, se redressa, ramassa ses chaussures, et partit en courant. Dans la cour de la ferme, les causeurs avaient repris leurs chaises et les rapportaient dans la salle éclairée. Elle entra en trombe, bousculant son père, monta l'escalier quatre à quatre et s'abattit sur son lit, trempant son oreiller.

16

Comme la télévision va tenir un certain rôle dans cette histoire, il serait peut-être bon de dire, à ce stade du récit, comment on la recevait dans la cuvette de Tournac. Et pourquoi, de toutes les fermes du village, celle des Carrot était la seule où on la captait.

Dès la mise en service du relais du mont Pilat, en 1955, et la constatation que ses ondes atteignaient quelques privilégiés, sur les bords de la cuvette de Fontbonne et les hauteurs environnantes, Albert Carrot n'avait eu de cesse qu'il n'eût lui aussi la télévision en dépit du fait que, de l'avis unanime, Tournac était bien trop encaissé. Il s'était ouvert du problème à René Decrous, alias Nénesse, savant, inventeur, bricoleur, musicien, en un mot : génie officiel de Fontbonne. Nénesse était venu à la ferme, un dimanche après-midi, à bord d'une vieille camionnette Citroën bourrée de matériel. Après le verre de « goutte » sacramentel, il avait sorti une carte, une règle et une boussole, et s'était mis au travail, sous les regards admiratifs de la famille Carrot. Il avait tracé des réseaux de lignes sur la carte, et exécuté de savants calculs sur le rabat d'une vieille enveloppe. Puis il s'était redressé en affirmant que cela devait être possible. Boussole en main, il était alors sorti dans la cour. Suivi à distance respectueuse et un peu craintive par la petite troupe, il avait, sans quitter sa boussole des yeux, longé le mur, tourné le pignon de la ferme, et passé derrière la grange. Butant contre le mur du verger, il avait paru contrarié. Après un instant de réflexion, il avait posé son mouchoir sur le faîte du mur, longé celui-ci jusqu'à la porte, et pénétré sous les arbres. Parti de son mouchoir (qu'il oublia sur le mur et qui devait y rester jusqu'au prochain coup de vent, une semaine plus tard), il avait fait encore quelques pas sous les pruniers puis s'était arrêté, avait frappé le sol du talon et s'était tourné vers les Carrot en disant, triomphant :

— C'est ici ! Il faut marquer l'endroit.

Albert fils s'était précipité sous le hangar ; il en était revenu porteur d'une masse et d'un piquet qu'il avait enfoncé à l'endroit désigné par Nénesse. Lorsque la famille et le génie étaient revenus à l'intérieur, il avait expliqué qu'à l'endroit désigné, et à condition de la placer à vingt-cinq mètres de haut, une antenne de bonne taille pourrait capter les signaux du Pilat. L'affaire fut conclue devant le deuxième verre de goutte : Albert se chargerait de placer l'antenne à l'endroit et à la hauteur voulue, et Nénesse se faisait fort de la faire fonctionner. Le lendemain, Albert se rendait à Fontbonne pour commander un poste de télévision et la plus grande antenne possible.

Comment Albert se mit en quête d'un sapin de trente mètres ; comment il en négocia l'achat ; comment le sapin fut abattu, ébranché, transporté, introduit dans le verger en tombant un pan de mur ; comment, avec l'aide des deux percherons et de la moitié du village, il fut inséré dans le trou qu'avaient creusé Antoine et Léonce, manquant au passage de basculer sur le toit de la maison, pourrait faire l'objet d'un roman et j'abrégerai cette histoire.

Quand le tronc eut été enfin calé, et que Nénesse, vérification faite, eut affirmé, force démonstrations à l'appui, qu'il était parfaitement vertical, Jeannot Dulong, agent EDF en congé maladie, ceignit la longue et large ceinture de cuir, fixa à ses chaussures les griffes courbes des crampons et, traînant une corde après lui, entreprit de l'escalader. Arrivé au sommet, il hissa jusqu'à lui le long râteau de l'antenne, qu'il fixa solidement et pointa vers un levant approximatif. Nénesse s'empara de l'extrémité du câble qui pendait de l'antenne et courut à la maison où il avait passé plusieurs heures à brancher ses appareils. Après quelques minutes angoissantes, les spectateurs rassemblés au pied de l'arbre l'entendirent pousser un rugissement de plaisir et le virent tourner le coin du pignon en agitant les bras. Planté au pied du mât, il hurla au jeune Dulong de tourner l'antenne un peu sur la droite et, sans attendre, retourna en courant à l'intérieur d'où il ressortit un moment après pour corriger son premier ordre. Lorsqu'après plusieurs va-et-vient il commença de s'essouffler, il plaça des hommes en relais tous les cinq mètres entre la salle commune et le pied de l'arbre avec mission de relayer les ordres que, penché sur son oscilloscope, il ne cessait de donner. Quand il jugea, au vu des lignes vertes qui ondulaient sur l'écran circulaire, que la réception était optimale, il triompha d'un « C'est bon ! » qui fut répercuté jusqu'au sommet du poteau. Puis il se redressa, regardant l'assistance avec du triomphe dans le regard. Il y avait à ce moment, entre la salle commune et le pied de l'arbre, une bonne trentaine de personnes, la quasi-totalité de la population du hameau. Le jeune Dulong redescendit des hauteurs en fixant au passage le câble d'antenne au mât à l'aide de cercles métalliques empruntés à son employeur.

C'est alors que Jean-Louis Granger, qui possédait à Fontbonne un magasin à l'enseigne Philips et attendait dans sa camionnette que Nénesse eût fini de s'agiter, quitta son volant, réquisitionna deux costauds et, avec leur aide, transporta dans la salle le demi-mètre cube de châssis, tube, lampes, câbles et caisses de bois plaqué qui constituaient à l'époque un récepteur de télévision. Comme Albert Carrot ne regardait pas à la dépense, il avait commandé un meuble complet, qui comprenait l'appareil et son support. Le meuble fut placé à la place choisie, entre la porte de la laiterie et celle du salon. Granger était venu, la semaine précédente, y installer une prise de courant. Les assistants qui se pressaient dans la salle firent silence lorsqu'il brancha l'appareil, enficha à l'arrière la prise du câble d'antenne, et tourna le bouton. Un « Oh ! » s'éleva quand après de longues secondes la grille de la mire apparut, scintilla, oscilla un moment, et se stabilisa. Granger se tourna vers Nénesse, tendit le poing fermé, pouce en l'air, et cligna de l'œil. La foule applaudit et se retira en bon ordre, en défilant devant le poste pour voir la mire de près. Lorsqu'ils furent seuls, Germaine sortit la goutte, et Albert passa au salon pour quérir dans le coffre de quoi payer Granger et dédommager Dulong. Il ne proposa rien à Nénesse, qui eût refusé. C'est ainsi que la télévision entra dans la maison Carrot.

Je crois l'avoir déjà dit, les Carrot faisaient une grosse consommation de télévision, qui occupait tout leur temps libre. Entendons-nous bien : jamais elle ne prit la place des menus travaux indispensables à la bonne marche d'une exploitation, mais elle remplaça tous les autres ; ceux que l'on accomplissait pour s'occuper en attendant d'aller dormir. Il faut dire, pour les hommes, que les fermes étaient abondamment équipées en paniers, qu'ils fussent d'osier ou de châtaignier, et qu'il se faisait de moins en moins de caisses. Quant à Germaine, lorsqu'elle en avait fini avec le raccommodage et le ravaudage, elle n'avait personne pour qui tricoter. Elle avait bien appris la dentelle dans son enfance mais, depuis son premier mariage, le carreau moisissait dans un placard. Pour la lecture, le bulletin paroissial, le journal, *Le Chasseur français*, le catalogue de Manufrance et les almanachs comblaient les besoins des maisonnées. Du vivant d'Albert père, de nombreux ouvrages techniques avaient été introduits dans la maison, et Albert fils s'était fait un devoir de les lire. Claude n'avait pas de ces ambitions et Albert n'eût pas jeté un œil sur des ouvrages achetés par son oncle. Le petit écran comblait donc un vide. Plus en hiver qu'en été, où on travaillait jusqu'au coucher du soleil et même au-delà lorsqu'on le pouvait. Mais, même en été, il ne se passait pas une soirée sans que l'on ne vît une lumière blafarde scintiller plus ou moins longtemps derrière les fenêtres de la grande salle. Bref, si on continuait de se lever tôt à la ferme, on avait cessé de se coucher de même. Le mode de vie des Carrot commençait ainsi à s'urbaniser.

Du vivant d'Albert, les soirées télévision avaient, dès le début, obéi à un rituel. Une fois toutes les tâches achevées (et on veillait désormais à ce qu'elles le fussent avant huit heures et demie du soir), on plaçait deux chaises près des fauteuils ramenés du salon, face à l'appareil. Albert père, plus tard Claude, s'installait dans le fauteuil de droite. (Chose curieuse, jamais Albert ne disputa cette place à son oncle.) Germaine occupait l'autre fauteuil. Les hommes s'installaient avant Germaine, qui ne s'asseyait qu'après avoir fini sa vaisselle, qu'elle essuyait en regardant le poste du coin de l'œil. Comme je l'ai déjà dit, après la mort de son père Albert se plaçait derrière les autres. Les valets étaient admis à participer à la cérémonie, assis sur un banc, le dos contre la table. Passé la curiosité des premières séances, ils en profitèrent assez peu, préférant se coucher avec les poules et se lever au chant du coq.

C'était quelques jours après le départ d'Aurélie. Le programme unique consistait, ce soir-là, en une *dramatique*. Ce terme désignait des pièces de théâtre, souvent historiques, écrites pour la télévision et interprétées en direct par la crème des acteurs français. Ces soirées exceptionnelles étaient annoncées à grands sons de trompe dans les hebdomadaires et même dans les quotidiens, et commentées, les jours suivants, avec plus de passion et d'âpreté que ne le sont aujourd'hui les matches de foutebole. Albert, dérogeant à sa coutume, avait placé sa chaise un peu en avant des autres, de biais par rapport à l'écran qu'il ne pouvait voir que du coin de l'œil. Claude, qui lui en avait fait la remarque (il avait de plus en plus de peine à supporter les excentricités de son neveu), s'était entendu dire qu'Albert regardait ce qu'il voulait et que, pour l'occasion, ce n'était pas la télévision qui l'intéressait le plus. Il avait haussé les épaules et s'était concentré sur l'écran. On en était au générique.

Il s'agissait d'une pièce en costumes. L'action se déroulait au XVIe siècle, une histoire de jalousie et d'ambition dans laquelle un homme finissait par tuer son frère pour prendre sa place et épouser sa femme. Lorsque Germaine vint s'asseoir, ses yeux se portèrent sur son fils. Elle nota, dans le regard de loup qu'il portait sur son oncle, une avidité dévorante qui lui fit peur. Plus la scène du meurtre approchait et plus l'expression d'Albert s'intensifiait. De son côté,

Claude, que cette histoire semblait ne pas intéresser, s'agitait sur son fauteuil et fumait à la chaîne des cigarettes qu'il roulait à l'aide d'une boîte à mécanique. Il portait de temps à autre les yeux sur son neveu et ce qu'il voyait dans le regard de celui-ci semblait accentuer sa nervosité. Il venait de terminer sa sixième cigarette quand arriva la scène du meurtre. Il en écrasa le mégot, saisit le cendrier posé sur ses genoux, et se leva brusquement en disant :

— Bon ! Ces types en barboteuse commencent à me taper sur le système. Je vais me coucher. Tu viens, Germaine ?

Il posa le cendrier sur la table et passa à l'étable, d'où partait l'escalier qui desservait la grange et les chambres. Pour son milieu et son époque, Germaine était une femme indépendante ; elle s'attarda jusqu'à la fin mais la pièce avait cessé de l'intéresser. Car, dès le départ de son oncle, Albert s'était levé de sa chaise pour aller le remplacer dans le fauteuil. Et son visage arborait une satisfaction si méchante qu'elle faillit lui demander ce qu'il avait. Elle s'abstint ; il y avait belle lurette que son fils avait cessé de répondre aux questions de cette sorte. Germaine passa la dernière demi-heure de l'émission à surveiller Albert du coin de l'œil, en gardant le visage face à l'écran, sans jamais le voir changer d'expression. A la fin, elle se leva, et, passant devant lui pour éteindre le poste, le regarda en face. Il ne leva pas les yeux vers elle, perdu dans la contemplation de l'écran mort avec, sur le visage, cette expression effrayante de malice.

Elle ne dormait pas encore lorsqu'elle entendit monter son fils, bien longtemps après elle. A son côté, Claude ronflait paisiblement.

17

Les gelées d'octobre étaient passées, n'épargnant que les conifères, tapissant les sous-bois d'un épais matelas de feuilles mortes. C'était le soir, un vrai soir d'automne qui sentait la terre retournée, le champignon, et la fumée aigre des feux de hêtre. Albert revenait de l'une de ses expéditions hallucinées. Longeant le bord du plateau des Trèves, à la lisière de la forêt, il allait rejoindre le chemin qui descendait le long de la coulée de lave. Il faisait déjà sombre, sous les arbres. Il venait de passer les ruines brûlées de la scierie, et se dirigeait vers la tache claire qui marquait le haut de la coulée.

Une silhouette d'homme apparut soudain à quelques pas devant lui. Il s'arrêta, surpris ; il ne l'avait pas vu venir, c'était comme si l'homme était sorti du sol. Albert reprit sa marche en ralentissant un peu le pas. L'homme s'ébranla à son tour, passant sans s'arrêter devant le chemin et la coulée. Albert eût dû le laisser là et s'engager dans la pente. Mais sa curiosité avait été éveillée ; il suivit l'inconnu, sans chercher à réduire la distance qui les séparait. L'homme avançait d'un pas tranquille, remuant à grand bruit les feuilles amoncelées sur le sentier, insoucieux de la présence d'Albert.

L'un suivant l'autre, les deux marcheurs atteignirent le bout du plateau et le contournèrent. L'homme s'engagea sur le chemin, quasi rectiligne, qui partageait en deux le sommet de la montagne. Il faisait maintenant très sombre, sous la voûte des arbres. Le guide marcha encore dix bonnes minutes puis, quittant le chemin, s'enfonça dans le bois. Albert se rapprocha pour ne pas le perdre. A quelque distance du chemin, ils atteignirent une large clairière, quasi circulaire, cernée de gros fayards du côté d'où ils venaient, et de jeunes sapins en face. L'homme s'arrêta au centre et se retourna. Albert s'arrêta en même temps. Il restait un peu de jour dans la clairière. Il distingua le visage pâle, aux yeux caves, aux joues creuses et au long nez droit ; le béret enfoncé sur les cheveux gris, qui débordaient sur le col d'un pardessus noir et rapiécé ; les jambes d'un pantalon de velours, rétréci et décoloré par les lavages, dévoilaient des godillots militaires lacés de cuir. Au demeurant, le tout, homme et vêture, méticuleusement propre. Il y avait un moment qu'il avait deviné l'identité de celui qui l'avait attiré là, et sa vue la lui confirma : c'était Fantômas.

L'homme en question n'avait rien à voir avec le héros de Souvestre et Allain. On l'avait tout naturellement affublé de ce sobriquet à cause de cette façon qu'il avait d'apparaître comme par enchantement aux endroits les plus inattendus et de disparaître de même. Et aussi, il faut bien le dire, à cause de son allure quelque peu spectrale. Pour l'état civil, il se nommait Jules Moliet, mais personne dans le canton ne s'en était jamais soucié. Fantômas il fut dès sa première rencontre avec les gens d'ici, Fantômas il était encore à l'époque de cette histoire, Fantômas il resta jusqu'à sa disparition, aussi soudaine et mystérieuse que son arrivée. Mais c'est une autre histoire.

Les deux hommes restèrent un long moment face à face, à quelques pas l'un de l'autre. Albert eut tout le temps de se remémorer ce qu'il savait de son vis-à-vis. Apparu dans la région à la fin de la guerre, il s'était installé dans une ferme abandonnée en bordure de bois, à la cassure du Plateau sur la commune de Moirolles. Nos concitoyens étant ce qu'ils sont, ses droits sur la propriété furent scrutés à la loupe. Le cadastre confirma qu'il en était bien propriétaire, et le clerc de notaire, interrogé discrètement, affirma qu'il ne l'avait pas payée cher, mais rubis sur l'ongle. Une bonne partie de ses économies avait dû passer à l'achat de la maison ; le peu qu'il en resta fut consacré à la rendre habitable. Il y travailla comme une abeille, tout un été et l'automne qui suivit, n'achetant que ce qu'il ne pouvait récupérer, mangeant peu et dormant moins encore. Mais lorsque vinrent les premiers frimas, la cheminée de sa maison fumait pour la première fois depuis près de quarante ans. Alors Jules Moliet, dit Fantômas, se mit en quête de travaux en tout genre, acceptant n'importe quoi, habile à tout, efficace, rapide, mais d'une indépendance farouche. Il arrivait à l'improviste, acceptait le travail ou le refusait. Dans le premier cas, il accomplissait sa tâche à la satisfaction de son donneur d'ordre mais à sa manière. Son salaire en poche, il repartait sans un mot de trop. Dans le deuxième cas, c'est à peine si on le voyait tourner les talons ; il semblait disparaître. Entre deux chantiers, il était impossible à quiconque de dire où on risquait de le trouver. Tel un chaman sibérien, il paraissait capable d'une quasi-ubiquité ; le matin ici, le soir à des kilomètres, sans que personne ne l'ait aperçu entre les deux.

L'homme rompit le silence. Sa voix, très nette et assez haut perchée, couvrait facilement le murmure de la brise dans les frondaisons.

— Vous avez bien fait de me suivre, jeune Carrot. J'ai quelque chose à vous dire.

Albert s'approcha de lui jusqu'au point où il sentit qu'il fallait qu'il s'arrête sous peine de voir fuir son interlocuteur. L'autre reprit :

— J'ai vu mourir votre père...

Albert se raidit. L'autre dut le sentir à distance. Il fit un geste comme pour se protéger et esquissa un pas en arrière. De la main devant lui, Albert fit un geste de paix. Mais Fantômas s'était tu. Pour relancer la conversation, Albert affirma :

— Ne me racontez pas d'histoires ! Il y avait une telle tempête de neige, ce jour-là, qu'on n'y voyait pas à dix mètres. Et les valets m'ont dit qu'il n'y avait aucune trace sur le chemin lorsqu'ils étaient parvenus auprès du corps. Ils ont ajouté que la neige n'avait pas encore effacé complètement celles de l'au... de mon oncle.

Piqué au vif, Fantômas s'écria :

— Je vous dis que je l'ai vu ! J'étais dans la mine.

Il y avait dans sa voix un tel accent de vérité qu'Albert ne put que répondre :

— Racontez.

— La tempête m'a pris sur la coursière de Saint-Jean. Je venais de franchir le gué de justesse et je me dépêchais. Il fallait que j'aille à... Ça n'a pas d'importance. Il ne neigeait encore pas trop, mais je savais qu'en quelques minutes la « sibère » allait se déchaîner. Et je ne tenais pas à l'affronter en rase campagne. Je me suis donc réfugié dans la mine, au pied de la Roche, en attendant que ça passe. J'avais beaucoup marché, la veille et une bonne partie de la nuit. Il faisait presque tiède, à l'abri des rafales. Je me suis endormi très vite, assis contre la paroi. J'ai été réveillé par un bruit de tronçonneuse. Ça semblait venir d'en haut mais c'était étouffé par la neige et couvert par le hululement du vent dans l'ouverture de la mine. C'étaient de petits coups rageurs ; j'en ai déduit qu'on ébranchait des troncs...

— En fait, il les étêtait, dit Albert comme pour lui-même.

Fantômas reprit :

— Puis la tronçonneuse s'est arrêtée et je me suis rendormi.

— Donc vous n'avez rien vu !

— Attendez ! Des voix m'ont réveillé. On parlait à quelques pas de l'entrée. Je me suis avancé, en restant dans l'ombre. Il y avait deux hommes. L'un était couché dans la neige, l'autre se tenait accroupi à côté de lui. J'ai reconnu votre oncle Claude. Il avait un mouchoir à la main et essuyait le visage de l'homme à terre, que son corps me cachait. L'homme à terre parlait, d'une voix énergique. Il commandait. Claude protestait en faisant non de la tête. Ça a duré un moment, les ordres et les refus. Enfin l'homme à terre a crié. Je n'ai pas compris, c'était bref. Claude alors s'est redressé, fouillant le sol du regard autour de lui. Lorsque son visage s'est tourné dans ma direction, il avait l'air d'un fou. Il a aperçu ce qu'il cherchait, s'est baissé, et s'est relevé, tenant à la main une grosse pierre couverte de neige. Il s'est approché du corps allongé. Il s'est penché sur lui et lui a demandé quelque chose d'une voix suppliante. L'autre a crié à nouveau ; il commandait. Alors Claude a armé le bras, et lui a donné un coup très violent sur le côté de la tête. Il est resté immobile un instant, puis il a crié quelque chose que le vent a emporté, a couru vers la rivière et lancé la pierre dans le courant. Il est revenu en marchant, tête basse, et il est tombé à genoux à côté du corps. Il me tournait le dos et je n'ai pu voir ce qu'il faisait ; mais il est resté dans cette position jusqu'à l'arrivée de vos valets, avec le cheval.

Ils ont chargé le corps dans la caisse du traîneau et l'ont emporté. Voilà tout.

Albert resta un long moment silencieux. Il faisait noir, maintenant, dans la clairière. Un reste de lumière lui montrait la tache blanche du visage de son interlocuteur et ses mains, qu'il avait gardées le long du corps durant sa narration. Il fut tenté un moment d'envoyer un coup de poing dans ce fantôme de visage. Comment ! Cet homme avait vu, sous ses yeux, assassiner un homme et n'était pas intervenu ! Il se maîtrisa et dit, la voix tremblant un peu :

— Pourquoi ne l'avez-vous pas dit aux gendarmes ?

— Pourquoi l'aurais-je fait ? D'abord, même si j'avais reconnu votre oncle, je ne savais pas que l'autre était votre père.

— Et quand l'avez-vous su ?

— Il y a une semaine. C'était à l'autre bout du Plateau, de l'autre côté de Fontbonne. Je travaillais au village des Olmes, là où vivent vos cousins.

— Et pourquoi me le dites-vous ?

L'homme réfléchit un long moment. La brise avait forci, en passant au nord ; son chant dans les frondaisons virait à l'aigu. Les étoiles s'allumaient ; la tête d'Orion montait dans le noir du ciel au-dessus des arbres. Enfin il se décida et répondit, d'une voix lente et pensive :

— Je ne sais pas... Peut-être tout simplement pour voir ce que vous allez faire...

Il avait fait demi-tour en prononçant ces paroles et s'était éloigné avant qu'Albert ait pu réagir. Lorsque le jeune homme se précipita en avant, ses mains tendues se refermèrent sur le vide. La voix de Fantômas lui parvint de l'obscurité, lointaine et détachée :

— Vous savez, j'ai passé vingt-huit mois et douze jours à Buchenwald. Ça relativise les sentiments sur l'humanité.

Albert cria dans le noir, en direction de la voix :

— Salaud ! De toute façon, je le savais déjà !

Il eut quelque peine à retrouver, dans l'obscurité, le chemin par lequel ils étaient parvenus à la clairière. Lorsqu'il l'eut atteint, ce fut plus facile ; *l'obscure clarté* des étoiles dessinait sa direction. La lune se levait lorsqu'il atteignit le sentier qui descendait le long des laves, et ce fut heureux ; il était accidenté et dangereux, même en plein jour. Il arriva très tard à la ferme. Claude et Germaine étaient assis devant le poste de télévision. Ils avaient soupé depuis longtemps. Les valets étaient couchés. Germaine avait gardé le faitout de soupe sur le coin du fourneau et une part de matefaim au chaud dans le four entrouvert. Le couvert d'Albert était mis, à sa place habituelle. Sans mot dire, il s'assit, ouvrit son couteau, prit la couronne de pain dans le tiroir et s'en tailla une tranche. Germaine esquissa le geste de se lever pour lui servir la soupe. Claude la retint, en disant d'un ton froid :

— Laisse ! S'il veut être servi, il n'a qu'à manger avec les autres.

Albert se leva brusquement, faisant tomber sa chaise. Couteau à la main, il fit un pas vers son oncle, qui n'avait pas tourné la tête. Germaine, à son tour, renversa sa chaise et se précipita pour s'interposer. Appuyée de dos contre le dossier du fauteuil, bras écartés, elle faillit s'évanouir en voyant le visage de son fils. Pour la première fois, elle voyait, dans le regard de celui-ci, la folie et le meurtre. Albert tendit le bras vers sa mère comme pour l'écarter. Germaine cria : « Albert ! » Le jeune homme se figea et sembla se tasser sur lui-même. Son bras retomba. Il baissa les yeux, referma son couteau, l'empocha, et, sans un mot, partit vers l'escalier des chambres. En l'entendant marcher au-dessus d'eux, Claude, qui n'avait pas bougé de son fauteuil, dit à Germaine, qui redressait les chaises :

— Ce garçon devient impossible. Il est temps qu'il parte. Espérons que l'armée va le dresser un peu.

18

Le train attaquait la descente de la Mine, plongeant vers la plaine du Forez, floutée de bleu tendre par la brume du soir. Les huit personnes, que les cahots frottaient les unes aux autres dans ce compartiment de seconde classe, représentaient bien la population de ce train du dimanche soir, qui reliait Saint-Théouquiat à Saint-Etienne en passant par Fontbonne. Il y avait un mineur, reconnaissable au charbon qui lui faisait des yeux d'Andalouse et tatouait les ridules de sa face. En face de lui, sa femme tenait un bébé sur les genoux. Un garçon et une fille de quatre ou cinq ans étaient assis à côté d'eux, sages comme des images. Tous étaient d'une propreté méticuleuse, et on sentait bien que les tatouages du père n'étaient dus qu'à l'impossibilité de se passer la brosse de chiendent sur le visage. Il y avait aussi un pêcheur, grisonnant et encore en tenue, qui avait posé dans le filet à bagages un panier à l'odeur fade de poisson frais, et un couple de cueilleurs de champignons quadragénaires, à l'air déçu. Ils n'avaient pas pensé que les gelées d'octobre étaient passées sur les charbonniers, et rentraient bredouilles.

Face à eux, sa feuille de route en poche, une petite valise en carton bouilli au-dessus de sa tête, vêtu de ce que sa teinture sauvage avait le moins massacré,

Albert était le huitième passager. Il ne s'intéressait pas à ses voisins et n'avait pas conscience des banquettes de bois qui martyrisaient les fesses des autres. Il n'entendait pas le crissement continuel des freins dans la pente et ne voyait rien du paysage qui disparaissait au-dessus des bords de la tranchée. Il revivait la clairière du plateau des Trèves, le récit de Fantômas, et les deux semaines qui venaient de s'écouler.

Il était rentré à la ferme fou du désir de venger son père. Si Germaine ne s'était pas interposée, ce soir-là, entre lui et Claude, il eût très certainement planté son couteau dans le dos de son oncle et fini en prison. La nuit suivante avait porté conseil et, sans abandonner l'idée de se débarrasser de l'autre, comme il disait, il avait envisagé tous les moyens de le faire à moindres frais. Il s'était dit en outre qu'il ne suffisait pas que celui-ci subît le juste châtiment de son crime ; il fallait aussi qu'il sût pourquoi.

Aussi, les tentatives qu'il avait faites pour attenter à la vie de son oncle, étudiées à la va-vite et exécutées sans conviction, avaient-elles été des fiascos. Il y avait eu la fois (ce devait être le surlendemain de la rencontre avec Fantômas) où Claude était occupé à tailler les pommiers palissés contre le mur sud du verger. Albert s'était approché du tracteur garé sur le montoir de la grange ; il avait desserré le frein et passé le point mort. Claude avait entendu arriver le tracteur qui dévalait sur lui et, d'instinct, avait fait trois pas de côté. Le tracteur fou avait défoncé deux mètres de mur et cassé un pommier quinquagénaire, avant de s'arrêter en secouant un prunier. Claude, son sécateur à la main, s'était retourné pour apercevoir son neveu qui le regardait d'un air méchant depuis le haut du montoir. Mais, cette fois-là, il n'avait pas compris. Il s'était contenté de le traiter d'andouille avant d'aller constater les dégâts.

Les jours suivants, Albert avait abandonné ses randonnées sauvages et s'était remis aux travaux de la ferme, suivant Claude comme son ombre, guettant l'occasion. Le Gris la lui avait fournie sur un plateau mais, cette fois encore, la chance était du côté de Claude. Ce jour-là, ils allaient chercher un chargement de pierres destinées à réparer le mur du verger démoli par le tracteur. Celui-ci étant indisponible, en l'attente d'une barre de direction, ils avaient attelé le cheval au tombereau. La carrière d'où provenait le granit était celle dont étaient issues les trois maisons Carrot. Elle était taillée dans une éminence, non loin de la maison d'en haut. On y accédait par un sentier qui longeait sa partie supérieure avant d'en faire le tour, dominant le fond d'une bonne dizaine de mètres. Albert menait le Gris par la bride et Léonce marchait de l'autre côté, à la hauteur de la croupe du percheron. Claude suivait derrière, la main posée sur le plancher de la caisse, à son habitude. Arrivé à l'endroit où le sentier s'écartait du bord et où le tombereau présentait son arrière à l'à-pic, Albert avait soudain arrêté le Gris d'une torsion du poignet sur le montant de bride. L'attelage s'était arrêté et le cheval avait effectué les deux pas en arrière dont il était coutumier. Claude, surpris par l'arrêt et le recul, eût été précipité dans le vide s'il n'avait eu la présence d'esprit de s'accrocher au coin de la ridelle. Il avait hurlé. Léonce s'était retourné, l'avait vu suspendu au-dessus du vide et s'était rué à la tête du cheval. Albert, voyant son coup manqué, avait remis le cheval en avant d'un claquement de langue. Claude était revenu sur la terre ferme. Contournant l'attelage, il s'était avancé vers son neveu.

— Qu'est-ce qui t'a pris ?

Albert avait levé les yeux vers lui sans répondre. Alors Claude avait compris ; pas plus que l'échappée du tracteur l'arrêt du percheron n'était dû au hasard. Il avait saisi son neveu par le col. Sans broncher, Albert avait continué de le regarder en face. Claude l'avait relâché. Le cheval, qui s'était arrêté pendant l'incident, avait repris sa marche en avant. Il ne s'était rien passé d'autre, ce jour-là, mais Claude, tout le temps qu'avait duré le chargement des pierres et leur acheminement auprès de la brèche du mur, avait évité de perdre le garçon de vue. Il s'arrêtait parfois et le regardait d'un air pensif, haussait les épaules, et se remettait au travail. Il en avait été de même durant les quelques jours qui les séparaient encore du départ d'Albert.

La feuille de route était arrivée le lendemain de cet incident. Albert devait rejoindre la base d'instruction des parachutistes, à Mont-de-Marsan, le 3 novembre avant huit heures. Germaine en avait été atterrée. Ce que l'on appelait alors des opérations de maintien de l'ordre en Algérie battaient leur plein, et les parachutistes y étaient particulièrement à la fête. Claude n'en avait pas paru affecté outre mesure. Albert avait même surpris l'ombre d'un sourire sur ses lèvres lorsque Germaine lui avait montré la feuille fatidique. Toujours à l'affût, il en avait déduit que son oncle était non seulement satisfait de voir s'éloigner pour deux ans la menace qu'il représentait, mais que le fait qu'il soit parachutiste augmentait les chances que cette menace disparût définitivement. Il s'était alors promis de faire tout son possible pour le décevoir.

Fin du deuxième acte

ACTE III

19

Le cœur battant, Aurélie fendait la foule qui se pressait sur le trottoir de la rue Victor-Hugo. Elle marchait vite, courant presque, serrant devant elle les pans de son manteau. De temps à autre, elle plongeait la main dans sa poche et, du bout des doigts, tâtait un papier plié, résistant à l'envie de le sortir. Ce n'était pas nécessaire, elle en connaissait la teneur. Elle l'avait lu des dizaines de fois depuis qu'elle l'avait extrait de son enveloppe, trois jours auparavant. Cette enveloppe qu'elle avait tellement espérée... Depuis leur retour à Lyon elle avait pris l'habitude de se précipiter chaque matin, dévalant les étages jusqu'à la boîte aux lettres, à l'heure du facteur. Et même avant, le plus souvent. Elle guettait une enveloppe sur laquelle eût figuré son nom, d'une écriture ronde et droite aux lettres qui semblaient se télescoper. Et, chaque fois, elle avait été déçue. Elle remontait alors par l'escalier, négligeant l'ascenseur pour se donner le temps d'effacer de son visage l'expression de désespoir qui eût alerté sa mère. Elle ignorait que celle-ci n'était pas dupe ; les enfants sous-estiment l'attention que leur portent leurs parents. Il y avait plus de deux mois, depuis le départ en vacances, qu'Odette s'inquiétait pour sa fille et l'observait, discrète.

Odette n'avait pas manqué d'apercevoir le bonheur qui inondait le visage d'Aurélie, le vendredi matin. Remontée par l'ascenseur, elle avait posé le courrier sur le petit meuble de l'entrée et s'était enfermée dans sa chambre, serrant dans sa main gauche une enveloppe qu'elle tentait de dissimuler.

En descendant vers la gare de Perrache, la jeune fille se récitait le contenu du billet, dont l'image se superposait aux visages des passants. Il était bref :

Aurélie,
Je suis incorporé dans les parachutistes à Mont-de-Marsan et je dois y être lundi matin. Je partirai de Fontbonne dimanche soir par le train de cinq heures. J'arriverai à Lyon vers sept heures et demie et j'en repartirai après minuit. Je crois que je vais tuer le temps au buffet de la gare.

Il avait commencé de signer puis s'était ravisé, avait barré le A de son prénom, et continué au-dessous :

Tu pourrais venir m'y retrouver, si tu veux.
Albert

Aussi bref et sec qu'il pût être, ce billet avait fait à la jeune fille l'effet d'une lettre d'amour de quinze pages. C'était, depuis deux mois et demi, la première manifestation d'intérêt de la part d'Albert. Dès sa réception, elle s'était organisée pour aller le rencontrer au buffet de la gare. C'était une époque où les filles, même étudiantes, ne sortaient pas le soir comme elles voulaient, surtout lorsqu'elles vivaient chez leurs parents, et Aurélie n'était pas du genre à mentir. Elle avait montré la lettre à sa mère en la chargeant d'obtenir la permission paternelle. Odette avait pris le mensonge à son compte et manifesté auprès de Paul l'envie urgente de voir le dernier film de Jean Gabin, qui passait au Royal. Elle jouait sur le velours, Paul détestait le cinéma et, travaillant le lendemain, n'aurait su se coucher après neuf heures et demie. Il était convenu, entre la mère et la fille, que celle-ci irait rencontrer Albert pendant qu'Odette verrait le film. Cette petite combine offrait à Aurélie deux grandes heures de liberté. Aussitôt descendues du trolleybus, place Bellecour, les deux femmes s'étaient séparées en se donnant rendez-vous deux heures plus tard au coin de la rue Victor-Hugo. Odette s'était rendue au Royal et sa fille s'était précipitée vers la gare de Perrache.

En marchant, elle revivait la période qui venait de s'écouler, espérant qu'elle n'aurait été qu'un mauvais rêve.

En quittant Albert après leur courte entrevue sous le saule, la veille de son départ pour Le Grau-du-Roi, Aurélie était désespérée. Elle n'avait pas dormi, cette nuit-là, pensant et repensant à ce qu'ils s'étaient dit, cherchant dans son propre comportement ce qui avait pu déplaire au garçon, fouillant sa mémoire jusqu'à la douleur. Lorsque Paul était venu l'appeler, à quatre heures, elle avait été sur le point de le supplier de partir sans elle, de lui donner une chance de reprendre Albert. Un reste de fierté l'en avait empêchée. Après le départ de son père, elle s'était assise sur le bord du lit, les coudes sur les genoux, la tête dans les mains, sans force. Elle avait fini par se redresser, faire une toilette de chat, s'habiller et descendre rejoindre ses parents à la salle où Germaine, debout depuis une heure, avait allumé le feu et passé le café. Claude était descendu un peu plus tard déjeuner avec eux et, comme il disait, « les mettre sur le chemin ». Albert n'était pas apparu.

Le ciel rosissait à l'est, au-dessus des toits de Tournac, lorsque Paul, après avoir débloqué l'antivol d'un tour de clef, avait pressé le bouton du démarreur de la Peugeot 403. Il aimait imposer ces départs nocturnes à sa famille qui s'en serait bien passée. Il prétendait vouloir rouler à la fraîche. Epouse soumise, Odette n'avait jamais contesté cette prétention mais avait toujours soupçonné que le tranquille employé des postes aimait ainsi donner à ses congés payés un parfum d'aventure, des airs de jour J. Aurélie pensait comme sa mère et, en d'autres temps, eût peut-être protesté. Elle s'était sans mot dire installée à l'arrière de la voiture après avoir embrassé Germaine et Claude et traîné le plus possible, espérant en vain la venue d'Albert. C'est le cœur déchiré qu'elle était partie, sans voir son cousin. Si elle s'était retournée, elle eût pu voir celui-ci, debout à sa fenêtre ouverte, qui regardait les feux arrière de la voiture sortir de la cour et onduler sur les cahots du chemin. Son visage affichait un profond désespoir.

Durant la quinzaine qui avait suivi, elle n'avait cessé de se torturer à son propos. Elle pensait à lui en vomissant son déjeuner au cours de la promenade en mer (Paul avait choisi un jour de mistral...), c'était son visage qu'elle voyait en poursuivant sans conviction les étrilles dans les rochers du brise-lames ; et sa pensée ne la quittait pas, lorsqu'ils dégustaient la bourride à la sétoise ou les moules farcies, dans un restaurant du canal. Elle avait cent fois saisi son bloc et son stylo pour lui écrire et, cent fois, s'était ravisée. En fin de compte, elle s'était contentée d'ajouter, sur la carte postale familiale adressée aux Carrot de Tournac, un « Grosses bises à Albert », que sa mère avait lu d'un air attendri avant de glisser la missive dans la boîte aux lettres. Malgré tout, ces vacances lui avaient fait du bien. A revivre, encore et encore, leur dernière entrevue, elle avait fini par en extraire les paroles gentilles, voire tendres, qu'il avait prononcées. A force de creuser, elle avait fini par s'approcher de la vérité sans bien oser la voir en face. Une chose lui était devenue certaine : ce n'était pas à elle qu'Albert en voulait. Il le lui avait dit : elle était une victime innocente d'une affaire qui la dépassait.

La première quinzaine de septembre avait été consacrée aux formalités d'inscription en faculté de sciences et Albert était un peu sorti de son esprit. Il y avait fait un retour en force lorsqu'elle s'était trouvée oisive, inscriptions faites, à attendre la mi-octobre et la rentrée. Ces quatre semaines, on peut dire qu'elle les avait passées avec Albert vingt-quatre heures sur vingt-quatre. C'était tantôt l'Albert gentil, insouciant et rieur de leur enfance, tantôt l'amoureux à la pomme rouge de la fête de Fontbonne, le plus souvent l'homme en noir, indifférent, voire hostile des dernières vacances. Cet Albert-là, on peut dire qu'à distance, par son seul souvenir, il l'avait fait souffrir. Mais il y avait dans sa poche ce billet qui effaçait tout et c'était vers l'Albert de la rue des Deux-Ponts qu'elle courait presque, sous les marronniers dégarnis de la place Carnot, froissant leurs feuilles mortes, qui crissaient sous ses pas.

20

A la tombée du soir, le buffet de la gare de Perrache était un des endroits les plus lugubres du monde occidental. Presque aussi lugubre que le hall des sources, à Vichy. Aussi tristement éclairé, en tout cas. Sous les globes blafards, des ectoplasmes grincheux portaient des consommations indécises à des fantômes de clients. Les haut-parleurs des quais, aux nasillements répercutés par la verrière noircie de la gare, composaient le fond sonore dans lequel venaient se fondre les bruits du comptoir et les murmures d'adieux désespérés. L'odeur de charbon des quelques locomotives à vapeur qui circulaient encore, bien que forte et mêlée de tabac froid, ne parvenait pas à dominer les relents de vieille serpillière qui émanaient des tables et du sol marbré de sciure. De temps à autre, à l'ouverture des portes qui donnaient sur le quai, une bouffée de vapeur pénétrait dans la salle, accompagnée de paroles métalliques dans lesquelles on devinait parfois quelques mots, un « Attention au départ ! » ou un nom de ville, articulés sur un ton officiel et dégoûté.

Aurélie, qui fréquentait la gare depuis les expéditions de ravitaillement de sa petite enfance, connaissait bien l'endroit. C'était même son image qui lui était venue à l'esprit lorsqu'on lui avait parlé du purgatoire, au catéchisme. En passant le tambour d'entrée, elle chercha son cousin du regard parmi les ombres de ce Tartare, et, tout d'abord, elle ne le vit pas. Quand ses yeux se furent accoutumés à la pénombre glauque, elle l'aperçut à deux pas, seul à une table, une tasse à café devant lui. Elle faillit ne pas le reconnaître ; anticipant la coupe d'incorporation, il s'était fait couper les cheveux au ras du crâne, et la brosse qu'il lui restait avait retrouvé son châtain clair d'antan. Il était assis près de la porte, bravant les courants d'air qui entraient avec les clients. Elle pensa en un éclair qu'il s'était placé là pour être certain de ne pas la manquer. Cela lui fit chaud au cœur. Avec ses habits noirs, mal teints, visiblement trop minces, et la valise en carton posée à côté de sa chaise, il avait l'air d'un pauvre. Ses yeux aux reflets verts la fixaient sans ciller mais il avait sur les lèvres un drôle de sourire, un peu inquiet.

Elle s'approcha en souriant et s'assit face à lui. Ils restèrent un long moment à se dévisager en silence. Ils ne savaient quoi se dire. Ce fut Aurélie qui parla la première :

— Tu es là depuis longtemps ?

Il lança un coup d'œil à la pendule, au-dessus du bar.

— Un peu moins d'une heure...

Le silence retomba. Aurélie lutta contre la tentation de tendre sa main par-dessus la table. Elle craignait qu'il ne la prît pas. Il demanda, comme si sa vie en dépendait :

— Tu veux prendre quelque chose ?

Elle fit non de la tête. Il y eut encore un long silence. Enfin, il questionna :

— Tu as combien de temps ?

— Pas tout à fait deux heures.

— Si on sortait ? Ça pue, ici.

— Tu n'as pas de manteau... Tu vas prendre froid.

Il haussa les épaules et fit tinter une pièce de monnaie pour appeler le garçon. Celui-ci vint à regret, empocha son billet sans mot dire et lui rendit sa monnaie en regardant ailleurs. Albert se leva, ramassa les pièces, saisit sa valise, et se dirigea vers la porte, sans attendre sa cousine, qui manqua de renverser sa chaise en se levant à son tour pour le suivre.

L'air extérieur était digne d'un automne lyonnais : humide, glacial, et sentant la suie. Albert s'arrêta sur le seuil, posa sa valise, et, des deux mains, releva le col de sa veste. C'est alors qu'il sembla prendre conscience de la présence d'Aurélie à côté de lui. Il se tourna vers elle, dont il voyait le fin profil se découper sur le fond des portes vitrées de la gare.

— Si on marchait ? Ça nous réchaufferait.

— Où veux-tu aller ?

— C'est toi qui connais le coin...

Sans répondre, elle commença de descendre vers le cours de Verdun. Il se plaça à côté d'elle, marchant à son pas. Parvenus au niveau de la rue, elle lui indiqua l'enseigne de la brasserie Georges, qui éclairait de rouge une portion de chaussée.

— Tu veux y aller ? On y est mieux qu'au buffet.

— Je préfère marcher.

Elle partit en direction de la Saône, regardant devant elle. Bien qu'elle entendît le pas d'Albert synchrone du sien à sa gauche, il lui semblait que si elle tournait la tête pour l'apercevoir il disparaîtrait. Une pensée sarcastique lui traversa l'esprit : « C'est Orphée et Eurydice à l'envers ! » Ils parvinrent ainsi au bord de la rivière. Lorsqu'ils montèrent en longeant le quai, pour arriver au pont Kitchener, elle sentit qu'il passait dans sa main gauche la valise qui, jusque-là, les séparait. L'épaule d'Albert se rapprocha de la sienne, sa main descendit le long de son bras et vint chercher celle qu'elle cachait dans la poche de son manteau. Un poids énorme tomba de ses épaules. Elle se serra contre lui. La main de paysan qui enserrait la sienne était froide et dure, mais elle avait pour elle toute la douceur du monde.

Le vent, qui coulait avec la rivière, les saisit au milieu du pont. Elle frissonna sous son manteau et sentit, contre son bras, trembler celui de son cousin.

— On va passer le pont et remonter jusqu'à Saint-Jean par les petites rues, dit-elle. On y sera à l'abri.

Il ne répondit pas. Depuis qu'ils étaient descendus sur le cours de Verdun, il n'avait pas dit un mot. Passant sous un lampadaire, en abordant l'escalier qui rejoignait la rue de la Quarantaine, elle risqua un regard en direction d'Albert. Il la regardait aussi. Elle comprit que, depuis qu'il lui avait pris la main, il n'avait cessé de le faire avec une avidité qui lui fit peur. Ce n'était pas du désir qu'exprimait ce visage si proche, plutôt de la nostalgie. Il la regardait comme on regarde partir le bateau qui emporte un être cher au-delà de l'horizon. Elle lui sourit, du sourire dont on apprivoise une menace. Il esquissa un recul puis sourit à son tour et posa un instant son front contre celui de la jeune fille. Ils se remirent en marche.

La brume qui coulait de Fourvière isolait les lampadaires, qui y taillaient des cloches lumineuses. Ils progressèrent de cloche en cloche, descendant la rue jusqu'à Saint-Georges sans croiser âme qui vive. Arrivés près de l'église, et constatant qu'il faisait aussi froid dans les rues qu'au bord de la rivière, ils rejoignirent le quai où la brume n'était pas encore parvenue. Albert avait lâché la main d'Aurélie et pris sa taille. Elle avait fait de même et ils marchaient enlacés, face au vent qui leur tirait des larmes et faisait flotter les cheveux d'Aurélie autour de son bonnet. Ils remontaient un ruisseau de feuilles mortes, que le vent poussait contre leurs jambes et qui bruissaient sur le gravier. Les lampadaires du quai d'en face se reflétaient sur l'eau noire, brodée de tourbillons, tendant vers eux des doigts de lumière déchiquetée. De rares autos remontaient le quai désert ; leurs pneus claquaient sur les pavés.

Une péniche était amarrée sur l'autre rive, à la hauteur de la passerelle, fenêtres éclairées. Derrière les rideaux tirés, on imaginait un intérieur de bois roux ciré, des cuivres luisants, un compotier sur la table, le marinier assis, lisant le journal et fumant la pipe, sa femme qui tricotait ou ravaudait des chaussettes, la radio en sourdine sur le buffet... Cette vision de bonheur domestique traversa Aurélie comme un poignard. Elle s'arrêta et entama une volte-face. Albert ne l'avait pas lâchée ; à la promptitude avec laquelle il accompagna son demi-tour, elle comprit que la sérénité de la péniche l'avait attiré aussi. Ils revinrent en arrière et s'engagèrent sur la passerelle, qui résonna en oscillant sous leur pas. Parvenus au-dessus de la péniche, ils furent déçus. On ne voyait plus rien de l'intérieur, qui n'existait plus que par le vague reflet des fenêtres sur les rides de la Saône. Ils repartirent vers l'amont.

Marchant toujours en silence, ils passèrent le pont Tilsitt et la passerelle du Palais de Justice. En arrivant au tournant de la rivière, Aurélie tenta une question :

— Comment as-tu fait pour être affecté dans les paras ? Je croyais qu'il fallait être volontaire...

La réponse vint, rageuse :

— Il semble que non. Mais je pense que l'autre a fait des pieds et des mains pour ça, et qu'il a plus de relations qu'on ne pense. Il espère que je me ferai descendre !

A la pensée de ce monde, qu'il venait de quitter, il avait lâché la taille de sa cousine et accéléré sa marche. Aurélie, qui se mordait les lèvres de sa question, courut trois pas et lui reprit la main. Il la lui abandonna après une tentative pour la retirer.

— Qu'est-ce que tu vas faire ?

— Quelle question ! Pendant deux ans, je vais faire la guerre.

Il s'arrêta et, dans la lumière d'une vitrine, elle aperçut son visage dur, tourné dans la direction du sud.

— Mais ça ne se passera pas comme ça. Ils s'imaginent... Mais je reviendrai. J'ai quelque chose à faire.

Il reprit sa marche en avant, sans lâcher la main d'Aurélie. Petit à petit, il se détendit. En arrivant aux Cordeliers, ils étaient à nouveau enlacés et marchaient à pas lents, faisant durer le plaisir. Ils causaient, maintenant. Du moins, Aurélie parlait. Elle racontait ses vacances au Grau-du-Roi, la course d'obstacles des inscriptions en fac, les menus faits de sa vie depuis qu'ils s'étaient quittés. Ils étaient revenus dans les quartiers animés et descendaient doucement la rue Herriot, mêlés à une foule de noctambules indifférents, éclairés de côté par les vitrines. Aurélie s'était tue ; elle avait appuyé sa tête sur l'épaule d'Albert. De temps à autre, Albert changeait sa valise de main et ils inversaient leur étreinte, profitant de ce bref croisement pour s'absorber un instant dans la contemplation de leurs visages.

Lorsqu'ils parvinrent à la place Bellecour, l'horloge de la tour marquait onze heures moins cinq. Il était temps, pour Cendrillon, de courir vers son carrosse.

— Tu vas être en retard, et ta mère va t'attendre, dit Albert moqueur.

— Je crois qu'elle comprendra.

Ils traversèrent la place, du même pas nonchalant, jusqu'au bord d'un bassin vidé pour l'hiver, sous les grands arbres. Là, Aurélie insista pour qu'Albert vînt saluer Odette.

— Je ne préfère pas. C'est toi que je voulais revoir. Pas eux.

Ils s'avancèrent sous les arbres jusqu'au bord de la zone éclairée. Sur l'autre trottoir, Odette, emmitouflée, faisait les cent pas devant la librairie, regardant sa montre de temps à autre, guettant sa fille du côté de la rue Victor-Hugo. Ils reculèrent de quelques pas. Dans l'ombre, Albert s'adossa à un tronc et posa sa valise. De son bras libre, il entoura les épaules d'Aurélie et pencha son visage vers celui de la jeune fille. Ils s'embrassèrent à perdre haleine, collés l'un à l'autre, vibrants, éperdus. Enfin Albert écarta les bras. Aurélie poussa de la main la poitrine du garçon, comme pour se forcer à s'en éloigner.

— Je dois y aller, maintenant. Au revoir. Prends bien soin de toi. Je t'écrirai souvent.

A contre-jour, elle ne vit pas que le visage du garçon avait repris l'expression dure et lointaine qu'il arborait au mois d'août. Elle fit deux pas dans la direction de la lumière, se retourna et lui adressa un signe de la main en ajoutant, légère :

— Au revoir. Ecris-moi.

— Adieu, répondit-il d'une voix lointaine.

Sur le coup, elle n'y prêta pas attention.

Resté dans l'ombre, Albert la vit qui traversait la rue d'un pas léger et allait tapoter l'épaule de sa mère, qui lui tournait le dos. Les deux femmes se prirent par le bras et repartirent sur le trottoir, vers l'arrêt de leur trolleybus. Lorsqu'elles furent hors de vue, il traversa à son tour et s'engagea dans la rue Victor-Hugo en direction de la gare. Le vent le glaçait à travers sa veste ; sa valise pesait une tonne au bout de son bras.

21

Aurélie avait promis d'écrire ; mais où ? Albert ne lui avait donné aucune adresse. Elle savait qu'il serait parachutiste, mais dans quel régiment ? Dès le lendemain de leur rencontre, elle téléphona à Tournac. Germaine n'en savait pas plus long.

— Il est parti hier, en fin de matinée. Il n'a dit au revoir à personne... Même pas à moi...

Germaine s'interrompit un moment et Aurélie comprit que cette femme qui, pour elle, incarnait la force, ravalait un sanglot. La voix tremblant un peu, elle reprit :

— Comme il n'y a pas de car pour Fontbonne le dimanche, il est parti à pied, avec sa valise. Sans manteau avec ce froid... Ça me rassure de savoir que tu l'as vu, hier soir. Il allait bien ?

Il allait bien, dit Aurélie. Mais Germaine n'avait-elle aucun indice sur sa destination ? Il lui avait peut-être échappé un mot, une indication...

— Il y a belle lurette qu'il ne parle plus, à la maison ; tu as dû le remarquer, au mois d'août... Mais attends ! J'ai vu sa feuille de route, lorsque le facteur est venu l'apporter. Elle n'était pas sous enveloppe. Il était à l'écurie, à ce moment, et je l'ai lue avant qu'il ne me l'arrache. En voyant « parachutistes », j'ai failli me trouver mal... Laisse-moi me souvenir... Il y avait : « Base d'instruction des parachutistes ». Je n'ai pas vu Mont-de-Marsan, c'est toi qui me le dis...

Le silence régna un moment sur la ligne. Puis Germaine reprit. Il y avait de l'espoir dans sa voix.

— Avec « Base d'instruction » et « Mont-de-Marsan », ton père devrait pouvoir trouver l'adresse exacte. Il est dans les PTT, non ? S'il la trouve, dis-la-moi. Bien que je ne sache pas si je lui écrirai... Il a été trop désagréable, depuis mon remariage avec Claude.

Le lendemain soir, Paul revint du bureau avec l'adresse. Cinq minutes plus tard, Aurélie était enfermée dans sa chambre, son stylo à la main. Elle reporta sur une enveloppe l'adresse obtenue de son père et y glissa une lettre de trois pages, écrite en rentrant de sa promenade avec Albert. Elle y avait passé la moitié de la nuit.

Cette première lettre ne fut pas la seule. Il y en eut bien d'autres, au rythme d'une voire deux par semaine, toutes sans réponse. Et le style alerte, voire primesautier, qu'Aurélie avait tenu à utiliser au début, finit par s'alourdir de plaintes et de déclarations de moins en moins discrètes. A mesure que passaient les semaines, Aurélie, désespérée, s'étiolait, perdait le goût de tout, passait son temps libre à guetter le facteur. Elle avait été une lycéenne appliquée, travailleuse, et cependant joyeuse et populaire parmi ses camarades ; elle devint une étudiante lymphatique, amorphe en cours, inexistante en travaux dirigés, et fuyant la compagnie. Ce n'est pourtant pas la compagnie qui lui eût manqué, si elle avait consenti à lever les yeux sur les garçons qui lui couraient après. Il faut dire qu'à cette époque, pour la plupart des étudiants, cette année de propédeutique était leur première année de mixité. Pour beaucoup, cette première cohabitation avec l'autre sexe n'allait pas sans une certaine exubérance. Toute à sa peine et à son attente, Aurélie traversait cette agitation sans y participer, évitant les rencontres, refusant les invitations, réduisant au strict nécessaire les contacts avec ses condisciples. Tant et si bien qu'elle, qui voulait passer inaperçue, devint une légende, quai Claude-Bernard : la belle blonde triste et muette. Il ne manqua pas de téméraires pour s'attaquer, seuls ou en cordée, à cet Everest de la réserve féminine. Tous dévissèrent. A la mi-décembre, un mois et demi après le départ d'Albert, le statut d'Aurélie était établi. Ses soupirants avaient abandonné la partie et la laissaient à son triste sort.

Si les condisciples d'Aurélie ne pouvaient que constater sa dépression, sans en connaître la cause, il n'en était pas de même de ses parents. Ils la voyaient grignoter du bout des lèvres, ne s'intéresser à rien de ce qui auparavant la passionnait, se précipiter chaque soir sur le courrier dès qu'elle avait passé la porte de l'appartement et partir, traînant les pieds, s'enfermer dans sa chambre. Paul et Odette, désemparés, ne savaient à quel saint se vouer. Ils voyaient s'étioler leur fille, et ne trouvaient rien à faire. Même Laurent, qui avait d'ordinaire pour sa sœur l'indifférence familière et bourrue des jeunes gens, s'en était aperçu. Il n'avait rien pu tirer d'Aurélie mais avait au moins compris qu'il fallait chercher du côté d'Albert la cause de sa dépression. Il lui écrivit, sans en parler à personne. La lettre fut courte et il n'en reste aucune trace. Quel qu'ait été son contenu, elle fut convaincante ; Albert écrivit enfin. La lettre tenait sur le recto d'une feuille de bloc. Il n'y avait pas un mot de trop, entre le simple « Aurélie » du début et l'« Albert » de la fin, sec comme un coup de trique. Le contenu en était informatif : les classes étaient dures, il allait bientôt partir à la BETAP de Pau afin d'y passer son brevet de parachutiste. Suivaient l'adresse et la signature. Telle qu'elle était, aussi sèche qu'elle fût, cette lettre eut un effet magique sur le moral d'Aurélie avant même qu'elle ne l'ouvrît. Lorsque, sur le petit meuble de l'entrée, elle eut repéré l'enveloppe timbrée FM et s'en fut emparée, elle partit, comme de coutume, s'enfermer dans sa chambre. Mais ses pieds touchaient à peine le sol.

Cette lettre, dont la lecture durait trente secondes en prenant son temps, elle dut la lire un bon millier de fois. Elle la prit avec elle lorsque les Carrot de Lyon allèrent passer Noël chez ceux de Tournac. Elle la prêta à Germaine, qui fit mine de s'en désintéresser mais ne la rendit qu'au départ d'Aurélie, après l'avoir usée de lectures.

D'autres suivirent, tout aussi sèches, tout autant lues et relues. Jusqu'au jour où Albert annonça son départ pour l'Algérie. Il aurait une permission d'une semaine avant de s'embarquer, mais ne pensait pas revenir dans la région. Il n'en disait pas plus. Ni où il irait (il ne le pouvait), ni si, une fois là-bas, il écrirait encore. Cette annonce fut pour Aurélie comme un coup derrière les oreilles. A force d'étudier les lettres d'Albert et d'en faire l'exégèse, elle en était venue à y déceler une évolution dans l'attitude du jeune homme, un adoucissement, peut-être même l'expression d'une certaine tendresse. Mais la dernière, quelle que soit sa façon de la lire, en long, en large, en travers, ou même en transparence, elle n'y trouvait rien de réconfortant. Son moral replongea et elle recommença à dépérir.

Pour les mois qui suivirent, elle vécut au rythme irrégulier des billets laconiques d'Albert. Dans le premier qu'elle reçut d'Algérie, il se contentait de lui indiquer son secteur postal. Germaine, à qui elle dictait par téléphone le contenu des missives après en avoir, à force de relectures, tiré la substantifique moelle, en déduisit que son fils souhaitait qu'on lui écrivît. Il y a des limites, pensait-elle, à la solitude qu'un garçon de vingt ans est capable de supporter. Les lettres d'Aurélie devaient lui faire du bien. Surtout, avait-elle ajouté, que la jeune fille n'arrête pas de lui écrire. Pour cela, il n'y avait aucun risque, Aurélie écrirait ; que Germaine ne se fasse aucun souci à ce sujet.

Elle écrivit. Souvent. Albert répondit. Parfois. Elle lui racontait sa vie d'étudiante, et les menus faits de la vie familiale. Elle glissait parfois quelques allusions à leurs souvenirs d'enfance et de jeunesse, à la Siche, aux truites, aux bois et aux landes de genêts de Tournac, voire à l'été précédant la mort d'Albert père, à la rue des Deux-Ponts, et à la chenille. Mais au compte-gouttes. Après avoir, dans ses premières lettres, abusé de souvenirs et de nostalgie, elle apprit à se modérer. Elle avait remarqué que les mots consécutifs d'Albert étaient plus secs s'il se pouvait, plus rudes, à la limite de l'hostilité. Elle se força à doser avec précision souvenirs et mots tendres, à se contenter d'en entrelarder les menus faits dont elle entretenait son cousin. Moyennant quoi, pour deux ou trois lettres qu'elle envoyait, elle recevait un billet dans lequel il lui racontait, autant que faire se pouvait, sa vie de soldat. Lorsqu'elle avait été particulièrement habile dans son dosage de faits et de sentiments, il arrivait que les réponses d'Albert couvrissent jusqu'à deux pages. Ces lettres-ci lui procuraient une joie proche de l'euphorie, dont profitait son entourage, parents, frère, et même condisciples.

Elle apprit ainsi qu'Albert, nommé caporal à son arrivée à Blida, suivait le peloton d'élèves gradés afin de devenir sergent. Elle se fit expliquer par Laurent, qui était en classe préparatoire à l'école de commerce et suivait la préparation militaire, ce qu'étaient un caporal et un sergent. Les explications de Laurent augmentèrent son inquiétude. Elle imaginait son Albert montant à l'assaut sabre au clair devant ses troupes et attirant sur lui le feu de l'ennemi. Ces échanges asymétriques, de longues lettres tendres et de rapports militaires, entretinrent chez Aurélie les alternances d'humeur dont j'ai parlé plus haut, tantôt gaie, tantôt triste, le plus souvent morose. Au sommet de la courbe, ses parents et ceux qui la côtoyaient retrouvaient l'Aurélie d'avant, l'elfe aux cheveux blonds en nimbe, à la démarche aérienne, à la chanson facile. L'attente des lettres d'Albert la faisait retomber au sol, plaquait ses cheveux à son crâne, et voilait sa voix de teintes sourdes. A la sortie des cours, elle descendait sur les bas-ports du Rhône, errait un moment sans but, le regard fixé sur les remous du fleuve avant de se décider à remonter jusqu'au pont de la Guillotière, qu'elle traversait pour aller place Bellecour prendre son trolleybus. Elle ne s'y rendait d'ailleurs pas directement. Elle suivait la rue de la Barre jusqu'à la rue Herriot et traversait la place en diagonale jusqu'au bassin près duquel ils s'étaient embrassés, le soir du départ d'Albert. Il lui arrivait même de faire le tour de l'arbre, à pas lents, avant de reprendre le trottoir jusqu'à l'arrêt de bus.

Cette vie en dents de scie dura jusqu'à Pâques.

22

Par tradition, le temps de la semaine sainte est souvent médiocre, parfois exécrable ; au moins jusqu'au vendredi. Ce fut le cas, cette année-là. La pluie commença la veille des Rameaux, des rideaux d'une pluie dense et froide, que des rafales soudaines poussaient à l'horizontale dans l'enfilade des rues. Les bourrasques griffaient les fleuves, cassaient les branches, secouaient les passants, retournaient les parapluies, transformaient en torrents les caniveaux, et vidaient les trottoirs. Les rares piétons qui osaient les affronter, cinglés par les gouttes, arrosés jusqu'aux cuisses par l'éclaboussement des voitures, progressaient par bonds, de porte cochère en entrée de magasin, tels des fantassins sous le feu ennemi.

A l'inverse de nombre de ses condisciples, Aurélie affronta les éléments deux fois par jour pour se rendre à la fac et en revenir. Son moral, bien que sur la pente descendante, était encore proche du maximum. La dernière lettre reçue d'Algérie datait de moins de dix jours. Elle s'étalait sur deux pages ; le ton en était, sinon tendre, du moins amical. Le courrier suivant, si tôt après, la prit par surprise, et, comme diraient les journalistes sportifs, la cueillit à froid. Il est permis de penser qu'il n'en eût pas été de même s'il était arrivé au creux de la vague morale. Son effet sur la jeune fille eût peut-être été moins violent.

Ce n'était pas une enveloppe qu'elle prit sur le petit meuble, ce jeudi soir, c'était un paquet épais de trois doigts, large d'une main et long d'autant, enveloppé de papier kraft et pas trop bien ficelé. Pas plus que sa mère, qui l'avait vu la première, la jeune fille ne remarqua que l'écriture qu'il portait n'était pas celle d'Albert. Aurélie commença de dénouer la ficelle tout en allant, légère, s'enfermer dans la chambre pour ouvrir le paquet. Comme chaque fois, Odette la regarda faire d'un air amusé, s'attendant à la voir revenir radieuse au moment de passer à table au retour de Paul.

Elle n'avait encore jamais vu l'expression qu'affichait le visage d'Aurélie lorsque la jeune fille rejoignit sa famille à la table du dîner. Pourtant, comme à l'ordinaire, elle picora d'un baiser la joue tendue de son père, ébouriffa Laurent au passage, et s'assit sans mot dire. Mais le moins que l'on puisse dire est qu'elle n'irradiait pas la joie. Pas la douleur, non plus, ou l'accablement. Bien plus tard, en y repensant, Odette revoyait sur le visage de sa fille une expression lointaine, ni gaie ni triste, comme hors du monde. Et jusqu'à la fin elle fut ainsi, absente et présente, à la fois dans la famille et à mille kilomètres, attentive et distraite, Aurélie fantôme en visite parmi les vivants. En la voyant partir pour la fac, le vendredi matin, si absente et si pâle, Odette fut tentée un instant de se mettre en travers de la porte pour l'empêcher de sortir. Elle eût peut-être aussi bien fait.

Elle attribua bien sûr cette attitude à la lettre du jeudi, et profita de l'absence de sa fille pour fouiller discrètement sa chambre. Sans succès. Il est vraiment dommage qu'elle n'ait pas mieux cherché ; en lisant la lettre, elle aurait senti le danger, surveillé plus attentivement Aurélie, et peut-être évité le drame. Elle se reprocha aussi, plus tard, de ne pas l'avoir interrogée. Après tout, la jeune fille était mineure et devait quelque obéissance à ses parents. Mais Odette était une mère permissive, très en avance sur son temps, et n'osa le faire. Paul, lui, aurait eu l'autorité nécessaire, mais il eût fallu que sa femme le mît au courant ; il ne voyait rien par lui-même. En un mot, toutes les conditions étaient réunies pour qu'il arrive ce qu'il advint ce dimanche de Pâques.

La pluie cessa et le vent se calma dans la nuit de vendredi à samedi. Les caniveaux se vidèrent, les gouttières cessèrent progressivement de cracher leur trop-plein jusqu'au milieu des rues, les arbres retrouvèrent un peu de sérénité. Le samedi saint, lorsque le jour se leva, un jour encore brouillé et quelque peu incertain, la vie reprit ses droits dans la cité. Une brise de nord, prenant les vallées en enfilade, entreprit de chasser les nuages et de sécher les rues. Bientôt, seuls les fleuves conservèrent une trace des événements météorologiques du début de la semaine. Plus vert et tumultueux que jamais, le Rhône flirtait avec ses bas-ports, sur lesquels il s'épanchait à la hauteur du pont Wilson. Toujours boueuse, la Saône, marron foncé, semblait charrier toute la terre de la Bourgogne, accompagnée d'épaves, branches, ou buissons déracinés au passage.

Aurélie sortit tôt, ce samedi matin, sans donner d'explication. Ni Odette ni même Paul n'osèrent lui en demander, tant elle semblait lointaine, comme floue. Elle prit le trolleybus à son arrêt habituel et en descendit place Bellecour. On aurait pu croire, à son air, qu'elle marchait sans but, indifférente à la vie qui reprenait. Mains dans les poches de son imperméable, elle fendait sans la voir la foule qui s'écartait devant elle. Parcourant à l'envers le trajet de sa dernière promenade avec Albert, elle arriva à la passerelle Saint-Georges. Une péniche était amarrée là, sur la rive gauche. Ce ne pouvait être la même que celle qu'ils avaient vue au soir du 2 novembre. Pourtant, en la voyant, la jeune fille se figea. Deux jeunes gens qui la suivaient la bousculèrent et lui lancèrent au passage une obscénité qu'elle n'entendit pas. Elle s'engagea sur la passerelle. Parvenue au milieu, elle se tourna vers la péniche. A l'arrière de celle-ci, le marinier vérifiait ses amarres doublées, que le courant furieux tendait à les rompre. Sur le pont, à côté de lui, deux jeunes enfants, un garçon et une fille, vêtus de couleurs vives, le regardaient faire en posant des questions que la brise emportait au-dessus de l'eau. Elle détourna son regard, le porta vers l'aval, et resta un long moment à regarder les tourbillons qui défilaient au-dessous d'elle à une vitesse folle, sans cesse détruits et sans cesse reformés. On peut penser que si elle avait pleuré, à ce moment, les choses auraient pu tourner différemment. Mais, les yeux secs, elle garda son visage de spectre et se remit en marche. A la gare de Perrache, elle tourna à gauche, traversa la place Carnot, et repartit, par la rue Victor-Hugo, jusqu'à la place Bellecour où elle reprit le trolleybus pour rentrer chez elle.

Il était environ deux heures de l'après-midi. Là encore, on peut regretter le manque de réaction de ses parents et supposer que des reproches ou des pleurs d'Odette, voire une bonne engueulade de Paul pour son retard, auraient déclenché la crise de larmes ou la révolte salvatrice. Odette se garda de rien dire. Elle se contenta de se précipiter en entendant la clef dans la serrure, de regarder Aurélie ranger son imperméable dans la penderie de l'entrée, et de la suivre sans mot dire jusqu'à la porte de sa chambre, qu'elle se vit fermer au nez. Tête basse, elle retourna à la cuisine ranger le couvert qu'elle avait préparé sur un coin de table et mettre au réfrigérateur le repas qu'elle avait tenu au chaud. Paul se contenta de marquer sa réprobation en ne levant pas les yeux de *L'Auto-Journal*, qu'il dévorait chaque samedi après le café. Plusieurs fois, dans l'après-midi, Odette alla écouter à la porte de la chambre d'Aurélie. Aucun bruit n'en provenait. Elle essaya même la poignée, mais la targette était mise. Quand vint l'heure du dîner, elle était sur le point d'aller frapper à la porte, chose qu'elle s'était interdite depuis le quinzième anniversaire de la jeune fille. Aurélie la précéda, en sortant de sa chambre et en venant s'asseoir à la table familiale, tellement lointaine que personne, pas même Laurent, n'osa lui adresser la parole. Après dîner, Laurent, qui, en entrant en classe préparatoire, avait décidé de se mettre enfin au travail, alla dans sa chambre finir un devoir de maths. Aurélie resta avec ses parents pour regarder, à la télévision, une émission de variétés. Plus d'une fois Odette détourna les yeux des ombres qui s'agitaient à l'écran pour regarder sa fille à la dérobée. Droite sur sa chaise, celle-ci aurait pu tout aussi bien contempler le papier peint du mur. Elle n'est pas là, pensait Odette. Ou plutôt si ; elle est là, mais enfermée dans une bulle infranchissable. La bulle s'entrouvrit, pour le baiser rituel, lorsqu'ils allèrent se coucher à la fin de l'émission.

23

Le soleil se leva, ce dimanche de Pâques, dans un ciel sans nuages. Revenues de Rome, les cloches se répondaient de clocher en clocher, annonçant la Résurrection. Premier levé, Paul, en robe de chambre et pantoufles, préparait sur un plateau le petit déjeuner d'Odette. Il avait commencé de le faire le premier dimanche après leur mariage et n'avait jamais cessé depuis. En attendant que le café passe, il se remémorait leur conversation de la veille, sur l'oreiller. Alors qu'il s'endormait doucement sur le dernier *OSS 117*, Odette s'était tournée brusquement vers lui et s'était appuyée sur son coude.

« Tu as vu la petite ? »

(Aurélie, plus grande que sa mère et guère plus petite que son père, était restée « la petite ».)

« Oui. Je l'ai vue. Pas gracieuse, soit dit en passant, depuis la rentrée. Qu'elle fasse la tête une quinzaine sur deux, passe encore. Mais qu'elle se permette de sauter un repas et de rentrer sans donner d'explication... Tu aurais dû faire quelque chose. »

En d'autres circonstances, Odette eût relevé l'esquive de son mari et lui eût donné la suite qu'elle méritait. Et à laquelle il s'attendait. Le fait qu'elle ne l'ait pas fait avait alerté Paul. Il avait posé son roman et s'était redressé à son tour. Odette avait repris, préoccupée :

« Tu n'as rien remarqué ! Elle ne fait pas la tête, elle est désespérée ! A bout ! »

Après avoir laissé à son mari le temps de digérer l'information, Odette avait expliqué :

« Elle a reçu un paquet avant-hier...

— D'habitude, ça nous la met de bonne humeur pour deux semaines...

— Ça l'a démolie. Et tu n'as rien vu, bien sûr ! Je me demande ce qu'il pouvait y avoir, dans ce colis.

— Tu es certaine qu'il venait bien d'Albert ? Il ne faudrait pas que ce soit quelqu'un d'autre qui lui ait donné une mauvaise nouvelle, tu vois ce que je veux dire...

— Je n'ai pas fait attention à l'écriture. Une chose est certaine, il venait bien d'Algérie. Dire que ce garçon était si gentil... La mort de son père l'a rendu à moitié dingo. Si au moins Aurélie ne lui était pas si attachée...

— Moi ça m'avait paru plutôt une bonne chose... Il est intelligent, bien de sa personne, et il sera à l'abri du besoin... Et nous nous entendons bien avec ses parents. Il est vrai qu'il était devenu un peu bizarre, ces derniers temps... Mais l'armée va lui faire du bien, s'il ne lui arrive rien.

— En attendant, il fait tourner notre fille en bourrique. Et je ne sais pas quoi faire !

— Essaye de lui en parler...

— J'ai essayé, figure-toi ! Et pas qu'une fois... »

Paul avait alors pensé qu'il n'était pas dans la nature d'Odette d'insister, voire de faire acte d'autorité, pour obtenir une réponse. Il avait tenté :

« Je veux bien essayer, moi. Demain soir, je la prends entre quat'z'yeux et je l'entreprends sur ses amours.

— Pourquoi pas demain matin ? »

Paul n'avait pas répondu. Il s'était retourné et avait éteint sa lampe de chevet. Réveillé dans la nuit, il avait senti Odette à son côté qui ne dormait pas. Il avait mis longtemps à se rendormir.

Odette était réveillée lorsqu'il ouvrit les volets de leur chambre. Elle semblait n'avoir pas dormi de la nuit. Elle sacrifia au rite du dimanche matin, s'assit, passa la liseuse qu'il lui tendait et se cala le dos de leurs deux oreillers pendant qu'il allait chercher le plateau à la cuisine. En le lui posant sur les cuisses, il lui dit :

« J'y pensais, en me réveillant : si on allait manger à l'île Barbe, ce midi ? Ça lui changerait les idées... »

Odette n'était pas persuadée du succès de l'opération mais elle était prête à tout essayer. L'idée fut soumise aux jeunes gens à leur lever. Laurent déclina l'invitation, au prétexte qu'il avait du travail, et ses parents feignirent de le croire. Aurélie accepta d'un air indifférent. Elle semblait aller mieux ; toujours aussi lointaine et détachée de tout, elle paraissait moins choquée que la veille. Au retour de la messe, Paul alla sortir sa voiture du garage qu'il louait rue Lumière, à trois cents mètres de chez lui. A midi ils embarquaient dans la Peugeot.

Au milieu de la Saône et hors du temps, l'île Barbe était un des lieux les plus agréables de la périphérie lyonnaise. Habitée sur une partie, ouverte au public sur le reste, on y trouvait les ruines de plusieurs chapelles, et d'un monastère qui remontait à la plus haute antiquité. Un pont la traversait, la reliant aux deux rives de la Saône. C'était un lieu de promenade idéal pour une journée aussi radieuse, surtout après les excès météorologiques des jours précédents. Et à l'auberge où Paul avait choisi d'emmener sa famille, la chère était plutôt reconstituante pour le physique et le moral des convives. Et ce n'est qu'au vu des événements ultérieurs qu'on peut dire que l'idée de Paul n'était pas si bonne, après tout.

Les voitures avaient accès à l'île, au milieu du pont, mais il était à sens unique. Venant de Caluire, Paul dut laisser la sienne sur le quai et c'est à pied que les Carrot arrivèrent à l'auberge. En traversant la Saône, Odette remarqua qu'Aurélie, qui marchait devant eux, frissonnait malgré le soleil d'avril déjà haut et chaud. Elle fut tentée un instant de rejoindre sa fille, de la prendre par le bras, de faire demi-tour, et de supplier Paul d'annuler la sortie. Elle n'en fit rien.

24

Resté seul à la maison, Laurent avait déjeuné d'une tranche de jambon, d'un quignon de pain et d'une banane. Il paressait un moment sur le canapé du salon avant de se remettre au travail. Le soleil donnait à plein sur la porte-fenêtre du balcon, projetant sur le mur et la carpette des losanges de lumière qui rampaient lentement en direction des pieds du jeune homme. Lorsqu'ils les atteindraient, Laurent se lèverait et retournerait à ses livres. Pour l'instant la tache débordait sur le dessus du buffet, éclairant les objets qui s'y trouvaient. Parmi eux, une grande photo encadrée où ils figuraient tous les trois, Aurélie, Albert et lui. Paul les avait photographiés un soir d'été, en pleine action clandestine, jambes nues, les bras immergés dans l'eau de la Siche, en train de braconner des truites. Les garçons pouvaient avoir quatorze ou quinze ans, Aurélie, plus jeune d'un an, paraissait bien moins. Tous trois blonds, Laurent un peu moins que les autres, ils redressaient la tête et adressaient à l'objectif un sourire de bonheur. Les yeux de Laurent se portèrent sur la photo ; un déclic se produisit. Il se leva et se dirigea vers la chambre de sa sœur. Il fallait qu'il sache ce qu'il y avait dans ce colis, qu'elle avait reçu et qui l'avait mise dans un état que même lui avait remarqué. Et qu'il le sache tout de suite. Si on le lui avait demandé, il eût été bien en peine de dire ce qui le poussait, mais cela ne souffrait aucun retard.

Il croyait savoir où elle cachait les lettres qu'elle recevait d'Albert. Cela remontait à leurs chamailleries d'enfants. Vers ses douze ans, ayant lu dans quelque ouvrage de vulgarisation que la nitrocellulose pouvait être explosive, il avait décidé de tenter une expérience. Mais où en trouver ? Craignant des représailles, il n'osait pas utiliser les négatifs photographiques auxquels son père tenait comme à la prunelle de ses yeux. Il avait alors kidnappé un baigneur en celluloïd de sa sœur (un tout petit, avait-il dit plus tard, pour sa défense), l'avait découpé en fines lamelles, mises en tas et enflammées dans un saladier sur la table de la cuisine. Le résultat avait dépassé toutes ses espérances. La flamme, grandiose, avait noirci le plafond, roussi ses cheveux et frisé ses sourcils. La colère paternelle avait été à la hauteur du forfait et Laurent avait abandonné toute ambition pyrotechnique. A la suite du rapt, Aurélie avait pris l'habitude de cacher les objets auxquels elle tenait et il avait fallu des ruses de Sioux à Laurent pour trouver où. C'était dans un creux, entre la corniche et le haut de l'armoire de sa chambre, qu'elle entassait ses trésors. Si elle avait gardé les lettres d'Albert, ce qui était certain, elles ne pouvaient qu'être là.

Elles s'y trouvaient, rangées en courte pile contre le mur, le colis ouvert à côté. Laurent s'en empara et l'examina sans même descendre de la chaise sur laquelle il s'était juché. Il y avait un paquet d'enveloppes ouvertes. Toutes portaient l'écriture d'Aurélie.

Laurent comprit qu'il y avait là toutes les lettres que sa sœur avait envoyées à Albert. Il jura entre ses dents :

— Ah ! Le foutu salaud !

En remettant le paquet en place, il aperçut, sur la pile, une enveloppe fermée et qui ne portait pas d'adresse. Aurélie, probablement choquée en apercevant ses propres lettres, ne l'avait pas ouverte. Laurent la déchira de l'index, sortit la lettre de l'enveloppe et entreprit de la lire. Il ne remarqua pas, d'abord, que l'écriture n'était pas celle d'Albert, et le « Mademoiselle » du début le surprit. Voici ce qu'il lut :

Mademoiselle,

J'ai trouvé votre adresse en rassemblant les affaires de mon camarade, le sergent Albert Carrot, blessé avant-hier en opération. Il a pris une rafale de PM dans le corps. Comme nous étions sous le feu des fells, il est resté un certain temps avant de pouvoir être pansé. Il a pu être évacué par hélicoptère, après l'accrochage, mais l'infirmier m'a dit qu'avec les blessures qu'il avait, il n'avait pas beaucoup de chances de s'en tirer.

Albert n'était pas très causant, mais j'étais son meilleur copain ici. Il m'avait souvent demandé de ne prévenir personne, et surtout pas sa famille, s'il lui arrivait quelque chose. Mais mon chef de section m'a commandé de rassembler ses affaires, en attendant de savoir où les envoyer. Je suis tombé sur vos lettres. Je vous jure que je ne les ai pas lues. Mais j'ai vu votre adresse au dos des enveloppes et j'ai pensé que vous deviez être la personne à laquelle il écrivait. En fait, il se cachait pour vous écrire mais je l'ai surpris plusieurs fois. Pour autant que je sache, il n'écrivait à personne d'autre. Je vous retourne vos lettres, elles ne regardent que vous et lui.

J'espère, malgré ce que m'a dit l'infirmier, qu'il va s'en tirer. Si j'ai des nouvelles, je vous le ferai savoir. Si vous êtes croyante, priez pour lui.

Sergent Ponseau Robert

Parvenu à la fin de la deuxième page, Laurent retourna la lettre et la relut. Après avoir vérifié que l'écriture était la même que celle qui figurait sur le paquet, il baissa les bras et regarda autour de lui comme perdu. Gardant la lettre à la main, il sauta de la chaise, sortit de la chambre et se précipita sur le téléphone. Par chance, la feuille de carnet sur laquelle son père avait noté le numéro de l'auberge se trouvait encore à côté de l'appareil. Haletant, il composa le numéro. L'auberge fut longue à répondre. Entendant sonner dans le vide, à l'autre bout de la ligne, Laurent grommelait entre ses dents : « Vite ! Grouillez-vous, bon Dieu ! » Enfin on décrocha. C'était une voix féminine et jeune.

— Allô ? Ici l'auberge de l'île Barbe.

— Vous devez avoir chez vous une famille de trois personnes. Un homme, une femme, et une jeune fille blonde. Ils ont réservé au nom de Carrot.

— Un moment s'il vous plaît...

Il y eut un long silence.

— Effectivement, nous avons bien une réservation au nom de Carrot. Trois couverts.

— Ce n'est pas ce que je vous demande ! Sont-ils là, oui ou non ?

— Ils sont venus, je vois que leur réservation est barrée.

— Demandez au monsieur de venir au téléphone, s'il vous plaît. C'est très urgent.

— Ne quittez pas...

Laurent entendit le choc du téléphone que l'on posait. Il y eut des bruits de voix, des pas, des tintements de vaisselle entrechoquée, la sonnette d'une caisse enregistreuse, des voix encore, où il saisit « Au revoir, messieurs-dames, merci ! », des pas qui s'éloignaient. Puis on reprit le téléphone.

— Vous disiez trois personnes au nom de Carrot ?

— Je vous l'ai déjà dit. Et je vous ai dit que c'était urgent !

— Je vais demander au maître d'hôtel.

La femme posa le téléphone. On entendit son pas. Elle revint plus vite que la première fois.

— On me dit qu'ils viennent de partir, il y a une minute.

— Pouvez-vous les rattraper, s'il vous plaît ? C'est très important.

— Mais je ne peux pas partir comme ça !

— Je vous en supplie ! C'est une question de vie ou de mort ! S'il vous plaît...

Il y avait maintenant de l'exaspération dans la voix de la femme.

— Je vous dis que je ne peux pas quitter mon comptoir.

Elle dut sentir le désespoir de Laurent et ajouta :

— Attendez ! Je vais envoyer le gamin.

Elle posa le téléphone pour la troisième fois. On l'entendit appeler et parler d'un ton autoritaire. Une voix enfantine répondit, un bruit de course suivit. Le brouhaha du restaurant domina pendant cinq minutes qui parurent autant de siècles à Laurent. Puis les pas revinrent. La femme reprit le téléphone.

— Le gamin me dit qu'il ne les a pas trouvés.

— Passez-le-moi, s'il vous plaît.

— Je ne sais pas si je peux...

— Passez-moi ce garçon, bon sang !

La femme sentit l'urgence et le sérieux du ton. La tyrolienne d'un garçon en pleine mue lui succéda. Laurent lui dit, avec toute la conviction dont il était capable :

— Ecoute. Tu vas partir à la recherche de ces gens. Ils s'appellent Carrot. Carrot, tu entends ? L'homme est en costume ; un costume gris. La femme est en tailleur ; bleu marine. Elle a un foulard dans les blanc et rose. Si elle ne l'a pas sur la tête, il est autour de son cou. Il y aura – il faut qu'il y ait – une fille, avec eux. Elle est grande et blonde. Elle porte une veste de jersey bleu marine et un kilt...

— Un quoi ?

— Un kilt : une jupe écossaise, bleu foncé à carreaux, avec un collant assorti. Tu iras vers les parents et tu leur diras de ne pas quitter leur fille des yeux. Tu as compris : ne pas la quitter des yeux.

— Si elle m'entend ?

— Aucune importance. L'essentiel est qu'ils ne la lâchent pas une seconde. Tu leur diras que c'est Laurent qui le leur fait dire. Tu as bien retenu ? Laurent. Allez fonce. Et trouve-les !

— J'y vais !

Il y eut un bruit de galopade qui s'éloignait. La femme reprit le téléphone et raccrocha sans un mot. Laurent raccrocha à son tour. Il replaça la lettre dans le colis, sur l'armoire, remit la chaise en place et, la gorge serrée, alla s'étendre sur son lit, en regardant le plafond. Il ne pouvait plus qu'attendre.

25

Dans le quart d'heure qui suivit l'appel de Laurent, le gamin parcourut l'île en tous sens. Elle n'était pas grande mais il y avait beaucoup de monde, en ce premier dimanche de beau temps. Beaucoup marchaient par petits groupes, en nombre variable. Et les groupes de trois personnes étaient nombreux. Il s'en trouva même qui correspondaient à la description de Laurent : un homme, une femme et une jeune fille ; mais ou bien l'homme n'était pas vêtu de gris, ou bien la femme n'était pas en bleu marine, ou bien la jeune fille était en pantalon. Il finit par rattraper Paul et Odette, qui marchaient en silence sous les arbres, près de la pointe nord, et faillit les ignorer : ils n'étaient que deux. Il eut quand même un doute, les vêtements concordaient. Il les dépassa, fit demi-tour et marcha à leur rencontre pour mieux les identifier. Tout y était : le costume gris, le tailleur bleu marine, et le foulard dans les roses autour du cou. Il s'arrêta et, lorsqu'ils arrivèrent à sa hauteur, les interpella.

— Vous êtes monsieur et madame Carrot ?

Ils s'arrêtèrent, surpris. Un nuage d'inquiétude assombrit le front de la femme. L'homme répondit, surpris et sur la défensive. Ils étaient bien monsieur et madame Carrot. Un peu haletant, le gamin débita son message :

— Je viens de l'auberge...
— Qu'y a-t-il ? Nous avons oublié quelque chose ?
— Ce n'est pas ça... Nous avons reçu un coup de téléphone...
La femme pâlit et se raccrocha au bras de l'homme. Le gamin continua.
— Laurent vous fait dire de ne pas la quitter des yeux. Il a bien insisté : ne pas la quitter des yeux.
La femme avait compris mais l'homme refusait de le faire.
— Quitter qui des yeux ?
Le gamin hésita un peu et regarda autour de lui.
— Mais la fille... Celle qui est avec vous, en veste bleu marine et jupe écossaise... Laurent a bien insisté : Ne pas la quitter des yeux.
L'homme avait pâli à son tour. Ignorant le gamin, il se tourna vers la femme.
— Elle nous suit, n'est-ce pas ?
Et il demanda au gamin :
— Elle marchait derrière nous. Tu as dû la voir en nous rattrapant. Elle ne peut pas être loin.
— Je n'ai vu personne. En fait, j'ai parcouru une bonne partie de l'île avant de vous trouver. Je n'ai pas vu de fille blonde en jupe écossaise.
Voyant l'inquiétude les gagner, il s'efforça de les rassurer.
— Vous savez, il y a beaucoup de monde. J'ai bien pu la manquer. Je cherchais trois personnes.
Mais l'homme et la femme ne s'occupaient plus de lui. Tournés l'un vers l'autre, ils s'interrogeaient.
— Quand l'as-tu vue pour la dernière fois ?
— Attends... Mais là... Il y a deux minutes... Nous sommes passés près d'une église. Elle a dû y entrer...
Le gamin crut bon de prendre congé.
— Il faut que je rentre à l'auberge.
L'homme le retint.

— Attends ! Veux-tu nous aider à la chercher ?

— Julie va se demander ce que je suis devenu. Et elle n'est pas commode... Et puis il faut que j'aide en cuisine...

— Ecoute ! C'est très important. Si tu veux, je passerai par l'auberge pour leur expliquer. Mais il faut la trouver. Coûte que coûte.

Il y avait une telle urgence dans la voix de l'homme et une telle inquiétude, proche de la panique, dans le regard de la femme que le gamin accepta.

— D'accord. Je vais chercher sur la rive gauche et vous sur la rive droite. On se retrouve à la pointe sud. Mais avant, on va aller jusqu'au bout. Il ne faudrait pas la laisser derrière nous.

L'homme parut soulagé.

— Merci. Rappelle-toi : elle est blonde, grande, presque aussi grande que moi, et elle est vêtue de bleu marine et d'écossais.

Le gamin allait s'élancer quand la femme intervint, la voix tremblant un peu :

— Elle s'appelle Aurélie. Tu te souviendras ?

— Aurélie, répéta le gamin en s'élançant vers la pointe nord.

Elle avait suivi ses parents jusqu'à l'entrée de la chapelle Notre-Dame. Le repas s'était bien passé. Apitoyée jusqu'à la moelle par le regard inquiet d'Odette, elle avait même participé un peu à la conversation. Mais, en sortant de l'auberge, elle aurait été bien incapable de dire ce qu'elle y avait mangé. On ne saurait dire si c'est dans l'idée d'échapper à ses parents qu'elle entra dans l'église alors qu'ils passaient devant. Toujours est-il qu'elle y entra et que c'est là qu'ils la perdirent.

Tout le froid de la semaine précédente semblait s'être accumulé sous les voûtes malgré le soleil qui entrait par les ouvertures. Quelques cierges grésillaient au pied d'une Sainte Vierge de bois doré qui, face à la porte, accueillait les visiteurs. Un petit meuble, à côté, portait une réserve de cierges, un tronc, et une pancarte : « Cierges : 200 F. Merci ». Elle était seule dans la minuscule chapelle, reste d'une église plus importante. Une pensée lui vint : elle offrirait un cierge à la Vierge et tout redeviendrait comme avant. Comme elle n'avait pas d'argent sur elle, elle allait en demander à ses parents. Elle courait presque, en sortant de l'église. Elle s'arrêta sur le seuil et les chercha du regard. Ils avaient disparu. Elle prit à tout hasard la direction de l'aval, marchant sans but, regardant devant elle sans voir les promeneurs. Si elle avait rencontré Paul et Odette, à ce moment-là, il n'est pas certain qu'elle les aurait reconnus. Elle passa sous le pont en longeant la Saône. Bien qu'elle eût un peu baissé, depuis la veille, l'eau brune était encore très haute et léchait le sommet des enrochements avec un bruit soyeux. Aurélie s'interrompit un instant pour l'écouter tel qu'il était réverbéré par le tablier du pont. Des tourbillons se formaient, glougloutaient un instant et mouraient comme ils étaient apparus, engendrant une vaguelette qui venait clapoter à ses pieds.

Arrêtée dans un passage étroit, entre la pile du pont et la rivière, elle obstruait en partie le chemin. Des gens s'agglutinaient près d'elle. D'aucuns maugréaient en la contournant. Un jeune homme pressé faillit même, en la bousculant, la projeter dans le courant. Un autre la retint par le bras. Elle ne vit ni l'un ni l'autre, ne protesta ni ne remercia. Enfin elle se remit en marche, en suivant le courant. Passé le pont, le chemin s'élargissait et longeait une prairie abritée par l'ombre des grands arbres. Elle s'y engagea, s'éloignant des promeneurs qui restaient sur le chemin. Des pâquerettes attardées constellaient l'herbe nouvelle. Bien nourries par les limons de la Saône, elles étaient hautes et grosses presque comme des marguerites. Tout en progressant vers la pointe de l'île, Aurélie entreprit d'en ramasser un bouquet. L'une d'elles, plus large et garnie que les autres, attira son attention ; tout en marchant sans regarder autour d'elle, elle entreprit de l'effeuiller.

Elle en était à « un peu » et il ne restait que quelques pétales, lorsqu'elle parvint à la pointe de l'île. Venant des deux côtés, le courant chuintait plus fort que jamais, formant à la poupe comme un sillage de bateau. C'était comme si l'île avançait en remontant la rivière pour s'éloigner de la ville qui s'étendait après le tournant. Aurélie se pencha sur la fleurette dépouillée qui dépassait de son bouquet, comptant les pétales restants pour essayer de prévoir le résultat de son effeuillage. Il lui sembla que le dernier tombait sur « pas du tout ». Elle saisit la fleur, l'extirpa du bouquet et la laissa tomber dans l'eau, à ses pieds. Un tourbillon l'écarta du bord et l'y ramena avant que le courant ne s'en empare. Prise de remords, Aurélie s'avança jusqu'au bord, les pointes des pieds au ras de l'eau, et s'inclina pour la reprendre. Après s'être attardée un instant, la fleur commença de s'éloigner. La jeune fille se pencha, main tendue. Son pied droit glissa, elle lâcha ses fleurs, battit les bras, et tomba à l'eau.

Il serait poétique de dire que sa robe, gonflée d'air, la soutint un long moment à la surface, et qu'environnée de pâquerettes elle partit au fil de l'eau, la face tournée vers le ciel, avant de s'enfoncer doucement sans cesser de chantonner. Mais les vêtements qu'elle portait n'avaient que fort peu de réserves d'air. Tout de suite imprégnés d'eau, ils l'attirèrent très vite sous la surface, tandis que les tourbillons de la pointe éparpillaient son bouquet. Comme il n'y eut aucun témoin, personne n'est en mesure de dire si elle se débattit.

On devait retrouver son corps deux jours plus tard, près du pont de la Mulatière, accroché aux racines d'un tronc abandonné là par la décrue. « Sans ces racines, dit l'homme de la Brigade fluviale qui la dégagea, elle filait jusqu'à la Méditerranée ! »

Ce qui est peut-être ce qu'elle aurait voulu.

Fin du troisième acte

ACTE IV

26

La salle du café Masson était pleine à craquer, en ce jeudi 24 décembre. Et, pour une fois, il y faisait chaud. Non que le poêle eût été garni avec plus de générosité qu'à l'ordinaire, la mort de Noémie n'avait rien changé aux habitudes parcimonieuses de son fils. Mais la chaleur humaine compensait avec avantage le manque de combustible. Ce n'était certes pas l'odeur du charbon qui prédominait dans l'air confiné de l'établissement, mais le fumet que dégage chez nous toute foule masculine un peu compacte, à base, pour l'essentiel, d'étable et de velours côtelé. Des touches de vinasse, de marc, de rhum et de mauvais café, l'âcre fumée du tabac Caporal, un fond de rance émanant des tables complétaient l'atmosphère.

Il était quatre heures de l'après-midi, la clientèle était masculine. Depuis un certain temps déjà, les femmes, au fourneau, préparaient le réveillon d'après-messe et s'avançaient pour le repas de Noël. Chez nous, les hommes parlent haut à la maison ; et, en public, plus haut encore. Comme chacun parlait fort, le bruit était tel que, pour se faire entendre, il était nécessaire de parler plus fort encore. Sans jamais avoir entendu le nom de Norbert Wiener, les hommes de Saint-Jean pratiquaient la rétroaction positive comme s'ils l'avaient inventée. Pour faire simple, chacun hurlait à l'oreille de son voisin.

La cause de ces hurlements était une harde de sangliers, qui avait pris ses quartiers dans les fourrés du plateau des Trèves et ravageait tour à tour les champs des communes voisines. Si encore il y avait eu de la neige ! Mais elle n'avait toujours pas fait son apparition ; les seigles d'hiver étaient à nu, offerts à la convoitise des bêtes noires et rousses, qui s'en donnaient à cœur joie. Dans un rayon de cinq kilomètres autour du plateau, aucun territoire n'était épargné, même si, côté sud où le plateau était moins abrupt, les visites étaient plus fréquentes.

Ces maudits cochons semblaient posséder le même don d'ubiquité que la Bête du Gévaudan. Une nuit, ils ravageaient un seigle en devenir. Comme ils en avaient laissé, on s'attendait à ce qu'ils reviennent et, le soir même, on leur tendait une embuscade. En pure perte. Le lendemain matin, le téléphone arabe apprenait au malheureux propriétaire du champ que ses hôtes de la veille avaient dévasté, de l'autre côté des Trèves, un silo de betteraves que son propriétaire avait cru assez profond. Les ravages avaient commencé avec l'avent. Ils duraient depuis maintenant quatre semaines et, comme disait Arsène Moutier, toujours en pointe lorsqu'il s'agissait de revendiquer, « ça commençait à bien faire ! ».

On avait tout essayé, contre ces nuisibles, embuscades – je l'ai dit –, pièges, et même poison. Les embuscades avaient fait chou blanc, les pièges étaient restés vides, et les carottes empoisonnées, disposées en bordure de bois, n'avaient tué que la jument de Julot Besson, échappée de son enclos. On avait organisé des battues mais en ordre dispersé, village par village, chacun dans la partie de son territoire qui empiétait sur les Trèves. Les bêtes avaient eu beau jeu de leur échapper en allant se réfugier dans les sections voisines où, pour l'heure, on les laissait en paix. Si ces battues n'avaient pas permis de les éliminer, elles avaient au moins donné l'occasion à certains de les apercevoir. Ils avaient pu se faire de l'ennemi une idée plus précise que celle que procurait l'étude de ses traces. Cet ennemi était, ma foi, plutôt formidable. Il y avait là deux laies énormes (« dans les quatre-vingts kilos », prétendait un des chasseurs), suivies chacune de six ou sept bêtes rousses de l'année et de trois ou quatre ragots de deux ans. Un de ceux qui les avaient aperçus prétendait même avoir vu deux gros solitaires – « bien plus gros que les laies » – suivre la troupe à distance. Les connaisseurs en déduisaient que la saison des amours n'était pas close, et que les solitaires n'allaient pas tarder à disperser les ragots afin de présenter leurs hommages à ces dames, quitte à se battre pour l'exclusivité. Ils ajoutaient que cela n'allait pas simplifier la tâche des chasseurs.

Cet état de choses n'avait que trop duré. Les méfaits des sangliers commençaient à engendrer des tensions entre villages. Car ceux dont le territoire ne touchait pas au plateau, ravagés tout autant que les autres, commençaient à récriminer. D'autant plus que les chasseurs des communes limitrophes avaient poliment refusé leur aide, lors des battues. « D'accord, disaient les premiers, ce sont *vos* sangliers ; mais ils font des ravages *chez nous*. S'ils vous amusent, gardez-les, mais gardez-les bien, et débrouillez-vous pour qu'ils ne viennent pas nous emmerder ! » A ces fortes paroles, les autres répondaient que s'ils étaient si malins, ils n'avaient qu'à les zigouiller chez eux puisque, à les en croire, ils y passaient les trois quarts de leur temps. Bref, les choses étaient sur le point de s'envenimer sérieusement lorsque Emile Gonnet, doyen des maires, avait pris les choses en main. Il avait réuni ses collègues et, non sans mal, leur avait fait adopter le principe d'une battue intercommunale. Pour une fois, les chasseurs des quatre communes allaient se réunir pour battre la totalité du plateau avec, pour but, sinon d'exterminer les bêtes fauves, au moins de leur passer l'envie de s'attarder chez nous. L'idéal serait de tuer les deux laies qui menaient la harde. Elles disparues, les survivants se disperseraient et on pouvait espérer qu'ils iraient voir ailleurs si l'herbe était plus verte.

Le principe adopté, restait à en déterminer les modalités d'application. Et cela ne s'était pas fait sans peine. La réunion avait eu lieu vers le 15 décembre. En se séparant, les quatre maires s'étaient promis de se téléphoner le lendemain soir pour fixer une date après avoir consulté, chacun dans sa commune, quiconque était capable d'avoir un avis raisonné sur la question. Ils avaient décidé en outre de confier la responsabilité de la battue au lieutenant de louveterie du secteur. Et, c'est ici que l'histoire des sangliers rejoint la nôtre, ce lieutenant n'était autre que Claude Carrot.

Il n'est pas inutile de dire, à ce stade, que la charge de lieutenant de louveterie pour le canton de Fontbonne et trois cantons voisins était en quelque sorte un apanage héréditaire de la famille Carrot. Depuis plus d'un siècle, les préfets de toute couleur politique avaient nommé à ce poste l'aîné de la famille. Probablement par manque d'imagination, peut-être aussi parce qu'à chaque renouvellement les candidats ne se bousculaient pas. Chez nous les gens, même riches, savent qu'un sou est un sou. Or, loin de rapporter, la charge, bénévole, avait plutôt tendance à coûter ; et cher. Outre qu'il fallait connaître à fond le territoire et sa faune – connaissance qui était dans les gènes de chaque mâle du Plateau –, il fallait savoir la loi, donc l'apprendre, ce qui n'était pas à la portée de chacun et prenait un temps précieux. Surtout – ce qui dissuadait le vulgaire -, on devait entretenir une meute d'au moins quatre chiens à sanglier. Et les chiens à sanglier on ne les attache pas avec des saucisses. C'est gros, et ça mange comme quatre ; donc quatre chiens mangent comme seize. La simple arithmétique rebutait ceux qu'aurait pu tenter cette charge honorifique. On comptait aussi, chez Carrot, et plutôt bien. Mais on ne négligeait pas le prestige et on entretenait les quatre chiens pour le seul plaisir d'arborer, sur sa veste de chasse, le médaillon circulaire d'émail bleu portant une tête de loup sur fond doré. Même s'il y avait près de cinquante ans qu'on n'avait pas vu de loup dans la région.

En 1939, au moment de la déclaration de guerre, Albert 1913 était titulaire de la charge. Lorsqu'il fut certain qu'il était prisonnier, le préfet de l'époque avait tenu à lui nommer un remplaçant. Le choix s'était naturellement porté sur son cadet, qui avait échappé à la captivité. Au retour de son frère, Claude, nommé par un préfet de Vichy, s'attendait à devoir démissionner et rendre la charge à son aîné. Le préfet de l'époque, épurateur négligent, ne l'avait pas jugé bon. Avec la bénédiction d'Albert, Claude avait donc gardé titre et médaillon. C'était lui qui entretenait les chiens dans un chenil, à une centaine de mètres de la maison d'en haut, de l'autre côté d'une butte. Par vent favorable, elle le protégeait de leurs aboiements continuels. Et de leur odeur.

Les maires et Claude Carrot s'étaient réunis le 20 décembre. Ils avaient fixé au 26 la date de la battue, et décidé, afin de mettre toutes les chances de leur côté, de faire appel à la main-d'œuvre extérieure en invitant aussi les chasseurs des autres communes du canton. De sa plus belle ronde d'instituteur, Emile

Gonnet avait rédigé la demande d'autorisation à l'intention de la préfecture. On était convenus de convoquer les chasseurs chez Masson, la veille de Noël, afin de leur donner les instructions en vue de la battue, et on s'était séparés avec la satisfaction du devoir accompli.

Ils étaient une soixantaine, ce samedi, à vociférer dans la salle du café, attendant qu'on leur dévoilât le plan de campagne. Leur chef désigné, les deux « fédéraux » du canton de Fontbonne, et trois lieutenants triés sur le volet, étaient réunis en conclave dans l'arrière-salle, en train de l'élaborer. Il y avait une heure que les six hommes s'étaient enfermés, une heure que Marcel Masson courait de table en table pour renouveler les consommations, une heure que son sourire s'élargissait de minute en minute à l'idée qu'il était en train, en une après-midi, de doubler son chiffre d'affaires du mois.

Protégés du tumulte par la porte vitrée de la cuisine, les chefs avaient étalé une carte d'état-major sur la table et discutaient stratégie. Même avec les quelque soixante-dix chasseurs qu'ils prévoyaient pour le surlendemain, il leur était apparu impossible de battre tout le plateau en une fois. Et d'ailleurs la géographie des lieux ne s'y prêtait pas. Le sommet du plateau des Trèves est une ellipse approximative d'environ un kilomètre sur trois, partagée sur son grand axe par un chemin assez large et d'une antiquité immémoriale. Cela donnait un périmètre de près de huit kilomètres, impossible à cerner. Il ne fallait pas oublier que soixante-dix chasseurs ce n'était au mieux que trente-cinq fusils et trente-cinq rabatteurs. En revanche, avait continué Claude, le partage du plateau en deux moitiés à peu près égales rendait la chose plus facile. Il suffisait de barrer le chemin, ce qui donnait une moyenne de quatre-vingts mètres entre deux fusils. C'était beaucoup mais jouable, en prenant soin de placer les gens près des coulées probables, quitte à laisser ailleurs de plus grands intervalles.

— C'est risqué, objecta l'un des lieutenants. Ces bestiaux sont marioles. Tu les attends d'un côté et ils passent dans ton dos.

— Il vaudrait mieux diminuer le nombre de rabatteurs et resserrer les fusils, suggéra l'un des gardes.

Claude y était opposé. Des rabatteurs trop éloignés les uns des autres auraient beaucoup de difficultés à marcher en ligne ; les animaux risquaient de revenir sur leurs voies et d'échapper aux tireurs. Et puis, au moment d'échanger les rôles, cela risquait de poser des problèmes et de susciter des jalousies.

— Et si on prenait des rabatteurs sans fusil ? Il y a bien des femmes qui seraient contentes de participer, émit le plus jeune.

Il n'avait pas sitôt parlé que cinq paires d'yeux le fusillaient. Des femmes ! A la chasse ! Conscient du sacrilège, le jeune homme se tut. Par gentillesse, les autres lui servirent quelques arguments qui militaient contre son idée. Le danger, la fatigue, les broussailles... Mais il avait compris : la chasse n'était pas, et ne serait jamais, une affaire de femmes. Du moins chez nous.

La gêne dissipée, on entama l'étude tactique de l'opération. Le matin, on chasserait la moitié nord et le soir le côté sud, les rabatteurs inversant leur marche. La ligne de tireurs se tiendrait toujours sur le chemin. Après le premier rabat, rabatteurs et tireurs échangeraient leurs rôles. Quelqu'un fit alors remarquer que, le matin, les rabatteurs marcheraient dos au vent, si celui-ci se maintenait, alors que, l'après-midi, le vent porterait au gibier l'odeur des tireurs restés sur le chemin. Il ajouta qu'il vaudrait mieux, l'après-midi, barrer tous les points de passage par lesquels les animaux pourraient s'échapper côté sud et faire marcher les rabatteurs dos au vent, au besoin fermer la nasse en la resserrant. Claude répondit qu'il l'avait envisagé mais avait écarté l'idée.

— Il y aura déjà bien assez d'occasions de se tirer dessus, avec cette bande d'excités, dit-il en désignant la porte de la salle.

Les autres se rangèrent à son avis. Les tireurs resteraient sur le chemin et on inverserait le sens du rabat.

— Début des opérations ? demanda l'un des lieutenants.

Claude réfléchit un moment et répondit, à voix lente :

— Pas trop tôt. Ces foutus cochons ne vont pas fêter Noël en famille. Ils vont sortir la nuit prochaine, comme toutes les autres. Laissons-leur le temps de regagner leurs bauges et de s'y installer. Pas la peine d'attaquer avant le jour.

Après discussion, on adopta sept heures et demie pour le rassemblement et huit heures et demie pour le début de la mise en place.

— De toute manière, conclut Claude, pour pouvoir les tirer, il faut qu'il fasse jour. Et bien jour : c'est sombre, sous les arbres.

Cela acquis, on passa aux problèmes d'intendance. C'est que la partie cynégétique n'était qu'un des aspects de la battue. Les soixante-dix chasseurs et leurs chiens ne se retrouveraient pas au plateau des Trèves par l'opération du Saint-Esprit. Il fallait les y amener, les en ramener, et, entre les deux, les nourrir et les abreuver, ce qui n'était pas rien. On dut décider quels villages fourniraient le lard et les saucisses, quels villages fourniraient les patates, et qui s'occuperait du transport. On envoya un émissaire au boulanger de Saint-Jean. Non sans se faire prier un peu, il accepta de faire une fournée supplémentaire de pain de couronne, le jour de Noël. La boisson fut laissée à la discrétion de chacun.

On comprend aisément, au vu de ce qui précède, qu'il ait fallu près d'une heure et demie à l'état-major pour décider de tout cela. Lorsque ce fut fait, les chefs plièrent la carte, finirent leurs verres, et passèrent dans la salle. Marcel Masson se précipita derrière eux, dans la cuisine, pour baisser le tirage du fourneau, que les hommes avaient trop ouvert à son gré.

Le vacarme des conversations s'éteignit progressivement, chacun baissant la voix à mesure que les autres en faisaient autant. Il restait, par-ci par-là, un étourdi pour hurler encore et se taire soudain avec un regard en dessous, quand il se rendait compte qu'il criait pour rien. Lorsqu'un semblant de silence se fut établi, Claude, dos au bar, ses acolytes à côté de lui, commença explications et directives. En bons Gaulois, les chasseurs présents contestèrent, discutèrent et chicanèrent pour le seul plaisir de la chose. Parfois un à un, souvent tous ensemble. Le bruit remontait alors à son niveau antérieur, pour décroître et remonter en houle sonore jusqu'au moment où Claude y mettait fin en tapant sur le zinc à l'aide d'une chope à bière, que Masson couvait d'un regard inquiet. Sans tenir compte des objections, Claude disait alors : « On est bien d'accord… » Puis il passait au point suivant.

On arrivait à la fin. Dehors, la nuit était tombée. Dans la salle, Marcel Masson avait éclairé les globes d'opaline. Un bruit de moteur et des phares courant sur les vitres ruisselantes annoncèrent l'arrivée du car de Fontbonne. Il déposait, chaque samedi, les gens qui revenaient du marché. Un courant d'air glacial entra dans la salle, avec les passagers qui désiraient faire le plein de calories avant de repartir à pied jusqu'à leur hameau. C'était alors dans un moment de grande contestation ; n'était cet air froid, personne dans l'assemblée ne s'en serait aperçu, à l'exception de Marcel Masson qui avait toujours un œil pour le client éventuel. La porte s'ouvrit et se referma sans que le bruit ne baissât d'un décibel. Quelques secondes plus tard elle s'ouvrit à nouveau. Le tintamarre cessa d'un coup. Claude était tourné du côté du bar, occupé à replier la carte qu'il venait de déployer pour répondre à une objection. Le silence soudain le fit se retourner. Le nouveau venu se tenait de dos, refermant la porte. Il était mince, grand, vêtu de kaki militaire, et, sur ses cheveux tondus à ras, portait le béret amarante des parachutistes. Avant même de voir son visage, Claude sut que son neveu Albert était revenu d'entre les morts.

27

Le jeune homme ôta son béret, le plia, le glissa sous la patte d'épaule de son blouson, reprit la courroie de son sac à paquetage, et regarda autour de lui. Si la densité de l'assistance et l'épaisseur de l'atmosphère le surprirent, il n'en montra rien. Sans regarder personne, il lança un « Bonsoir ! » aussi froid et sec que l'air qui était entré à sa suite, et chercha des yeux une place où s'asseoir. Au comptoir, Claude avait interrompu son exposé et regardait Albert fendre la foule en direction du poêle, près duquel on s'écartait pour lui faire une place. Le sang-froid étant une vertu assez répandue dans la famille Carrot, il ne manifesta rien de sa surprise à voir arriver si tôt un neveu qu'il n'attendait pas avant plusieurs semaines. Il le savait tiré d'affaire mais convalescent, et n'aurait jamais pensé que l'armée le renverrait aussi vite dans ses foyers. La vie militaire, les combats, les blessures et les longs mois d'hôpital l'avaient changé. Plus mince, peut-être plus grand qu'à son départ, en tout cas plus droit, il n'avait plus le même visage. Il était pâle, bien plus qu'avant. Ses joues, creusées, avaient perdu toute douceur et ses yeux semblaient transparents à force de pâleur. Ce n'était plus l'Albert excentrique, agressif, voire aux confins de la folie, qui était parti l'année précédente. Celui devant lequel on s'écartait ne ferait plus d'histoires, Claude en fut certain. Mais il eut en même temps la conviction qu'il n'en serait que plus dangereux. Il attendit qu'Albert se fût assis, avant de lui dire « Bonsoir Albert », à voix assez haute pour être entendue par-dessus le bruit de fond résiduel, et suffisamment neutre pour que l'on n'y sentît ni gêne ni hostilité. Albert y répondit sur le même ton et se tourna vers Masson qui, jouant des coudes, était parvenu jusqu'à lui et attendait la commande.

Il ne restait plus beaucoup d'explications à donner. Tout en continuant sa conférence et en répondant aux questions, Claude jetait parfois un coup d'œil à son neveu qui écoutait son voisin lui parler à l'oreille ; il avait dû s'enquérir du pourquoi de cette réunion. Aux regards que lançait parfois dans sa direction l'interlocuteur d'Albert, à ses gestes et mimiques, il comprit qu'il était en train de lui expliquer la situation.

La conférence se termina sur les recommandations habituelles, énoncées par Claude de son plus beau ton de lieutenant de louveterie :

— Vérifiez vos fusils. Assurez-vous d'avoir les cartouches adéquates. Il ne vous en faut pas des dizaines : si vous en tirez une ou deux ce sera déjà bien beau. Je vous rappelle que, sur la ligne du chemin, on tire à chevrotines. Et du neuf grains ; on ne chasse pas les alouettes ! Ceux qui auront un peu d'espace pour tirer pourront utiliser des balles. S'ils en ont. A ceux qui n'en ont pas et qui ont un douze, je pourrai en passer, j'en ai quelques-unes d'avance. Ceux qui chassent au seize se débrouilleront entre eux.

Il marqua une pause ; certains, fatigués d'être restés assis presque deux heures, commencèrent à repousser leur chaise. Claude leva la main.

— Encore une chose : on fournit la nourriture, mais chacun apporte sa boisson. Pas la peine d'en apporter des camions-citernes. Avec la bise qui s'annonce, on va se geler et ça m'étonnerait que vous ayez soif. Même les rabatteurs. Même toi, Dagobert !

C'était un petit homme sec, aux cheveux épars, à la tête de fouine, au physique assez différent de celui qu'on prête au célèbre Mérovingien. Sobre six jours sur sept et même plus, il lui arrivait de prendre, certains samedis, des cuites de classe olympique au marché de Fontbonne, dont il rentrait tant bien que mal, à pied et en zigzag. Un dimanche matin, en se levant après une biture somptueuse, il avait enfilé son pantalon à l'envers et s'était promené un bon moment avec la braguette du mauvais côté. Il ne s'en était aperçu qu'au moment d'évacuer le trop-plein du liquide ingéré la veille. La cervelle encore embrumée des fumées de l'alcool, il avait cru bon de se cacher derrière l'arbre de la Liberté pour procéder à l'opération de retournement. L'arbre n'était pas assez gros et la moitié du village, qui sortait de la messe, l'avait aperçu en bannière. Il y avait gagné un surnom qu'il portait comme une croix depuis une vingtaine d'années, les jours sobres, et assumait avec panache, les autres jours, en faisant carousse dans les cafés du canton. Il lança un regard noir à Claude et lui répondit entre ses dents :

— T'inquiète pas pour moi, Carrot. C'est le sanglier qu'on chasse, après-demain. Pas le cerf. Tu pourras mettre qui tu voudras sur la ligne, à côté de moi, je vais pas lui tirer dessus.

Tout le monde s'esclaffa, quelques cocus notoires plus fort encore que les autres. Claude leva la main pour obtenir un semblant de silence.

— Espérons... Si plus personne n'a de question, on va lever la séance. Rendez-vous lundi matin à sept heures et demie sur le plateau, à la scierie brûlée. Bon Noël à tous !

Les « Bon Noël ! » qu'il eut en réponse se perdirent dans le tumulte des chaises repoussées, des conversations excitées, et des verres entrechoqués pour la dernière avant la messe de minuit. Il fit face à Marcel Masson et lui demanda sa note. La salle était presque vide lorsqu'il se retourna. Albert était resté près du poêle et le regardait d'un air indifférent. Passant à côté de lui, en se dirigeant vers la sortie, Claude lui dit, sans s'arrêter :

— J'ai la Simca. Je t'emmène ?

Sans répondre, Albert se redressa, prit son sac à l'épaule, et lui emboîta le pas.

28

Les Carrot de Lyon étaient venus passer Noël à Tournac. Il avait fallu toute l'amitié de Germaine pour Odette et toute celle de Claude pour Paul, plus une bonne dose de persuasion, pour les convaincre de venir. La disparition d'Aurélie datait de moins de huit mois, et même si Odette parvenait, à force de drogues, à dormir un peu la nuit, sa blessure ne donnait pas le moindre signe de cicatrisation. Mais peut-on se remettre de la perte d'un enfant ? Moins d'un mois après qu'Aurélie eut été enterrée aux Olmes, Odette avait repris son travail. Elle ne pouvait plus se supporter chez elle, à guetter un pas qu'elle n'entendrait plus. Jamais plus. Bien qu'elle eût toujours cru, ou voulu croire, que la noyade de la jeune fille avait été accidentelle, elle ne pouvait s'empêcher d'en vouloir à Albert, qu'elle en rendait responsable, même indirectement. Elle en voulait aussi, par ricochet, à Claude et à Germaine. Lors de l'enterrement, devant le caveau de la famille Carrot des Olmes, elle n'avait pu s'empêcher d'esquisser un mouvement de recul lorsque Germaine s'était avancée pour l'embrasser. Elle s'en était voulu ; après tout, Germaine n'était guère mieux lotie qu'elle, avec son fils entre la vie et la mort et probablement plus près de la mort que de la vie. Mais elle lui enviait cet espoir infime qui lui était refusé.

Cette envie, qui s'estompait avec le temps, était revenue en force lorsqu'il fut certain, vers la fin de l'été, qu'Albert survivrait à ses blessures et aux nombreuses complications qui leur avaient succédé. En l'annonçant à sa mère, les médecins militaires avaient pris leurs précautions : la convalescence serait très longue et on ne pouvait prévoir encore les séquelles. Mais enfin il était hors de danger. Lorsque Germaine le lui avait annoncé, au téléphone – et avec quelles précautions ! –, Odette n'avait pu se déprendre d'une envie de meurtre. Elle avait dû se mordre la lèvre au sang pour se forcer à exprimer un contentement qu'une partie d'elle-même refusait avec violence.

De ce fait, elle avait, jusqu'au début de la semaine, refusé de venir à Tournac. Tous s'y étaient mis, pour la convaincre, Paul, Germaine et Claude ; et même Laurent, qui avait emporté la décision. Ils étaient arrivés avant la nuit. Comme chaque fois qu'ils venaient pour Noël, Germaine avait fait leur lit au salon, qu'elle chauffait depuis la veille. Laurent occuperait l'un des deux lits de coin dans la chambre qu'il avait tant de fois partagée avec sa sœur.

Après avoir pris leurs quartiers, les invités étaient venus proposer leur aide. Il y avait une bonne heure que les femmes étaient en cuisine pendant que Laurent et son père faisaient des allers et retours entre le bûcher et la salle. Il fallait prévoir l'alimentation du fourneau et du poêle, pour la soirée et la journée du lendemain. Odette épluchait les pommes d'une tarte après avoir malaxé une boule de pâte brisée qui se tenait au frais sur l'appui de la fenêtre. Germaine, qui s'était lancée dans la préparation d'une bûche à la crème au beurre, cassait des œufs et en montait les blancs tout en surveillant du coin de l'œil le sirop qui bouillait doucement sur le fourneau. Leur tâche accomplie, Laurent et Paul s'étaient affalés dans les fauteuils, face à la télévision éteinte, et feuilletaient d'un doigt négligent de vieux numéros du *Chasseur français*. La conversation, quelque peu languissante, évitait avec soin les sujets qui fâchaient ou auraient pu fâcher. Germaine pensait avoir trouvé le sujet idéal en racontant par le menu les méfaits des sangliers au cours des dernières semaines et les moyens mis en œuvre pour les faire cesser. A ce sujet, dit-elle, Claude était en train de présider, à Saint-Jean, une réunion de tous les chasseurs du canton. En tant que lieutenant de louveterie, ajouta Germaine avec quelque fierté, les maires l'avaient choisi pour diriger la battue. La discussion portait sur la charge et ses attributions lorsque les phares de la Simca, de retour de Saint-Jean, éclairèrent de jaune les vitres de la fenêtre avant de disparaître sous le hangar.

— Le voilà, justement, dit Germaine en se retournant vers son fourneau pour jauger son sirop des pointes d'une fourchette.

Toute à son examen, elle ne se retourna pas en entendant claquer le loquet de la porte. Le silence qui tomba et la tension qui s'installa en un éclair lui firent faire demi-tour. Elle lâcha sa fourchette qui tinta sur le ciment et cramponna des deux mains le devant de son tablier. Albert se tenait dans l'encadrement, béret sur la tête et sac à l'épaule. Germaine nota d'un regard sa pâleur, sa minceur, et, ce que Claude n'avait pas vu, la façon qu'il avait de s'appuyer plus sur une jambe que sur l'autre. Il ne parlait pas, ne souriait pas et les regardait de ce regard neutre, cet air d'entomologiste qu'il devait garder jusqu'à la fin. Il ferma la porte dans son dos, d'un geste familier, et s'avança vers le centre de la salle. Germaine s'écria

« Albert ! » et se précipita vers lui, bras tendus, en contournant la table. Mais il avait un air tellement lointain qu'elle s'arrêta à un pas de lui, abaissa les bras, et le regarda d'un air timide. Il fit le pas qui les séparait, se pencha et tendit la joue, sur laquelle elle déposa un baiser furtif. Il se retourna, sans lâcher son sac, et embrassa sa tante. Posant son sac contre le dossier d'un fauteuil, il serra sans mot dire les mains de Paul et de son cousin qui s'étaient redressés en le voyant entrer. Ce fut Laurent qui rompit le silence :

— Ils t'ont relâché ?

Seule la bouche d'Albert sourit, tandis qu'il répondait, sur le ton bref des militaires :

— Inapte au service actif. En fait, invalide. Je suis en permission en attendant qu'on statue sur mon sort : bureaux ou libération.

Personne n'avait prêté attention à Claude qui était entré depuis un moment. Tout en délaçant ses chaussures, il expliqua, parlant d'Albert :

— Il est arrivé chez Masson à la fin de la réunion. Il descendait du car de Fontbonne.

Sentant la gêne, il se redressa et s'adressa à Albert :

— Tu arrives d'où ?

Albert répondit, sans se retourner :

— De Lyon. J'étais à Desgenettes.

— Depuis longtemps ?

— Un bout de temps.

— Tu ne crois pas que ta mère aurait aimé le savoir ?

Albert pâlit, si possible encore, et serra les poings. Germaine tenta de détendre l'atmosphère en demandant à son fils :

— Tu veux manger ou boire quelque chose ?

Il fit non de la tête.

— Tu veux te reposer ? Ta jambe doit te faire souffrir.

Autre non. Claude sauta sur l'occasion.

— Tu te sens capable de donner aux bêtes, ici ? Je vais aller aider le petit à la maison d'en haut. Il n'est pas bien dégourdi, le pauvre. Ça nous gagnera le temps de nous changer pour la messe et ça lui permettra de rentrer chez lui plus tôt. Quand tu auras fini, vois avec Léonce s'il a besoin d'un coup de main pour la traite et l'étable.

Il sortit sans attendre de réponse. Albert le regarda sortir avec un sourire froid et saisit la poignée de son sac. Germaine s'empressa :

— Ta chambre est prête. Elle l'est depuis longtemps... Tu ne vas pas donner aux bêtes en uniforme. Il y a une blouse à Claude accrochée à la patère du couloir. Tu n'auras qu'à la mettre.

Sans un mot, sac sur l'épaule, Albert ouvrit la porte de l'étable et s'engagea dans l'escalier de la grange, où donnait le couloir des chambres. Le ronflement de la trayeuse enfla un instant et couvrit les bruits de la salle, où les autres avaient repris leurs occupations. Mais ils ne parlaient plus. Tout en feignant l'indifférence, chacun guettait les bruits qui provenaient de l'étage.

Albert ne s'attarda pas. Bientôt, ils entendirent son pas au-dessus d'eux, dans le couloir. Laurent posa la revue dont il n'avait pas tourné une page depuis la sortie de son cousin et dit :

— Je vais l'aider.

Comme il sortait, Odette lui lança :

— Tu vas te salir !

Le jeune homme haussa les épaules et répondit, dans un sourire :

— Du foin ! Ça se brosse !

Bien que moins parcimonieux que leurs voisins dans l'utilisation de l'électricité, les Carrot étaient loin d'en abuser. Deux pauvres ampoules éclairaient tant bien que mal l'emplacement des trappes, au long du mur nord, laissant le reste de la grange dans la pénombre et le toit dans l'obscurité. Tout le froid de ce début d'hiver semblait s'y être accumulé, malgré l'odeur chaude du foin. Laurent, qui arrivait de la salle douillettement chauffée, frissonna sous son chandail. A la fin décembre, il restait encore du foin sur le plancher de la grange. Mais on n'allait pas tarder à attaquer celui qui se trouvait dans la fenière, au-dessus des chambres, et qui les isolait du froid. Dans la lumière jaunâtre, Laurent aperçut Albert qui piquait une fourche dans le tas de foin et soulevait, au bout de son outil, une fourchée aussi grosse que lui. Il se dit qu'après treize mois d'armée son cousin n'avait pas perdu la main. Albert déposa son foin à côté des trappes et, apercevant Laurent, lui dit, d'un ton presque amical :

— Tu es là ? Bon. Ouvre les trappes et commence à descendre le foin. Tu sais où sont les fourches...

Sans répondre, Laurent se dirigea vers le char qui trônait sur son plancher renforcé, saisit un des manches allongés sur le plat du char, et s'approcha de la ligne des trappes qu'il ouvrit une à une de la pointe de la fourche. L'odeur ammoniaquée de l'étable, le raclement des chaînes, et le bourdon de la trayeuse s'en échappèrent. Il se mit à faire descendre le foin dans le râtelier au-dessous de lui. A l'aplomb de chaque trappe se trouvait une vache dont le mufle humide se glissait entre les barreaux à l'arrivée du foin. Lorsque le râtelier avait reçu la quantité adéquate, Laurent refermait la trappe et passait à la suivante. Entre-temps, Albert avait disposé deux autres fourchées de foin et replacé sa fourche sur le plat du char. Il attendait Laurent à la porte de l'escalier, la main sur l'interrupteur. La distribution terminée, les trappes fermées et la fourche de Laurent à sa place, les deux jeunes gens descendirent à l'étable.

(Ai-je dit que chez nous on a coutume de dire « l'écurie des vaches » pour désigner cet endroit ? Si on a aussi des chevaux, bien sûr. Dans le cas contraire, « l'écurie » suffit.)

Trois ampoules nues l'éclairaient, réparties au long de la grosse poutre étayée qui la traversait dans sa longueur. Dans leur lumière jaunâtre, filtrée par les chiures de mouches et les toiles d'araignée, ils aperçurent la rangée des croupes anguleuses, pralinées d'écailles de bouse séchée. Au bout, contre la demi-cloison de planches qui isolait le Gris, Léonce vidait dans un bidon le contenu du réservoir de la trayeuse. Celle-ci arrêtée, les autres bruits de l'étable avaient pris le dessus, borborygmes, paille froissée, mastications méditatives, cliquetis de chaînes, le tout formant, avec l'atmosphère chaude, moite et presque suffocante, une des ambiances les plus paisibles qui se puissent concevoir.

Le valet devait les avoir entendus descendre l'escalier mais, tout à sa tâche, n'avait pas pris conscience de leur présence. Il sortit de l'étable pour aller rincer le bidon dans l'abreuvoir pas encore gelé. Ils s'avancèrent sur les dalles de pierre à bonne distance de la rigole centrale. Léonce les aperçut en rentrant.

— Tiens ! Albert ! s'exclama-t-il.

Il se tourna, rangea le bidon, accrocha à un clou la large ceinture de cuir et s'avança vers les cousins, main tendue.

— Tu parles d'une surprise ! Quand on parle du loup, on en voit la queue, comme je dis.

— Tu parlais de moi ?

— L'autre dimanche, avec le petit. Tu sais, celui qu'ils ont embauché pour remplacer l'Antoine. C'est un fils Lentier, des Lentier de Tournac. Il est un peu simple et ses parents ne savaient pas trop qu'en faire. Ton oncle l'a pris, un peu par charité. Un bienfait n'est jamais perdu, comme je dis.

Pour la première fois depuis son retour, Laurent aperçut un franc sourire sur le visage de son cousin, qui demanda :

— Et qu'est-ce que tu lui disais, au petit ? Et d'abord, il s'appelle comment, ce petit ?

— Jean. Mais tout le monde l'appelle Jeannot. Je lui disais que tu avais été blessé en Algérie et qu'on savait pas si on te reverrait...

Laurent crut discerner du soulagement dans la réponse d'Albert.

— Ah ! Bon... Tu as besoin d'aide ?

— Non. J'ai plus que le Gris à panser, les litières à faire, et le fumier à sortir.

— Mais tu n'auras pas le temps de te changer pour aller à la messe !

— J'irai à celle de demain matin, ça fera pareil.

— Je vais quand même panser le Gris et lui donner.

— Comme tu voudras. Qui a le temps a la vie, comme je dis.

Inspectant Albert de pied en cap, du haut de son mètre soixante, Léonce remarqua le pantalon et les chaussures militaires qui dépassaient de la blouse.

— Tu vas te salir.

— T'inquiète !

Les cousins retournèrent au pied de l'escalier, près de la porte de la salle. Albert quitta ses chaussures, retira ses chaussettes et les glissa dans les chaussures, retroussa son pantalon sous les genoux, tâtonna du bout du pied, et ramena ses sabots, glissés sous l'escalier plus d'un an auparavant. Les sabots claquant sur la pierre, il repartit vers le fond de l'écurie, suivi par Laurent.

Je l'ai dit, le Gris était loin d'avoir le caractère facile du Noir. Sans être plus ombrageux que cela, il consentait à travailler pour les hommes mais il ne fallait pas, en plus, lui demander de l'amitié. Occupé à extraire, du bout des lèvres, le foin qui garnissait son râtelier, il coucha les oreilles lorsque, passant derrière lui, les cousins pénétrèrent dans son domaine. Laurent, qui le savait farouche, fut surpris de son attitude lorsque Albert s'approcha de lui. Car le grand percheron, abandonnant son foin, tourna la tête, oreilles pointées, et émit ces grognements sourds par lesquels les chevaux manifestent leur contentement. Albert resta un instant à côté de lui, les bras autour de l'encolure qu'il flattait de la main pendant que l'énorme tête semblait reposer sur son épaule. Le reste fut une routine qu'il n'avait pas oubliée. Prendre, dans le coffre du fond, deux mesures d'avoine et les verser dans la mangeoire ; étriller et brosser l'animal par des mouvements alternatifs des deux mains ; inspecter et curer des pieds larges comme des assiettes que le Gris, le nez dans la mangeoire, donnait sur une simple caresse des boulets, Albert semblait le faire sans y penser, comme s'il l'avait fait la veille. Lorsque ce fut fini, il se saisit d'une fourche, ôta le crottin et la paille souillée qu'il porta dans la rigole, et étala entre les jambes de l'animal une bonne fourchée de paille neuve. Sans mot dire, il retourna au pied de l'escalier, échangea sabots et chaussures, et remonta dans sa chambre. Laurent s'attarda un instant à ôter les brindilles accrochées à son pantalon et rejoignit les autres dans la chaleur de la salle.

29

— *Ite missa est.*

Il y avait, dans la voix du père Valette, en prononçant cet envoi, plus de lassitude que de recueillement. Il est vrai qu'il concluait la troisième et dernière messe de la soirée. Et le « *Deo Gratias* » des fidèles était plein d'une joie quelque peu païenne.

Chez nous, la messe de minuit commence au premier coup de minuit et, comme partout ailleurs, elle est triple. Ce qui fait qu'elle se termine après une heure. Bien content encore qu'il ne s'agisse que de trois messes basses que le prêtre enchaîne sans interruption. Les habitants du Plateau ne sont pas des couche-tard, moins encore en hiver qu'en été, nombre de leurs tâches quotidiennes étant rythmées par le soleil. Veiller jusqu'après minuit n'était pas dans leurs habitudes. Surtout que ceux d'entre eux qui avaient communié lors de la deuxième messe n'avaient rien pris depuis midi et que leurs estomacs protestaient vigoureusement.

Le curé Valette, moins tributaire du soleil que ses ouailles, n'en était pas moins couche-tôt comme elles. Certes il arrivait qu'on vînt le chercher, tard le soir, voire au milieu de la nuit, pour administrer quelque mourant, mais c'était loin d'être la norme. Ses paroissiens avaient le plus souvent le bon goût d'agoniser dans la journée, au pire au petit matin. Et chaque soir à neuf heures, complies récitées, il se glissait sous l'édredon, accompagné l'hiver d'une brique, chauffée au four par l'antédiluvienne Philomène dont il était le troisième pensionnaire consécutif. A jeun lui aussi, il s'en voulut un peu, tout en faisant sa génuflexion avant d'aller enfermer ses accessoires, de penser à la moitié de poulet froid qui l'attendait sur la table du presbytère. Et aussi à la douce chaleur qui y régnerait, après le froid de l'église.

La messe qui venait de se terminer avait été semblable à toutes les autres. On y avait chanté *Il est né le divin enfant* sans omettre la liaison de *jouez-z-hautbois*, et aussi un noël, qu'il avait introduit dans la paroisse au début de son ministère, et qui disait :

Nuit sombre
Ton ombre
Vaut les plus beaux jours
Des anges sans nombre
Honorent ton cours
O divin mystère
Le Verbe est enfant
Non ! Rien n'est si grand
Par toute la Terre
Non ! Rien n'est si grand
Que Jésus naissant.

C'était un peu de son enfance en Margeride, aux confins des Cévennes calvinistes, qu'il avait apportée chez nous. La première année de son ministère, il n'avait eu de cesse qu'il n'eût appris ce chant aux pieuses filles de la chorale ; quarante ans plus tard, toute l'assistance le chantait à la messe de minuit. A soixante-dix ans passés, le curé Valette en tirait de grandes satisfactions nostalgiques.

Mais c'était devenu routine. Le clou de la cérémonie avait été, comme chaque année depuis la guerre, le *Minuit chrétiens* entonné par Rogatien Fournol, maréchal-ferrant, forgeron et morticole, ici dans ses fonctions de bedeau et chanteur vedette, héritées de son père avec la forge, les biceps, et la voix de basse-taille. Le curé Valette était assez réservé sur ce chant. Dans sa hiérarchie, on l'accusait d'être un peu trop profane, voire de sentir le soufre, mais il n'osait le supprimer, de crainte de perdre son bedeau. Lequel bedeau, le reste du temps, égayait les noces et banquets d'airs très profanes et souvent grivois.

Les fidèles ne s'attardèrent pas dans l'église. Tandis que les enfants de chœur somnolents éteignaient les cierges, ils descendaient les marches et s'égaillaient sur la place, qui retentissait de saluts joyeux. De petits groupes se formaient et se défaisaient aussitôt, chacun se dirigeant, qui vers sa voiture (ils étaient rares), qui vers son tracteur (plus nombreux), qui vers son char à bancs, dont le cheval, bâché dans les brancards, dormait tête basse à l'abri d'un mur. La paroisse de Saint-Jean-des-Laves englobait plusieurs hameaux, dont certains, à l'instar de Tournac, éloignés de trois ou quatre kilomètres. Autant dire que ceux qui rentraient chez eux à pied n'étaient pas encore rendus. Ils furent peu, d'ailleurs ; la solidarité de ceux qui avaient un moyen de transport avait été stimulée par le tranchant de l'air et les quelques flocons paresseux qui annonçaient la bise.

Albert fut de ceux-là, par choix. Venu à Saint-Jean à l'arrière de la Simca, il exprima, dès la sortie de la messe, son intention de rentrer à pied. Germaine s'alarma :

— Mais il fait froid... Et ta jambe ?

— Elle est en ferraille, ma jambe ! Elle tiendra bien trois kilomètres.

— Mais tu vas mettre au moins trois quarts d'heure ! On ne pourra pas t'attendre.

— Ne m'attendez pas.

Lorsque Germaine tenta d'insister, Claude lui posa la main sur l'avant-bras.

— Laisse-le faire. Il mangera quand il arrivera.

Et il ajouta, à mi-voix et avec un rien de malice :

— S'il en reste...

Albert se mit en route. Bien que bancal, il allait d'un pas vif. Passant les dernières maisons du village, il pénétra sous les arbres qui tapissaient le pied du plateau des Trèves, de part et d'autre de la coulée de lave. Voitures et tracteurs l'avaient dépassé avant la sortie du village. Une ou deux carrioles, annoncées de loin par les fers de leur cheval, passèrent à côté de lui. Il répondit de la main au « Bon Noël ! » sonore de leurs passagers et se retrouva seul sur la route qui montait jusqu'au pied de la coulée. Il faisait très sombre sous les arbres. Parfois, entre deux nuages, la lumière cendrée d'une moitié de lune traversait les branches dénudées et tavelait le sol sous ses pas, sans l'éclairer vraiment. Les semelles de cuir de ses chaussures de sortie claquaient sur le macadam avec un bruit inégal qui devait se perdre à quelques mètres. Il progressait ainsi à l'intérieur d'une bulle, qu'il engendrait lui-même et qui l'isolait du monde. La bise naissante chantait dans les branches au-dessus de sa tête ; l'esprit ailleurs, il ne l'entendait pas.

A la hauteur de la coulée de lave, les arbres cédaient la place aux énormes prismes de basalte qui descendaient du plateau, et la route s'aplatissait pour un moment, avant de redescendre vers les fermes Chanal. A cet endroit, Albert quitterait la route de Lacroix pour plonger vers le pont sur la Siche et le village de Tournac. Il était, jusque-là, resté sur la chaussée. Par hasard, il obliqua et marcha un moment sur l'herbe gelée du bas-côté. Ses semelles firent silence et c'est alors qu'il perçut le pas de celui qui le suivait. Demeurant sur l'herbe, il ralentit. Le pas de son suiveur se rapprocha un peu et la distance se stabilisa. Il fit la contre-expérience en accélérant ; avec le même résultat. Il s'arrêta, feignant de relacer ses chaussures, et le pas s'interrompit. L'homme (ce ne pouvait être qu'un homme) devait donc le voir. Il retint une envie de se retourner. Il ne fallait pas que l'autre comprît qu'il se savait suivi. Après la coulée, la route allait repasser sous les arbres et se retrouverait dans l'obscurité. Il y aurait un court moment où son poursuivant, encore dans la lumière, ne pourrait plus le voir. Albert avait bien l'intention d'en profiter. Dès qu'il entra dans l'ombre il fit deux pas de côté et se glissa derrière un tronc. La lune était cachée, à ce moment ; la bande claire de la route, à deux pas de lui, était la seule chose visible. Le pas se rapprocha ; une ombre apparut, ralentit et s'arrêta à la hauteur d'Albert. Une voix retentit. Une voix qu'Albert n'avait pas oubliée.

— Hé ! Jeune Carrot ! Sortez de derrière cet arbre.

Albert s'écarta du tronc et s'avança jusqu'à la route. A ce moment, la lune sortit des nuages et le sous-bois s'éclaircit. Le jeune homme fit les deux pas qui le séparaient de l'autre. Il avait reconnu Fantômas.

— Vous me suiviez ?

L'homme resta un long moment sans parler. La lune à nouveau effacée, ils étaient dans le noir. Fantômas parla enfin, d'une voix hésitante.

— J'ai souvent repensé à ce que je vous avais dit, là-haut, l'autre automne.

— Il est bien temps… Mais je n'ai rien oublié.

Nouveau silence. Puis l'homme reprit :

— Marchons, il fait froid. Je vais à Lacroix. D'ici au croisement, j'aurai assez de temps pour ce que j'ai à vous dire.

Ils se remirent en marche côte à côte. Fantômas commença d'une voix sourde :

— Je vous ai raconté ce que j'avais vu, à la Roche, lors de la mort de votre père.

— Vous m'avez dit, textuellement, que vous aviez vu mon oncle tuer mon père.

— Oui. Mais j'y ai beaucoup pensé. Voyez-vous, il y a toujours plusieurs façons de voir les choses...

— Dans ce cas, il n'y en a qu'une. Il l'a tué pour épouser ma mère !

— Je ne crois pas. Vous savez, j'ai beau vivre seul, je sais beaucoup de choses, sur les gens de la région. Je les connais bien mieux qu'ils ne le croient. Souvent mieux qu'ils ne se connaissent eux-mêmes. Dans le cas de votre oncle et de votre mère, je n'y crois pas. Vraiment pas.

C'était dit avec une telle conviction qu'Albert s'arrêta un instant. La voix de Fantômas lui parvint à trois pas de distance.

— Ils étaient loyaux, l'un et l'autre.

Albert avança et ils marchèrent à nouveau côte à côte. La voix de Fantômas avait perdu toute hésitation. Elle se fit même dure.

— Ils auraient eu toutes les occasions qu'ils voulaient, pendant la captivité de votre père.

— Qu'en savez-vous ?

— Je le sais. Croyez-moi sur parole.

Ils marchèrent en silence jusqu'au croisement et s'y arrêtèrent. La lune réapparut. Ils étaient sortis de l'ombre des arbres. Albert voyait maintenant le visage de son interlocuteur dessiné au lavis par la lumière indécise. Il y lut un sérieux mêlé d'inquiétude lorsque Fantômas lui dit :

— Croyez-moi. Si vous faites quoi que ce soit contre eux (et je vous sens déterminé à le faire), vous commettrez une terrible injustice... Terrible !

Sans rien ajouter, l'homme se détourna et s'engagea dans la montée, sur la route de Lacroix. Albert resta un moment à regarder la silhouette qui s'éloignait. Lorsqu'elle eut été absorbée par la nuit, il fit demi-tour et s'engagea dans la descente. Une fenêtre était encore éclairée à l'étage, chez Chanal. Un chien aboya lorsqu'il passa devant le portail de la ferme. Ses aboiements se répercutèrent longtemps dans la vallée.

30

Il faisait chaud, dans la Simca qui escaladait les lacets de la petite route du plateau. Les quatre griffons nivernais, encaqués à l'arrière dans une caisse ajourée, y faisaient régner une odeur de ménagerie, difficilement supportable et qui ne disparaîtrait pas de sitôt. Sur la banquette arrière, son fusil cassé entre les jambes, Albert regardait, en silhouette sur le pinceau des phares qui palpaient la nuit, la nuque de son oncle raidie par la conduite, et celle de Laurent qui dodelinait avec les cahots. La bise, qui s'annonçait l'avant-veille, s'était déclarée pendant la nuit et forcissait en altitude. Mais sur la route, dans une faille du versant sud, on était à l'abri. Les flocons, de plus en plus nombreux, entraient à peine obliques dans le faisceau des phares. Ils incurvaient leur trajectoire et fonçaient en accélérant sur le pare-brise où grinçaient les essuie-glaces. Ils commençaient à tenir sur la route froide qu'ils blanchissaient. Si ce temps durait toute la journée, le retour, au soir, serait sportif, malgré la descente.

Une fois sur le plateau on serait abrités par les arbres du vent et de la tourmente. Sauf les rabatteurs du matin ; pour aller se mettre en place, ils devraient parcourir la lisière nord de la forêt, exposés un long moment à la fureur du vent qu'ils prendraient de plein fouet. Albert espérait un peu égoïstement ne pas en être. Le tirage au sort désignant les rabatteurs du matin qui deviendraient tireurs l'après-midi avait eu lieu avant son arrivée chez Masson. Lui et Laurent, qui n'étaient pas prévus à ce moment, seraient donc soumis au bon vouloir de Claude, directeur de chasse.

Debout dès cinq heures et demie, ils avaient accompli les tâches de la ferme avant de songer à la chasse. En revenant de l'étable, ils avaient retrouvé Germaine. Levée en même temps qu'eux, elle avait ranimé le feu. Il faisait tiède, dans la salle embaumée par l'odeur du café qui passait doucement sur un coin du fourneau. Debout à côté de la table, occupée à les servir, Germaine avait regardé les trois hommes se tailler des tartines dans le pain de la veille. Son Claude avait fière allure avec sa veste carnassière de velours noir, à boutons d'os cerclés de métal, sur laquelle il avait épinglé l'écusson à tête de loup. Si Laurent était attifé de bric et de broc de vêtements empruntés à Claude et à son cousin, celui-ci avait revêtu la tenue camouflée que les photos de presse avaient rendue célèbre. Il s'était même coiffé de la fameuse casquette Bigeard, dont la visière en bec accentuait l'étroitesse de son visage. Plus raisonnables, les deux autres portaient des casquettes norvégiennes dont le rabat leur protégerait les oreilles. Tous les trois, même Albert, portaient des gilets de mouton sous leur veste, par-dessus les chandails superposés qui les engonçaient quelque peu. Albert se singularisait aussi par ses chaussures. Claude et Laurent, bottés de caoutchouc, savaient d'expérience que, malgré la semelle en mouton et les deux paires de chaussettes, il ne leur faudrait pas plus d'un quart d'heure d'immobilité au poste pour être frigorifiés, en commençant par les pieds. Albert avait sorti de son paquetage ses bottillons de parachutiste en cuir bien ciré. Concession à la saison, il les avait enfilés sur des bas de laine qui lui montaient à mi-cuisse. Le froid le gagnerait moins vite.

Claude, premier changé, avait regardé arriver les deux garçons dans la salle. En voyant Albert, il avait levé un sourcil. A côté de lui, Germaine l'avait entendu dire entre ses dents :

« Il est complètement fou ! On va le ramener raide. »

Après leur deuxième bol de café, les trois chasseurs étaient passés au salon. C'était là qu'on gardait les fusils, sur un râtelier de coin. Claude avait pris le sien, un Robust de Manufrance calibre 12, l'avait cassé pour vérifier qu'il était bien vide, puis refermé et pris à la bretelle. Laurent s'était emparé du Darne de calibre 20 avec lequel il chassait depuis ses quatorze ans. Délaissant la cartouchière enroulée sur la tablette, il avait rejoint Claude près du dernier tiroir de la commode, où se trouvaient les boîtes de cartouches. Lorsqu'ils s'étaient relevés, une boîte de dix cartouches dans chaque main, balles à droite et chevrotines à gauche, ils avaient vu qu'Albert tenait le fusil de son père, un Robust identique à celui de Claude. Celui-ci s'en était étonné :

« Tu ne prends pas ton fusil ? »

D'une voix aussi froide que son regard, Albert avait répondu :

« C'est celui de mon père, non ? Il conviendra... »

Claude avait haussé les épaules et s'était écarté du tiroir. Penché à son tour, Albert avait puisé quatre cartouches, deux de chaque, qu'il avait mises dans les poches de sa veste de treillis. Claude s'était étonné :

« Tu n'en prends pas plus ?

— C'est trois de trop. »

Cette deuxième affirmation et le ton sur lequel elle avait été prononcée avaient fait dresser l'oreille à Claude et frissonner Laurent sans qu'il sût pourquoi.

Arme à la bretelle, les trois chasseurs avaient rejoint Germaine à la salle. Il y faisait bon, maintenant. Germaine avait puisé de l'eau chaude dans la bouillotte du fourneau et lavait leurs bols avant de déjeuner à son tour. Au moment de sortir, Claude s'était avancé jusqu'à sa femme et lui avait posé la main sur l'épaule dans un geste affectueux qui avait hérissé Albert. La main sur le loquet, il lui avait dit :

« A ce soir. »

Une coulée glaciale s'était engouffrée par la porte ouverte. Laurent était sorti à son tour en disant, joyeux :

« A ce soir, tante Germaine ! »

Dernier à sortir, Albert n'avait rien dit. Arrêté un instant, la main sur le battant de la porte, il avait regardé sa mère comme s'il la voyait pour la dernière fois. Toute dureté avait disparu de son visage. Germaine avait esquissé un pas vers lui mais la porte s'était refermée avant que son pied ne fût retombé. C'est au battant qu'elle avait lancé :

« Bonne chasse. Soyez prudents ! »

Le « Soyez prudents ! », elle n'eût jamais osé le leur dire en face. On ne recommande pas la prudence à un Carrot.

Saisis par la nuit et le froid, les trois hommes avaient sauté sur l'occasion de reprendre un peu de chaleur en allant à l'étable chercher les chiens, enfermés depuis la veille sur la paille d'une cellule à veaux. Ils y avaient passé la nuit à terroriser les vaches par leur odeur de fauve et leurs grognements incessants. Cela n'avait pas été une mince affaire que de les accoupler par de courtes chaînes et de les entasser dans la caisse à l'arrière de la Simca. Albert avait même failli y laisser une main, esquivant de justesse un coup de dents subit qui l'avait frôlée. Il eût peut-être mieux valu.

Lorsque la Simca était passée devant la fenêtre de la salle, en quittant la cour, il avait aperçu, en ombre chinoise, la tête de sa mère qui, le nez contre la vitre, les regardait partir.

Ils n'étaient pas les premiers. A leur arrivée sur le terre-plein empierré, devant les ruines de la scierie, ils aperçurent la camionnette des gardes fédéraux. En rangeant la Simca à côté d'elle, Claude dit à mi-voix :

— J'espère qu'ils auront tous pensé à prendre leur permis. Ces deux arsouilles sont bien capables de nous contrôler.

Il avait médit. A la lumière pâlotte des lanternes de leur camionnette, les deux gardes, vêtus de vert olive et casquette en tête, étaient en train d'entasser du bois mort pour faire un feu. Ils se redressèrent à l'approche de Claude, tandis que les deux jeunes gens se mettaient à leur tour au ramassage. Bientôt le tas de bois fut jugé suffisant. La première voiture arrivait lorsque s'éleva la flamme. Les étincelles jaillirent à la verticale. La bise, dont le chant dans les branches tournait à l'aigu, les empoignait à la hauteur des cimes et les emportait à l'horizontale, en queue de comète.

D'autres voitures suivirent, dans lesquelles s'étaient entassés les chasseurs des communes les plus lointaines. Tous, en arrivant, saluaient Claude et les gardes, et s'empressaient de rejoindre les autres, qui se chauffaient près du feu. Après la troisième voiture, il s'était formé un cercle dont la circonférence croissait à chaque arrivée. Un peu à l'écart, Claude comptait les arrivants. Sur place dans les premiers, ses adjoints vinrent le rejoindre à mesure de leur arrivée.

Bientôt l'état-major fut au complet et, avec les gardes, mettait la dernière touche au plan de campagne pour la journée.

Il finit par y avoir une douzaine de voitures, rangées tant bien que mal contre les décombres noircis. Une cinquantaine de chasseurs s'en étaient extirpés ; les autres, ceux de Saint-Jean et des villages proches, étaient montés à pied par le sentier qui longeait la coulée de lave. Tous formaient un cercle d'une vingtaine de pas, autour des flammes de trois mètres qui rôtissaient les visages et les ventres. Les gourdes de « tire-droit », le plus souvent eau-de-vie de prune ou de poire, circulaient de main en main et de bouche en bouche au long du cercle, dégageant les cervelles et décapant les gosiers. S'il en était une meilleure que les autres, un murmure approbatif parcourait le cercle à la suite de la gourde. Mais si l'un des chasseurs avait eu l'outrecuidance (ou l'avarice) d'emplir sa gourde d'eau-de-vie de pomme, liquide impropre à tout autre usage que les soins au bétail, les « pouah ! » qui accompagnaient sa gourde s'arrêtaient bien vite et celle-ci revenait à son propriétaire honteux.

Tout le monde était là, ou presque. Outre Albert et Laurent, il y avait un troisième surnuméraire. Maître André, notaire à Fontbonne, ayant eu vent de la battue, avait décidé de s'y inviter. On l'avait vu arriver dans les derniers, extraire sa haute carcasse d'une 4CV trop petite pour lui, et mêler son odeur, lavande et tabac anglais, aux effluves plus rustiques des autres chasseurs. Claude, d'abord surpris, fut ravi de voir sa troupe s'accroître d'un tireur supplémentaire ; et d'un bon, si on en croyait la réputation du tabellion, qu'il affecta d'autorité au groupe des tireurs du matin.

Il manquait quelqu'un, et quelqu'un d'important. Ce n'est qu'en entendant un tracteur pétarader dans la côte que Claude abandonna son air soucieux. Bientôt le nez arrondi du Cub de Célestin Morel, dit Banane, apparut dans la lumière du feu, traînant une remorque plate. Une silhouette informe le chevauchait, où on devinait un passe-montagne, une canadienne, et des moufles en mouton, le tout émergeant d'une couverture. Malgré cet empilage, le conducteur était tellement raidi de froid qu'il fallut l'aider à descendre. Après s'être réchauffé l'intérieur et l'extérieur d'une forte rasade de prune à deux mètres du feu, Célestin vint rendre compte.

— Tout y est. Hier, ceux de Manière ont apporté le lard et ceux des Vernes les saucisses. La femme a fait cuire le tout dans la chaudière des cochons. C'est dans une panière, sur le plateau. Il y a aussi deux *boges* de patates qu'on va mettre sous le feu, et une panière de pain que j'ai récupérée en passant à Saint-Jean. J'ai même apporté une marmite de café. On la réchauffera sur les braises.

Lorsqu'il estima l'effectif au complet, Claude s'avança au centre, aussi près du feu que possible. Ses lieutenants et les gardes le rejoignirent. Tous portaient une trompe, de corne ou de laiton, qui leur pendait sur la poitrine. Claude parcourut du regard les hommes qui se trouvaient devant lui, les faces illuminées par l'alcool et la chaleur du feu, les bourgerons de toile noire, les pantalons de velours qui bouffaient au-dessus des bottes, et les cartouchières à la Pancho Villa qui sous-tendaient les abdomens. Forçant un peu sa voix claire de Carrot pour dominer le bruit du vent et le crépitement des flammes, il donna ses dernières instructions.

— Tout le monde est là ? Bon. Les tireurs de ce matin, vous allez suivre Louis Courroze et Guy Létoile...

Les deux hommes désignés s'avancèrent. Claude continua :

— Vous partirez par le sentier, là, jusqu'au grand chemin. Lorsque vous y parviendrez, Louis partira vers la droite et Guy vers la gauche. Ce sont eux qui vous diront si vous pouvez tirer à balle. Vous vous posterez où ils vous diront.

Il força la voix :

— Et vous n'en bougerez pas ! Sous aucun prétexte ! Vous vous placerez face au nord, ventre au bois.

Une voix s'éleva :

— C'est où, le nord ?

Des rires éclatèrent.

— Tu as perdu le nord, Jeannot ?

Claude sourit et tendit le bras dans le lit du vent.

— Lorsque le vent te glacera en même temps le bout du nez et les deux oreilles, tu regarderas dans la bonne direction. Je continue. J'ai dit ventre au bois et ça veut dire que je ne veux voir personne au milieu du chemin. Autre chose : vous ne chargerez vos fusils qu'une fois en place et, de ce moment, vous vous tiendrez prêts. Ces cochons sont marioles. Ils risquent de détaler dès qu'ils sentiront ou entendront les rabatteurs. Si vous tirez, tirez derrière vous, jamais devant, et jamais dans le long du chemin ; les chevrotines, ça ricoche aussi bien que les balles. Je répète : vous tirez derrière, une fois que les cochons auront passé le chemin. J'ajoute que, même si vous entendez tirer votre voisin, vous devez rester en place. Tout le monde a bien compris ? Pas de fusil chargé avant le poste, ventre au bois, tirer derrière.

Il leva les yeux. Le ciel s'éclaircissait, une aube sale commençait à éclairer la clairière.

— Dans une demi-heure il fera jour. Assez, en tout cas, pour distinguer un sanglier d'un trombone à coulisse. Même dans le bois. Avec les rabatteurs, nous allons faire le tour du plateau et il nous faudra un bout de temps. Je vous rappelle que je sonnerai un coup long pour signaler le début du rabat. A partir de ce moment, il faudra vous tenir sur le qui-vive. Bon, allez-y.

Létoile et Courroze firent un pas. Claude les arrêta :

— Encore un mot : attrapez les chiens lorsqu'ils passeront à côté de vous. Il ne faut surtout pas qu'ils suivent les cochons dans la moitié du bois que nous chasserons l'après-midi. Ou pire : qu'ils quittent le plateau et partent dans la campagne ; il faudrait tout recommencer.

A ce moment, l'un des gardes s'avança.

— Attendez un peu ! Je vous rappelle que votre battue est une battue au sanglier, pas au lièvre, ni à la bécasse. Nous sommes ici ce matin pour y veiller. Donc vous ne tirez que des sangliers ; et si vous avez des cartouches de petit plomb vous ferez bien de les laisser dans vos poches. Nous pourrions bien vous contrôler là-dessus.

Claude, qui regardait les hommes sur le départ, vit quelques mines déçues. L'idée d'améliorer le tableau de quelques petites pièces avait dû leur venir. Une voix s'éleva, derrière le premier rang :

— Et les renards ?

Le garde sourit et se tourna vers son collègue, qui haussa les épaules.

— Monsieur Carrot vous confirmera que l'autorisation de battue qu'il porte dans la poche ne mentionne que le sanglier. Si vous tuez un renard, cachez-le, nous ne le chercherons pas. Et si vous voulez le faire empailler, vous n'aurez qu'à revenir après notre départ.

Les hommes désignés commencèrent à s'ébranler, à la suite de leurs chefs, les gardes en serre-file. Avant de partir, maître André retourna à sa voiture, se pencha à l'intérieur, et en ressortit tenant un chien allongé, un basset minuscule, à museau pointu, qui frétillait au bout de sa laisse. Personne du canton n'avait encore vu un chien pareil et chacun se demandait son utilité pour la chasse de bêtes d'un quintal. A Claude qui le regardait, un peu ébahi, il dit :

— C'est un teckel. Il pourra nous être utile.

Et, sans plus d'explication, il s'incorpora à la ligne des partants. Albert et Laurent, qui n'avaient pas d'affectation, firent un pas en avant dans la direction de Claude, qui vit leur visage dans la lueur des flammes. Il avait pensé les faire rabattre avec lui, mais il n'aima pas ce qu'il vit dans les yeux qui brillaient sous la visière de la casquette d'Albert. Il se ravisa, et leur dit :

— Finalement, deux tireurs de plus, ce n'est pas plus mal pour garder cette longue ligne. Rejoignez Courroze et Létoile. Et faites attention.

Les deux jeunes gens coururent derrière la file qui avait disparu dans le layon. Claude hocha la tête en les voyant disparaître sur le sentier à la suite des autres. La déception mêlée de soulagement qu'il avait vue sur le visage d'Albert, avant qu'il ne fasse demi-tour, lui confirmait la justesse de son choix. Le cercle de ceux qui restaient se resserra autour du feu qui commençait à baisser. Claude s'approcha pour les dernières instructions.

— Je prends deux chiens avec moi. Qui se sent de prendre les deux autres ?

Les hommes se regardèrent. La réputation des griffons nivernais de Claude Carrot dépassait les frontières de la commune. Un jeune homme finit par s'avancer.

— Je veux bien essayer.

Claude ouvrit l'arrière de la Simca. Les chiens, qui s'étaient tenus cois pendant leur captivité, se mirent à ébranler leur caisse en aboyant comme des fous. La main sur la targette, Claude dit au jeune homme :

— Attention. Ils sont accouplés. Attrapez le milieu de la chaîne du premier couple et tenez bon. Avec le vent qui vient sur nous, s'ils se sauvent ils iront droit sur les sangliers.

Bientôt, Claude et le jeune homme luttaient côte à côte pour maîtriser chacun sa paire de chiens et passer le mousqueton d'une laisse dans l'anneau de leur chaîne. Quelques jurons et coups de botte plus tard, les chiens avaient accepté leur sort et, conduits par les deux hommes, étaient allés pisser contre les roues du tracteur.

Un peu essoufflé, Claude reprit ses directives.

— Nous allons partir en file par le sentier qui borde le plateau au sud, du côté des laves. Pierrot, toi qui connais bien le coin, tu vas passer devant. Nous sommes environ quarante, ça fait un homme tous les quatre-vingts mètres ; à peu près comme d'ici au départ du sentier. Dès que Pierrot y sera, le suivant partira, et ainsi de suite. Gardez vos distances. Si celui qui vous précède s'arrête, arrêtez-vous. Ne vous rapprochez pas pour faire la causette. Je vais partir après le vingtième.

S'adressant au jeune homme qui tenait les chiens :

— Vous partirez juste avant moi.

Il se tourna vers le dernier de ses adjoints.

— Monsieur Loriot, vous veillerez à ce que ceux qui partiront après moi gardent leurs distances et vous partirez en dernier. Lorsque vous serez en place, vous donnerez deux coups de trompe et je vous répondrai de même. Attendez le signal pour commencer à rabattre.

Comme Pierrot se mettait en route, il l'arrêta.

— Attends un moment. Je vous répète ce que je vous ai dit avant-hier : on rabat avec le fusil cassé sur le bras ou déchargé à la bretelle. Et on ne tire pas devant soi. Même si un sanglier vous part dans les culottes...

— On peut pas tirer ? dit une voix indignée.

— Sauf s'il part droit vers l'arrière. Et pas en biais. Mais, avec ce vent, s'il fait ça je ne comprends plus rien aux sangliers. Bon. On a tout dit ? Tu peux y aller, Pierrot.

Les hommes partirent tour à tour. Lorsque le dernier eut disparu sur le sentier, Célestin Morel, qui ne chassait pas, alla chercher une pelle sur le plateau de sa remorque (il avait tout prévu). Il commença de rassembler cendres et tisons au centre du feu afin de dégager la place des pommes de terre. Le moment venu, il les recouvrirait de cendre et de braise.

Le jour avait fini par se lever, un jour métallique et blême. Sous l'attaque du vent, les arbres émettaient une plainte aiguë. Célestin se sentit bien seul. Heureusement, il avait sa gourde.

31

Arrivés les derniers au chemin, les cousins avaient été placés premiers, l'un par Courroze, l'autre par Létoile, de part et d'autre du layon. Du coup, ils se retrouvaient voisins, à une soixantaine de pas l'un de l'autre.

Laurent regarda autour de lui avant de s'avancer vers le bord du chemin. A sa droite, de l'autre côté du layon par lequel ils étaient venus, Albert lui fit un signe de la main avant de faire deux pas en avant et de disparaître. Il prit note de l'endroit où il était et des obstacles qui risquaient de faire ricocher ses projectiles, s'il tirait dans cette direction. A sa gauche, chapeau sur la tête, ventre en avant, fusil à la bretelle, un homme était tourné du mauvais côté, les deux mains devant lui, en train d'uriner. Au chapeau et à la panse il avait reconnu Victor Chanson, greffier de paix, à la retraite depuis la réforme de 1958, célèbre parmi les chasseurs pour son imprudence et son indiscipline en battue. Claude et Albert l'avaient prévenu contre ce personnage. Le nombre de renards qu'il avait fait manquer à ses voisins qui, visant le rouquin, avaient vu apparaître au-dessus du grain d'orge de leur arme sa lourde silhouette ébahie, n'avait d'égal que le nombre de fois où les plombs l'avaient manqué d'un souffle parce que les voisins avaient tiré quand même. Une chance phénoménale l'avait préservé jusque-là ; Laurent espéra ne pas être celui qui mettrait fin à la série et que si un cochon devait passer près de lui ce serait de l'autre côté. Il s'avança et, rabattant la clef, ferma la culasse de son fusil.

Louis Courroze l'avait bien placé. Devant lui un roncier épais, qui lui arrivait aux épaules, empêcherait un gibier éventuel de lui venir dessus. A sa droite, du côté d'Albert, une coulée semblait se dessiner entre deux taillis de jeunes fayards. Il essaya, dans le demi-jour, d'apercevoir, de l'autre côté du chemin, le pendant de cette coulée. Si un cochon passait là, il aurait une seconde pour le tirer, juste après qu'il aurait traversé le chemin. A moins qu'il n'enquillât le layon, mais c'était peu probable. Sur sa gauche, du côté de Chanson, les taillis étaient moins épais. S'il y passait quelque chose, il le verrait venir et pourrait tirer bien après le chemin. Mais il y avait Chanson... Il avait envisagé de charger son fusil à chevrotines des deux côtés. Avec ce danger public sur sa gauche, il resta classique : balle dans le canon droit, chevrotines dans le gauche.

Peu à peu, le chant du vent dans les branches défeuillées des hêtres et les aiguilles des pins passa en fond sonore. Les bruits de la forêt prirent le dessus. Ce furent tout d'abord les crécelles des geais, qui s'éloignaient de part et d'autre en suivant la progression de la ligne des chasseurs. S'il entendait les geais, les sangliers, au cœur du bois, les entendaient aussi. Alertés, ces animaux qui depuis plusieurs semaines échappaient à tous les pièges pourraient bien avoir l'idée de sortir de la nasse avant qu'elle ne se soit fermée. Mais personne n'y pouvait rien et on les retrouverait l'après-midi.

Sur le plateau des Trèves, abandonné depuis un siècle au moins, la végétation était plus diverse et fournie qu'il n'était d'usage, mais pins et hêtres y dominaient largement. Les uns et les autres avaient trouvé dans ce terrain volcanique un aliment de choix. Ils étaient gros et grands, plus gros et grands que partout ailleurs dans la région, avec les pins de légende. La présence de ces géants, que, de mémoire d'homme, personne n'avait jamais exploités, avait donné à un étranger au pays l'idée de construire une scierie sur le plateau. Inachevée au déclenchement de la guerre, la scierie n'avait jamais tourné. Abandonnée, elle avait brûlé à l'automne 57 dans des circonstances mystérieuses. On en avait parlé pendant plusieurs mois dans les chaumières. Des nouvelles plus ordinaires, des commérages plus anodins, des accidents, voire un meurtre ou deux, l'avaient remplacée dans les conversations.

Agités par le vent, les pins se frottaient, branche à branche ou tronc à tronc. Il en résultait des froissements, des grincements, parfois des gémissements presque humains, qui venaient de toutes parts en contrepoint. La bise, au violoncelle, assurait la basse continue. Elle déléguait parfois jusqu'au ras du sol des courants invisibles et discrets. Ces sournois agitaient en tourbillons les feuilles mortes qui tapissaient le sol de brun, et se déplaçaient avec un bruit de pas furtifs. A chaque fois, Laurent se tendait, relevait le canon de son fusil, et scrutait le bois devant lui, cherchant en vain la silhouette trapue d'un sanglier ou le glissement roux d'un renard. Lorsque le courant d'air, abandonnant les feuilles, venait lui chatouiller le nez, il se traitait d'andouille, abaissait le fusil, et remettait les mains dans les poches de sa veste pour les ramener à l'existence. Claude lui avait bien prêté une paire de moufles mais il les avait laissées dans sa poche gibecière, craignant de ne pouvoir les ôter assez vite en cas de besoin. Quoique épais, le pantalon de velours côtelé emprunté à Claude ne lui protégeait qu'imparfaitement les jambes et il ne regrettait pas d'avoir, le matin en s'habillant, gardé sur lui son pantalon de pyjama.

Quant aux pieds, il y avait déjà plusieurs minutes qu'ils avaient perdu connaissance, à l'intérieur des bottes en caoutchouc. Plus d'une fois au cours de la battue, Laurent devait envier les bottes de cuir fourrées qu'il avait aperçues au bout des longues jambes de maître André.

Après qu'il eut pris possession des lieux, cherché, sur le bord du chemin, la place idéale, épaulé son fusil en ajustant une feuille attardée qui tombait en virevoltant, et constaté que la crosse était devenue un peu courte pour la longueur de ses bras, Laurent s'organisa pour tuer au mieux le temps qu'il lui restait avant le début des opérations.

Et que faire d'autre que de penser à la journée de la veille ?

Ce Noël avait été étrange, presque irréel. Albert était là, qui n'aurait pas dû y être, et Aurélie n'y était pas – n'y serait jamais plus –, qui y avait toute sa place. La présence réelle de son cousin était effacée par la présence en creux de la jeune fille. Il l'avait senti dès l'arrivée d'Albert, l'avant-veille au soir, lorsque Claude l'avait ramené de Saint-Jean. Au moment où la porte s'était ouverte, Laurent avait les yeux braqués sur sa mère. Dans la même seconde, il avait décelé sur son visage un espoir insensé et une déception mêlée de haine, à la vue du jeune homme. Odette s'était reprise, mais lentement. Son accueil avait été froid. Lui-même n'avait pas manifesté une joie exagérée à la vue de son cousin. Il s'en voulait un peu. Son père, lui, n'avait rien montré ; c'était un Carrot, maître de ses sentiments. Claude n'avait pas dissimulé qu'il aurait préféré voir son neveu aux cinq cents diables. Seule Germaine, à sa façon timide et réservée, avait paru vraiment heureuse. Et encore, par égard pour Odette, s'était-elle retenue de trop le manifester.

Ils en étaient au dessert, lorsque Albert était rentré à pied de la messe de minuit. On n'est pas couche-tard, dans les fermes, et le réveillon avait été vite expédié. Après s'être rincé les doigts à la fontaine émaillée, à côté de la porte, il s'était assis à table. Germaine avait posé devant lui une assiette qu'elle tenait au chaud sur la porte du four. La fourchette plantée dans un morceau de boudin, il avait annoncé son désir de participer à la battue. Claude avait alors lancé à son neveu un regard qui disait clairement : « Toi, je te vois venir... » Mais il n'avait pas soulevé d'objection. Laurent avait lu dans les yeux de son cousin une détermination froide qui l'avait fait frissonner. Sur une impulsion, il avait annoncé qu'il ne repartirait pas le soir de Noël avec ses parents mais le surlendemain par le train de cinq heures du soir. Entre-temps, il participerait à la battue, si Claude voulait bien de lui. Claude voulait bien et l'avait soutenu contre ses parents. Ce n'était pas tous les jours, avait-il plaidé, qu'on avait l'occasion de tirer un sanglier. Surtout un cochon de cent kilos et plus, qu'on ne trouvait pas sous le pas d'un cheval. Son intervention avait emporté la décision, Laurent chasserait avec les autres et serait l'invité du lieutenant de louveterie ; à ce titre, personne, pas même les fédéraux, ne viendrait vérifier son permis.

Beaucoup de contes de Noël mettent en scène des animaux qui auraient, si on en croit leurs auteurs, joué un grand rôle dans la Nativité. Mais c'était il y a très longtemps. A l'époque de notre histoire les animaux se fichaient comme d'une guigne de l'anniversaire de la naissance du Sauveur. Autant dire que, cette nuit et ce jour-là, ils continuaient à fonctionner comme tous les autres jours et toutes les autres nuits. Comme de plus Léonce et le jeune nouveau valet étaient au repos, l'un dans sa famille, l'autre dans sa soupente, la journée de Noël avait commencé encore plus tôt qu'à l'habitude pour la famille Carrot. Tandis que Claude s'occupait de la maison d'en haut et de ses pensionnaires, Albert, aidé de Laurent, accomplissait les tâches fermières de celle d'en bas. Odette avait rejoint Germaine aux fourneaux et, depuis huit heures du matin, les deux femmes s'affairaient à préparer un repas pléthorique. Pendant que l'une hachait la viande destinée à farcir un dindonneau sacrifié la veille, l'autre s'ébouillantait les doigts en écorçant des marrons. Seules dans la salle, face à face devant la table, l'une assise, l'autre debout, elles causaient à mi-voix en travaillant. De tout et de rien, comme savent faire les femmes. Germaine prenait grand soin d'éviter tout ce qui, de près ou de loin, aurait pu rappeler Aurélie. Mais c'était une plaie à vif que le moindre souffle ravive. Et de temps à autre, sur un mot qu'elle avait cru anodin, elle voyait Odette s'interrompre, la fixer d'un regard hostile, esquisser un sourire d'excuse, et se remettre à la tâche en reprenant la conversation.

Albert et Laurent, revenant de l'étable, les avaient trouvées ainsi. Ils avaient sans conviction proposé leurs services et, se sentant de trop, étaient montés se récurer, en espérant que l'eau de leur bouillotte n'aurait pas trop refroidi.

L'ambiance du repas avait été la même que celle du réveillon. L'ombre d'Aurélie y occupait une place de choix, planant au-dessus des convives, obscurcissant la lumière des lampes, éloignant les murs de la salle et abaissant au ras des têtes les poutres noircies du plafond. Seul Léonce, commensal habituel de ses patrons, ne s'était aperçu de rien. Habillé des dimanches, lavé tant bien que mal, les mèches gris-jaune mouillées et rabattues sur un front blanchi sous le béret, la moustache imbibée de nicotine sur sa moitié droite, et les ongles en deuil, il engloutissait des parts pantagruéliques de dinde et de marrons, énonçant un proverbe chaque fois qu'un trou dans la conversation des autres lui en donnait l'occasion.

On ne s'était pas attardé à table. On n'avait même pas fini la bouteille de sauternes qui accompagnait la bûche de Germaine, et les hommes n'avaient incliné qu'une fois la bouteille de « goutte » sur leur tasse encore chaude de café. La table débarrassée, Claude, Paul et Laurent avaient essayé en vain d'attirer Albert dans la partie de belote traditionnelle des après-midi de Noël. Faute de quatrième, ils avaient dû se rabattre sur Léonce, qu'ils avaient empêché de retourner à sa soupente cuver un vin qu'il avait à peine goûté. Tout en assénant un proverbe avec chaque atout maître, il les avait surpris par sa science du jeu et sa mémoire des cartes. Assis au bout de la table, à la place du maître, Albert les avait regardés jouer. Il semblait penser à autre chose.

Vaisselle faite, les deux femmes avaient bavardé un moment sur les fauteuils, face à la télévision éteinte. Laurent, qui les regardait du coin de l'œil par-dessus ses cartes, avait noté, à leurs nuques, que c'était Germaine qui assurait le gros de la conversation. La nuit tombait lorsque Odette s'était levée brusquement et avait donné le signal du départ. Comme chaque fois, Germaine avait essayé de les retenir et, comme chaque fois, ils avaient été inflexibles ; ils ne devaient pas rentrer trop tard. Cette fois, en outre, ils avaient une bonne excuse : on était dimanche et Paul travaillait le lendemain. De plus, la neige menaçait.

Laurent, Albert et Germaine étaient sortis sur le pas de la porte pour les regarder partir. Plutôt que la 403, Laurent avait regardé son cousin et lui avait vu tomber le masque. Cela n'avait duré qu'un instant et avait été violent comme un coup à l'estomac. Albert s'était tassé sur lui-même et avait levé la main comme pour se protéger. Laurent avait compris qu'il venait de prendre conscience pour la première fois de la disparition définitive d'Aurélie. Sans attendre que la voiture ait passé le portail, Albert était retourné s'asseoir à table, au plus près du fourneau, la tête dans les mains. Rentrant avec Laurent, quelques instants plus tard, Germaine l'avait dérangé en dressant la table pour le repas du soir. Il était allé rejoindre les deux autres devant la télévision allumée. Ils avaient regardé la fin d'une émission de variétés avant d'aller se changer en paysans. En partant pour la maison d'en haut, Claude était passé chercher Léonce à sa soupente. Ses vacances de Noël étaient terminées.

Le souper avait été court ; personne n'avait vraiment faim, même s'il y avait assez de restes pour les nourrir tous les cinq jusqu'à Pâques. Passé le fromage, Claude avait sonné le couvre-feu ; les hommes étaient allés se coucher, laissant Germaine finir la vaisselle. C'est à ce moment que s'était produit l'incident qui avait bouleversé Laurent et que, sur le bord du chemin qui traversait les Trèves, face au bois derrière son roncier, il revivait comme s'il venait de se produire.

Il était couché et lisait pour la énième fois le début de *La Dame de Monsoreau*. Il y avait, sur la commode de la chambre, coincée entre deux serre-livres de bois sculpté, une collection de romans d'Alexandre Dumas reliés de cuir passé. Personne n'aurait pu dire comment ils étaient arrivés là. Avec Aurélie ils y puisaient, depuis des années, l'essentiel de leurs lectures de vacances. Elles n'étaient pas énormes : lorsqu'ils se trouvaient à Tournac les activités d'extérieur tenaient trop de place dans leur emploi du temps. Malgré tout, Laurent avait lu en entier, certains plusieurs fois, tous les grands romans, et il en était de même de sa sœur. Mais il n'avait jamais pu arriver jusqu'au bout de l'histoire des amours de Diane de Méridor et du beau Bussy, qu'Aurélie avait dévorée. C'était peut-être pour retrouver un peu sa sœur, malgré le lit vide de l'autre côté de la fenêtre, qu'il s'y était replongé ce soir-là.

Il avait tourné une vingtaine de pages et avait la main sur la poire électrique pour éteindre lorsqu'on avait gratté à la porte et qu'Albert était entré tout habillé, une drôle d'expression sur le visage. Laurent qui, en plein bois des Trèves, la voyait encore, aurait été bien en peine de la décrire. Ce n'était pas l'Albert de ce jour de Noël, pas non plus celui d'avant la mort de son père. C'était comme si le jeune homme était très loin ou, mieux, séparé de lui par une vitre épaisse et un peu trouble. Et la voix qui lui était parvenue de derrière cette vitre était lointaine, neutre, comme désincarnée.

« Je voulais te dire... »

Il s'était interrompu. Laurent en avait profité pour se redresser et remonter l'édredon. Il faisait froid dans la chambre et ils soufflaient de la buée. Albert avait repris, un peu hésitant :

« J'aimais ta sœur. Bien plus que tu ne pourrais le croire.

— Tu avais une drôle de manière de l'aimer ! Tu l'as fait tourner en bourrique, le dernier été qu'elle a passé ici...

— Je ne voulais pas. Mais je ne pouvais faire autrement. Ce n'était pas elle que je visais !

— Mais c'est elle qui a pris. Tu dis que tu l'aimais, mais tu l'as fait souffrir. Parce qu'elle t'aimait, elle ! Et pas qu'un peu ! »

Albert était toujours debout auprès du lit. Il avait regardé le lit vide et avait fait un mouvement comme pour aller s'y asseoir. Il s'était interrompu et avait regardé un instant autour de lui, comme affolé. Il avait fini par s'asseoir de la pointe des fesses au pied du lit de Laurent, qui avait replié les jambes en disant :

« Et tu as continué après que tu es parti à l'armée.

— Je voulais qu'elle ne m'aime plus. Qu'elle m'oublie...

— Pourquoi ? Qu'est-ce qui s'opposait à vos amours ? Pas mes parents, en tout cas. Pas ta mère non plus... Et même l'Eglise admet le mariage entre cousins issus de germains. »

Albert avait hésité avant de répondre.

« Avec ce que j'avais à faire... »

Il avait corrigé :

« Ce que *j'ai* à faire... Je ne pouvais lui offrir que la honte et le malheur.

— Pour le malheur, tu as réussi ! »

Albert avait accusé le coup. Baissant la tête, il avait dit, et sa voix semblait encore plus lointaine :

« Une fois là-bas, je lui ai écrit.

— J'ai lu tes lettres. »

Albert s'était redressé. Un éclair de colère était passé dans son regard. Puis il s'était rassis, tête basse.

Bien réveillé, maintenant, Laurent avait poussé son avantage.

« Tu dis que tu as quelque chose à faire. Qu'est-ce que c'est de si important ? Quoi que ce soit, cela ne valait pas de... »

Il s'était interrompu. Il avait failli dire « de tuer ma sœur ».

Albert l'avait deviné. Peut-être qu'il se jugeait coupable. Il dit, en hésitant un peu :

« Je lui avais écrit une lettre... La veille de notre départ en opération... Je lui disais que je l'aimais... Que, dès mon retour, nous ne nous quitterions plus... Je n'ai pas eu le temps de la poster, et Dieu sait ce qu'elle est devenue... Le surlendemain, je ramassais trois bastos à travers le corps. »

Il s'était levé avec peine, comme s'il avait pesé cent kilos, et avait fait deux pas vers la porte. C'est à ce moment que Laurent avait remarqué à quel point il boitait. La main sur la poignée de la porte, Albert s'était retourné et avait murmuré des paroles qu'il n'avait pas comprises. Ce n'est que plus tard, allongé dans le noir, que Laurent en avait saisi le sens :

« Il aurait mieux valu, pour tout le monde, qu'ils ne me sauvent pas. »

La bise apporta deux sons de trompe brefs, venant de sa gauche, lointains et assourdis par les arbres. Les rabatteurs étaient en place. Quelques secondes plus tard, un long coup de la trompe de Claude, au son grave reconnaissable entre tous, retentit en face de lui, plus lointain encore, si possible. Il sortit les mains de ses poches et vérifia pour la dixième fois que son fusil était bien fermé ; ses pieds insensibles cherchèrent la meilleure position pour tirer des deux côtés sans déséquilibre. Sur sa gauche, Victor Chanson baguenaudait au milieu du chemin.

32

Du fait de la forme ovale du plateau, la ligne des rabatteurs avait au moment de se mettre en marche la forme d'un croissant. Le chemin de ronde, à peine esquissé de ce côté du plateau, était exposé à tous les vents et la bise y donnait comme nulle part ailleurs. Partis à intervalles égaux des ruines de la scierie, les rabatteurs s'étaient arrêtés en même temps et se trouvaient répartis également au long de la moitié nord de l'ellipse. Claude occupait le centre du croissant. Ils n'étaient pas également malheureux : plus on était près de la pointe droite de la courbe, plus longtemps on avait dû marcher avec le côté droit cinglé par la bise et mitraillé par les flocons. Pour corser le tout, comme on allait fermer la nasse en commençant par le centre, plus on était près des pointes et plus on aurait à attendre, avant de se mettre en marche et de gagner l'abri des arbres. En compensation, le trajet serait court jusqu'à la ligne des tireurs. Les pointes extrêmes n'auraient même pas à marcher du tout ; fermant les côtés de la nasse, elles étaient proches du grand chemin.

En entendant la trompe de monsieur Loriot, Claude regarda des deux côtés. Les deux chiens qu'il tenait, excités par la marche et le son de la trompe, lui tiraient le bras gauche à l'arracher. Loin, sur sa droite, le jeune homme qui tenait les deux autres semblait sur le point d'être emporté à plat ventre parmi les broussailles. Il lui cria : « Lâchez les chiens ! » et se pencha sur les deux bêtes hirsutes, au poil gris sale à reflets de métal, qui tremblaient des quatre membres en gémissant d'excitation. Quelques horions plus tard, il avait enfin détaché les mousquetons, et les griffons disparaissaient en silence sous un taillis. Il se redressa, s'assura qu'il en était de même du côté de son aide et, du pouce en l'air, le félicita. Puis il saisit la longue trompe de corne qui pendait à son cou, la porta à ses lèvres et souffla à pleins poumons. Le son fut emporté par la bise, aucun écho ne lui répondit. Claude fit un pas ; ses voisins firent de même, ils entrèrent dans le bois.

J'ai déjà dit à plusieurs reprises que le plateau des Trèves était, sur la plus grande part de sa surface, difficile à pratiquer, pour ne pas dire plus. C'était un entrelacs de grands arbres, de taillis épais, de ronciers immémoriaux et de buissons hargneux. Toutes les essences indigènes, et même certaines dont on se demandait ce qu'elles fichaient là, s'y mêlaient, du houx au sorbier en passant par toutes les variétés de saules et de bouleaux. Si les arbres y étaient plus grands qu'ailleurs, il en était de même des arbustes, jeunes arbres, et autres composants des taillis et buissons. Leurs troncs étaient plus épais, leurs feuilles plus larges et, surtout, leurs épines plus grandes, plus dures, et plus pointues. Pour couronner le tout, le sol était parcouru d'un réseau serré de murs de pierre sèche, parfois hauts jusqu'aux cuisses, et qu'on disait préhistoriques. Ils dataient en tout cas d'une époque où on construisait solide. Les millénaires et la végétation avaient fait leur œuvre ; ils y avaient taillé de larges brèches qui rendaient la progression possible. Possible mais parfois exténuante ; dès qu'ils eurent mis le pied dans le bois, les rabatteurs se retrouvèrent en nage, malgré le froid, sous les épaisseurs de vêtements empilés.

Ils s'efforçaient, en marchant, de conserver la direction, vaguement nord-sud, du départ. Mais les obstacles les forçaient à des détours, des changements, qui firent bientôt du râteau régulier imaginé par les stratèges une espèce de peigne surréaliste. S'ils avaient de la peine à conserver le sens de la marche, les rabatteurs en avaient encore plus à garder leur alignement. D'autant plus qu'ils ne se voyaient pas ; ou alors rarement, à la suite d'un écart de trajectoire. Pour y remédier, Claude, du centre de la ligne, lançait, tous les dix ou vingt pas, un « Hop, à gauche ! », que son voisin de gauche devait répéter aussi fort que possible et ainsi de suite, jusqu'au bout de la ligne, de façon à permettre à chacun de s'aligner sur le cri du voisin. Quelques pas plus loin, Claude appelait le côté droit, qui s'alignait à son tour. En fonction de ce qu'il entendait, il criait : « Avancez, à droite ! » ou « Doucement à gauche ! » et, en cascade, chacun obtempérait. De ce fait, la ligne de rabatteurs, quoique sinueuse, conservait un semblant de cohésion et ne laissait au gibier que peu de chances de la franchir pour aller, derrière elle, se faire oublier. Les rabatteurs ne criaient pas ; ils gardaient leur souffle pour la marche. Et si la plupart étaient munis de bâtons de coudrier, c'était plutôt pour se frayer un chemin dans les ronces, à la manière d'une machette, que pour taper sur les troncs. Le vent, qui soufflait dans leur dos, était plus que suffisant pour alerter les sangliers en portant jusqu'à eux leur odeur et le bruit de leur marche. Point n'était besoin d'en rajouter.

Contournant un taillis, le jeune homme qui avait tenu les chiens de Claude tomba sur un espace fermé, entre des buissons. Le sol en était creux ; « comme une assiette à soupe », pensa-t-il. La mousse et l'herbe y étaient aplaties. Deux pins qui poussaient sur ses bords avaient leur écorce usée, comme polie, jusqu'à la hauteur de ses hanches. Il n'avait jamais vu de bauge mais il sut tout de suite que c'en était une et que ses habitants habituels étaient de taille plus que respectable. Otant une moufle, il se pencha et toucha le sol du dos de la main. Il était tiède, les sangliers venaient de quitter l'endroit. Il se tourna dans la direction de Claude, cria : « Cochons, ici ! », et eut la surprise de s'entendre répondre : « Ici aussi ! »

Presque au même moment, pas très loin devant lui, un chien lança un aboi bref. Un autre lui répondit, sur sa droite, et le concert commença, s'éloignant rapidement dans la direction du chemin. Quelques secondes plus tard, le claquement sec du calibre 20 de Laurent se faisait entendre. Deux coups rapides, suivis de deux autres quelques secondes plus tard. La grosse voix des calibre 12 prit le relais, d'abord en face, puis sur la gauche et la droite, en s'éloignant. Les cochons devaient longer le chemin en deux groupes et tenter de passer aux endroits mal gardés. Au bruit de cette fusillade, le jeune homme se dit qu'ils allaient tous y passer et qu'il n'en resterait plus pour la deuxième battue, lorsque ce serait son tour de tirer. Sur sa gauche, Claude cria : « Attrapez les chiens ! » Il répercuta l'ordre, et l'entendit se propager sur sa droite. Il en comprit la raison : il ne fallait pas laisser les chiens poursuivre les sangliers au-delà de la ligne des tireurs, au risque de les voir revenir à contre-vent dans la moitié de bois dont on s'efforçait de les chasser.

La fusillade avait duré une minute, peut-être deux. Les abois des chiens s'étaient tus, on avait dû les capturer. Le jeune homme, qui se croyait très près de la ligne, eut la mauvaise surprise de devoir marcher encore un très long et très pénible quart d'heure avant d'y parvenir. Pendant tout ce temps, Claude continuait, par ses appels, à tenir sa ligne aussi régulière que possible. C'était probablement inutile, pensait le jeune homme, il devait y avoir belle lurette que les sangliers, s'il en restait de vivants, étaient tous passés dans l'autre moitié du bois. Il s'extirpait d'entre deux houx qui lui manifestaient de l'attachement lorsqu'il entendit craquer une branche devant lui. Un bruit de feuilles remuées s'éloignait sans hâte derrière un taillis de jeunes fayards. Sans souci de la ligne, il se rua en avant. Il y avait, passé le taillis, un des rares espaces libres du plateau, pas même une clairière, juste un vague cercle de dix pas au plus, bordé de grands arbres. Au milieu, traversant au petit trot, se trouvait un sanglier, le premier qu'il voyait de sa vie. Et, pour le restant de ses jours, cette première rencontre devait lui donner, pour l'espèce, un respect qui confinait à la vénération. Car l'animal, qui obliqua et se présenta de trois quarts, était l'un des plus beaux spécimens de solitaire qui se puisse concevoir. Une masse de muscles, d'un gris terne hirsute, des jambes robustes, la hure plus large et forte que celle d'un cochon, les triangles arrondis des grandes oreilles mobiles, la bosse du garrot, qui devait lui arriver à la taille, et surtout les défenses (« on dit des grès », pensa le jeune homme qui savait par cœur son *Larousse de la chasse*), recourbées et longues d'un bon travers de main, dont le blanc pur tranchait sur le gris de la hure. Les petits yeux se tournèrent vers lui. Craignant la charge de ce monstre, il esquissa un geste vers la bretelle de son fusil. L'animal accéléra son trot et disparut derrière les troncs. Le bruit de ses pas cessa instantanément, comme s'il s'était immobilisé. Le jeune homme savait qu'il n'en était rien ; alertés, les sangliers sont capables du plus grand silence. Même les plus gros.

Il cria, de toutes ses forces : « Cochon à gauche ! », et reprit sa marche vers le chemin.

Au moment même où il entendait l'appel, Claude apercevait l'animal qui se faufilait entre les buissons à une dizaine de pas devant lui. Il allait au grand trot, profilé, comme aplati par la vitesse ; un lièvre aurait fait plus de bruit. Il devait chercher une faille dans la ligne des tireurs. Claude répercuta l'appel du jeune homme et continua sa progression. En face de lui, hasard ou restes d'une tentative d'exploitation du bois, les taillis et les ronciers s'éclaircissaient. Entre les troncs, il pouvait apercevoir, à une trentaine de pas, la silhouette d'un tireur, fusil tenu à deux mains devant lui, prêt à épauler. A la tenue camouflée, il reconnut Albert et cria : « On ne tire plus ! », ponctuant cet appel d'une série de coups de trompe précipités. Ses voisins répétèrent l'ordre, qui s'éloigna des deux côtés. Continuant d'avancer, il eut la surprise de voir son neveu qui épaulait son fusil et se tournait de son côté. Il ne pouvait pas ne pas l'avoir vu... Il fit deux pas de côté pour s'abriter derrière un tronc, reprit sa trompe, sonna à nouveau, et renouvela l'ordre de ne plus tirer. Passant la tête, il vit qu'Albert abaissait son fusil, lentement, comme à regret. Il se dégagea de son arbre et reprit sa marche en avant.

Lorsqu'il parvint auprès d'Albert, celui-ci avait le fusil à la bretelle et regardait du côté de Laurent. En prenant pied sur le chemin, Claude demanda :

— Tu m'avais vu ?

Albert se retourna. Emacié, le visage creusé et la casquette sur la tête, il avait l'air d'un spectre. Il regarda son oncle un long moment avant de répondre : « Oui ! », fit demi-tour et se mit en marche pour rejoindre son cousin qui venait à eux en souriant jusqu'aux oreilles. Plié en deux sur l'avant, il tenait deux griffons, dont il avait relié les colliers au moyen de son écharpe nouée.

Tout au long de la ligne, les rabatteurs sortaient du bois. Des conversations excitées résonnaient sur le chemin.

33

Laurent était aux anges, il venait de tuer son premier sanglier. Et pas n'importe lequel, une des deux laies dont, avec Albert, ils traînaient le cadavre dans le layon qui conduisait à la scierie. Non sans peine : elle devait dépasser les quatre-vingts kilos. Tout en marchant, il narrait son exploit :

— Je les ai entendus venir sur moi dès que les chiens ont aboyé. Il m'a semblé qu'ils venaient de ton côté...

Albert l'interrompit :

— Je les ai vus : la mère et trois ou quatre marcassins ; plus loin derrière, deux ragots dans les soixante kilos. Ils longeaient le chemin, à vingt mètres...

— C'est ça.

Tout en se demandant si, à la place de son cousin, il aurait été capable de se retenir de les tirer devant lui dans le bois, il poursuivit :

— Ils étaient cachés par le roncier, devant moi. Du coup, ils ne m'ont pas vu. J'ai surveillé ma gauche, pensant qu'ils risquaient de sortir de ce côté. Naturellement le père Chanson était au milieu du chemin, fusil épaulé. On aurait presque dit qu'il me visait. En tout cas, ils ont dû le voir : à un moment, je n'ai plus rien entendu. Tout à coup, j'ai vu sortir la mère de ton côté, au ras du roncier, là où j'avais repéré une coulée. Si elle avait juste traversé le chemin pour passer dans la coulée d'en face, je n'aurais jamais eu le temps de lever mon fusil. Mais cette andouille a voulu prendre le sentier. Il faut dire qu'à ce moment les chiens aboyaient pas loin, ça devait l'affoler un peu. Entre sa sortie du bois et le sentier, j'ai eu le temps de la tirer deux fois. Elle s'est agenouillée sur la balle et s'est redressée. Alors j'ai envoyé les chevrotines. Elle a dû les prendre quelque part dans l'arrière-train. Elle s'est assise et m'a regardé. J'ai pris peur. J'ai rechargé mon fusil et j'ai tiré deux autres cartouches. Elle s'est couchée à la deuxième. Pendant ce temps, les marcassins traversaient à la queue leu leu. Les chiens sont arrivés derrière. J'en ai chopé un au passage, par le collier. L'autre s'est précipité sur la laie. J'ai cru qu'il allait me mordre, lorsque je l'ai attrapé. Par contre, je n'ai pas vu les ragots.

— Ils ont fait demi-tour et sont sortis à ma droite. J'en ai eu un et mon voisin l'autre.

— A propos... Chanson a tiré sur la laie, quand elle était par terre. A plus de soixante mètres. Deux coups à chevrotines. Je les ai entendues hacher les taillis au bord du chemin, en face de moi, pendant que j'étais baissé pour attraper le premier chien.

— Estime-toi heureux. Il aurait pu tout aussi bien tirer alors que tu étais en train d'attraper l'autre. Et tu avais toutes les chances de morfler.

Après un court silence, Albert dit, comme pour lui-même :

— S'il doit y avoir un accident, aujourd'hui...

Laurent ne répondit pas, ils arrivaient à la scierie.

Ils étaient les derniers. Pour éviter que les sangliers ne retournent en catimini dans la moitié du bois dont on venait de les chasser, Claude et ses lieutenants avaient décidé de faire garder le chemin pendant la pause de midi. Ils avaient désigné une dizaine de « volontaires », choisis parmi les plus jeunes, pour assurer ce service qui impliquait de rester à jeun et au froid encore un bon moment. Pour leur faire passer la pilule, Claude s'était joint à eux. Il était convenu qu'ils seraient remplacés au bout de trois quarts d'heure par une avant-garde, et que le gros des tireurs suivrait une demi-heure plus tard. Mais ceux des sacrifiés qui avaient déjà participé à des battues savaient ce que valait ce genre d'engagement. Et, de fait, les gardiens, espacés tout au long du chemin, l'avaient arpenté pendant plus d'une heure, chacun sur une section de deux ou trois cents mètres. Au moins ils s'étaient réchauffés en marchant.

Le secteur attribué à Laurent couvrait deux bonnes centaines de mètres de chemin, centrés sur le layon. Cela avait permis au jeune homme d'exprimer à Victor Chanson le fond de sa pensée. En revenant de son premier trajet, il avait trouvé le bonhomme debout à côté de la laie, un pied sur le cadavre, dans la position du chasseur de fauves qui se fait photographier avec sa victime.

« On a fini par l'avoir ! » avait-il affirmé en se rengorgeant.

Laurent avait vu rouge.

« C'est moi que vous avez failli avoir ! Quand vous avez tiré sur cette bête, elle était déjà morte. Et de toute manière, vous avez tiré un bon mètre au-dessus. Par contre, moi j'étais bien vivant, et ce n'est pas grâce à vous si je le suis encore ! On m'avait dit que vous étiez un danger public mais je ne pensais pas que c'était à ce point... »

L'autre s'était rebiffé, avait exigé le respect dû à son âge et à sa situation sociale, Laurent lui avait dit ce qu'il pouvait faire de son respect et que le seul égard qu'il pouvait avoir pour son âge était de ne pas lui mettre son poing dans la figure. Il avait même ajouté que si le hasard les remettait à côté il aurait intérêt à bien faire attention avant de tirer dans sa direction ; lui, Laurent, n'hésiterait pas à riposter. Sans avoir la stature d'un Carrot de la branche aînée, Laurent était plutôt costaud. Rouge de colère, le père Chanson était parti dans le layon et le jeune homme avait repris sa marche de sentinelle.

Il avait une faim de loup lorsque la relève était arrivée mais au moins la marche et l'altercation l'avaient réchauffé. Comme il s'approchait de sa victime au moment où les premiers remplaçants étaient arrivés sur le chemin, il avait pu jouir des regards admiratifs qu'ils portaient sur l'animal. D'où l'état d'euphorie où il se trouvait en arrivant près du feu.

Ils traînèrent la laie près des autres pièces du tableau, que des chasseurs armés de longs coutelas étaient en train d'éviscérer. Attachés à distance, les chiens, malades de désir, tiraient sur leur chaîne en aboyant comme des fous. Ils venaient de se battre pour les testicules des ragots, qu'on leur avait lancés.

Albert et Laurent s'approchèrent du plateau, craignant un peu que les autres n'aient tout mangé avant qu'ils n'arrivent. Mais les gens de Manière et des Vernes avaient bien fait les choses. Il y avait encore profusion de saucisses froides et de lard, avec trois couronnes de pain inentamées. Albert sortit son couteau et coupa deux larges tranches de pain. Laurent se chargea des saucisses et du lard. Les cousins allèrent se mêler au cercle qui entourait le tas de braises.

La plupart des chasseurs du premier service en étaient au café. Quelques quarts militaires circulaient. Chacun, à son tour, allait remplir le sien à la marmite et le complétait à loisir d'une rasade de goutte avant de le vider avec force bruits d'aspiration. Certains mangeaient encore. Tout en mordant tour à tour dans la saucisse, le lard et le pain, Laurent les regardait, pensant que l'expression « manger sur le pouce » prenait ici tout son sens. Car, chez nous, aucun homme ne saurait manger debout (ou assis dans l'herbe...) sans son couteau à la main. L'opération se déroule en trois temps. Avant de commencer, pain et saucisse sont tenus de la main gauche, le couteau dans la dextre. Au premier temps, le couteau amorce la découpe dans la tranche (la miche...), de la valeur d'une bouchée de bonne taille. Au deuxième, l'homme superpose la saucisse (la tranche de lard...), le pain prédécoupé, et son pouce gauche. Il porte le tout à la bouche grande ouverte. Il ne reste plus qu'à passer le pouce droit sous le gauche, lame au-dessus de la portion, et couper celle-ci au ras des lèvres avant de revenir à la position initiale, en mastiquant avec bruit jusqu'à la bouchée suivante. Ce geste complexe s'apprend dès l'enfance, et cet entraînement précoce explique qu'en dépit de cette coutume, les hommes de chez nous arrivent, pour la plupart, à l'âge de la purée et du bouillon de légumes avec le bout de leur nez et la totalité de leurs lèvres.

Il restait aussi des pommes de terre, tenues au chaud près de la lisière du feu sur un lit de cendres chaudes. Banane avait bien fait les choses. Protégées des braises par une couche de cendre et retirées à temps, elles avaient cuit sans que leur peau ne se carbonise. Ridées, brunies, dures en surface, elles éclataient au moindre contact de lame et livraient une chair à la couleur de paille et au goût incomparable. Qui n'a jamais mangé de pommes de terre ainsi cuites ne sait pas ce qu'il perd...

Albert et Laurent retournèrent plusieurs fois se réapprovisionner aux panières. Claude, revenu dernier du chemin après avoir organisé la relève, leur avait apporté une gourde de l'autre guerre à moitié pleine de vin rouge, à laquelle ils avaient fait un sort. Sans s'attarder auprès d'eux, il s'en était allé de l'autre côté du cercle, mettre au point, avec son état-major, les opérations de l'après-midi. Enfin rassasié et réchauffé, Laurent regardait autour de lui. Son regard tomba sur le visage d'Albert qui, à ce moment, regardait par-dessus les braises en direction de Claude. Sous la visière de la casquette brillait un regard fixe de rapace. Laurent fut à deux doigts de demander à son cousin ce qu'il avait. L'intensité de ce regard de chasseur sur sa proie le dissuada de le faire. Il allait pourtant s'y résoudre lorsqu'un homme s'approcha d'eux et leur tendit un quart. Laurent s'en empara et alla le remplir à la marmite presque vide de café. Le propriétaire du quart l'attendait auprès d'Albert, une flasque à la main, et compléta le niveau de la tasse. Ils en partagèrent le contenu entre cousins, l'homme ayant, d'un geste, refusé sa part. A la couleur de ses joues et au brillant de ses yeux, on comprenait pourquoi. Le liquide leur brûla les lèvres et leur incendia le tube digestif avant de les emplir d'une douce chaleur. L'homme reprit son quart, l'égoutta au-dessus des cendres, l'accrocha à un mousqueton qui pendait à sa ceinture et rejoignit un autre groupe. Il n'avait pas dit un mot.

Ils restèrent encore quelques minutes à se chauffer près des braises, avant que Claude, contournant le feu, ne rassemble les chasseurs pour leur expliquer la suite des opérations. Certes, la battue du matin avait été fructueuse. On avait tué une des laies, deux ragots, et quelques bêtes rousses, mais il restait encore une laie, la plus grosse, et les deux solitaires. La laie était l'objectif principal. Elle abattue, solitaires et ragots iraient chercher fortune ailleurs. Les marcassins ne seraient plus un problème. Seulement, cet après-midi, on allait rabattre la moitié sud du plateau sur le chemin. Du coup les rabatteurs allaient marcher à contre-vent ; et ce vent porterait aux cochons l'odeur des tireurs. Après mûre réflexion, il avait été décidé de renforcer leur ligne et de ne garder qu'une vingtaine de rabatteurs, aidés des chiens qui, cette fois, chassant nez au vent, auraient toutes les chances de débusquer très vite les sangliers.

Claude fit donc appel aux volontaires pour aller à nouveau se geler sur le chemin avec, en compensation, la possibilité de tirer le sanglier de leur vie. Laurent fut l'un des premiers. Après un coup d'œil à son oncle, Albert se mit à côté de lui. Mais les autres, pour la plupart d'âge plutôt mûr, avaient, le matin, perdu beaucoup de leur enthousiasme ; et il fallut quelque persuasion à Claude pour compléter la troupe d'une vingtaine d'hommes, qui irait rejoindre le chemin pour étanchéifier un peu la ligne des tireurs. Ils se regroupèrent près du feu, histoire d'emmagasiner autant de chaleur que possible en attendant que l'état-major ait fini d'organiser le rabat. Claude les rejoignit, après en avoir passé le commandement à l'un de ses lieutenants, et donna le signal du départ. Ils s'arrachèrent à la chaleur des braises et s'engagèrent sur le layon pour rejoindre les tireurs déjà en place.

Au départ de la clairière, le layon traversait une zone de taillis très denses, avant de pénétrer, pour une courte distance, dans un bois de pins assez clairsemés. Lorsqu'ils y parvinrent, Claude leur dit, à mi-voix :

— Continuez. Je vais couper par ici pour rejoindre la ligne au plus près du bout. Arrivés au chemin, vous partirez un de chaque côté et vous vous intercalerez comme vous le pourrez. Je remonterai la ligne pour vous placer plus précisément.

Il s'engagea parmi les pins et disparut. Les autres avaient continué de marcher en silence, à un ou deux de front. Bientôt, le sentier retrouva les taillis inextricables et se resserra, les contraignant à la file indienne. C'est alors que Laurent s'aperçut de l'absence d'Albert. Un frisson lui parcourut le dos. Ce n'était pas de froid.

34

Albert s'était glissé derrière Claude, lorsque celui-ci les avait quittés pour s'enfoncer sous les arbres. Il le suivait à dix pas parmi les troncs des pins, attentif aux branches mortes qui risquaient de craquer sous son pas, et aux jeunes pousses qui pourraient, en se relevant après son passage, claquer contre la tige de sa chaussure. Les autres bruits de sa marche étaient aisément couverts par la sirène de la bise dans les ramures. Il craignit de perdre son gibier lorsqu'il pénétra dans une sapinière serrée, mais attendit, avant d'y entrer lui-même, de ne plus entendre le frottement des aiguilles contre les vêtements de Claude. Lorsque ce bruit eut cessé, il se faufila à son tour entre les arbres, en se contorsionnant pour éviter les branches.

Ce qu'il avait pris pour un bois n'était qu'un rideau de peu d'épaisseur. Après quelques mètres, il déboucha dans une clairière, la seule du plateau. De forme à peu près circulaire, elle était bordée de sapins du côté où il se tenait, mais la plus grande partie du périmètre était plantée de grands fayards. Le sol était d'herbe, brûlée et aplatie par la neige et le gel. Au centre, les restes noircis d'un feu ancien, que la végétation n'avait pas encore recouverts, vieux de deux ou trois ans, quatre au plus ; en tout cas pas préhistoriques. Claude avait dû s'arrêter un moment. Il n'était plus qu'à cinq ou six pas, et marchait sans se retourner, l'arme à la bretelle, obliquant sur sa droite. Albert n'aurait pas d'autre occasion. Ce serait un accident dû à l'imprudence... Il aurait trébuché et le coup serait parti... Et peu importaient les suites !

Il s'avança à son tour, à pas de loup, et fit glisser la bretelle de son fusil pour le prendre sous le bras. Il le cassa en retenant le canon, pour l'empêcher de claquer en butée, et plongea la main dans sa poche. Il l'en ressortit avec une cartouche qu'il introduisit dans le canon droit. Malgré toutes ses précautions, il ne put l'empêcher de lui échapper et d'aller se loger dans la chambre avec un petit bruit creux. C'est ce bruit infime qui dut alerter Claude. Alors qu'Albert refermait son fusil, en retenant la clef du pouce pour l'empêcher de claquer, il vit son oncle s'immobiliser, dos raidi. Surpris, il fit encore deux pas et s'arrêta à son tour. Il était maintenant à moins de deux pas derrière Claude, qui ne s'était toujours pas retourné. Comme malgré lui, Albert releva le canon de son fusil jusqu'à le pointer entre les épaules de son oncle. C'est alors que celui-ci, toujours sans se retourner, commença de parler. Sa voix était forte et sèche, mais calme et comme désincarnée.

— Tu veux me tuer, hein ?

Albert ne répondit pas. Son index se tendit vers la détente de son arme. Claude reprit :

— Tu m'accuses d'avoir tué ton père... C'est vrai. Je l'ai tué.

Une pause. La main droite d'Albert se serra autour de la crosse. Son index, blanchi, se posa sur la détente. Claude continua :

— Attends d'entendre ce que j'ai à te dire.

Il se retourna lentement, sans lâcher la bretelle de son arme, et regarda son neveu bien en face. Dans tout ce qui suivit, jamais il ne daigna abaisser les yeux sur les canons qui visaient sa poitrine.

— Il vivait encore, quand je suis arrivé près de lui, au pied de la Roche. Il était étendu sur le dos. Deux ou trois centimètres de neige le recouvraient. Même le visage. De loin, je l'ai cru mort. Je me suis précipité, je lui ai essuyé la figure et j'ai vu ses yeux ouverts, qui me fixaient. J'ai fait le geste de lui soulever la tête. C'est alors qu'il m'a dit : « Ne me touche pas. J'ai les reins brisés et même plus que les reins ; ni les bras ni les jambes ne répondent. Je ne peux même pas bouger la tête. » J'ai quitté ma canadienne et je l'ai posée sur son corps. Il m'a dit : « Reprends-la. Je ne sens pas le froid. C'est tout mort, là en bas. » Je ne savais que faire. Je lui ai dit : « Tu es sûr ? » Il n'a pas répondu, il a juste fermé les yeux. J'ai ôté une de ses moufles et touché sa main. Elle était glacée, pas seulement froide ; comme morte. Et son bras était inerte. J'ai remis la moufle. Il m'a dit : « Pas la peine de me déchausser, les pieds sont morts aussi. Je ne sens plus rien. » Je suis resté un bon moment accroupi à côté de lui. Je lui essuyais le visage avec mon mouchoir. Puis je lui ai dit : « Les autres vont arriver avec le traîneau. On va te transporter au chaud et faire venir le docteur. » Il a presque souri et m'a répondu : « Et tu crois que ce pauvre Gaufier va ressouder ma moelle épinière ? Ce qui est cassé, dans mon cou, ce n'est pas lui qui va le réparer. Personne ne saurait le faire. » J'ai dit : « Il doit bien y avoir quelque chose à faire ! » Il est resté un long moment sans rien dire. Il avait fermé les yeux. J'ai cru qu'il était mort. En fait j'ai même souhaité qu'il le soit.

Petit à petit, Albert abaissait le canon de son fusil. Claude le fixait toujours dans les yeux, le visage inexpressif. Il reprit :

— Au bout d'un long moment, peut-être quelques secondes... peut-être plusieurs minutes... ou des heures, je ne sais pas (il n'y avait plus de temps, tu comprends ? et cette neige qui n'arrêtait pas de tomber...), au bout d'un moment il a rouvert les yeux. Il semblait décidé. Il m'a dit, et sa voix était plus forte : « Je sais ce qu'il faut faire. Tu vas me tuer. » J'ai crié : « Tu es fou ! » Il a insisté : « Quelle vie tu crois qu'il me reste ? Et quelle vie pour Germaine ? Qu'est-ce que je serai pour elle ? Même pas un bébé. Un bébé, il faut le nourrir et le torcher mais ça vit, ça bouge, ça sourit. Et ça finit par se débrouiller tout seul. Moi je serai pareil, mais sans bouger. Un bébé inerte de quatre-vingts kilos. Peut-être pour des années et des années. Et je n'aurai pas souvent envie de sourire. Non, j'y ai bien pensé avant que tu n'arrives. J'espérais que ce serait toi qui arriverais le premier parce que je savais que je pouvais te le demander. » J'ai répondu : « Je ne peux pas ! » Il a dit, de plus en plus fort : « Si j'avais pu le faire moi-même, c'est un mort que tu aurais trouvé ! Tue-moi, je te dis ! Et dépêche-toi, les autres vont arriver. » J'ai hésité un long moment. Il avait l'air de me supplier, fermant les yeux chaque fois que je lui essuyais le visage. Et les autres qui n'arrivaient pas ! S'ils avaient été là, je n'aurais pas eu à choisir. Alors il a recommencé et fini par faire comme il avait toujours fait : il m'a donné un ordre de sa voix de commandement. Tu te rappelles... « Je te dis de me tuer ! » Et il a ajouté, plus doux : « Et vite, s'il te plaît... Depuis le temps que je suis par terre, j'ai eu le temps de faire mon acte de contrition. » Je t'avoue que je n'avais pas pensé à ça. Alors je me suis décidé. J'ai regardé autour de moi une dernière fois, espérant voir arriver les autres avec le traîneau. Mais, avec cette neige, on n'y voyait pas à cinq mètres. Et le vent hurlait, là-haut dans les arbres au sommet de la Roche. J'ai regardé au pied de la falaise, c'était un peu abrité et la neige n'y avait pas encore trop pris. J'ai trouvé une grosse pierre avec des arêtes. Je suis revenu vers lui. Je me suis baissé et lui ai essuyé le visage. Il n'a pas fermé les yeux. Il m'a soufflé : « Fais vite. » J'ai crié : « Pardon ! », et je lui ai frappé la tempe de toutes mes forces avec la pierre. Je te jure que, malgré le vent et le bruit mat de la neige qui tombait sur nous, j'ai entendu craquer l'os de son crâne. Je me suis redressé et je suis resté là, ma pierre à la main, à le regarder en pleurant. J'ai couru au bord de la Siche et j'y ai jeté la pierre. Elle me brûlait les doigts. Après, je suis revenu près du corps de ton père. J'ai repris ma canadienne et je me suis agenouillé. Je voulais prier pour lui mais je ne connais pas les prières des morts. Alors j'ai sorti mon chapelet. Antoine et Léonce sont arrivés bien longtemps après. Tu sais le reste.

Claude se tut, les yeux toujours fixés sur ceux de son neveu. Ce fut celui-ci qui baissa le regard. Ils restèrent là un long moment face à face au centre de la clairière, près du rond noirci. Puis Claude assura sur son épaule la bretelle qu'il n'avait pas lâchée, et dit :

— Voilà toute l'histoire. Tu dois me croire. Mais si tu ne me crois pas, c'est bien simple : tu n'as qu'à tirer.

Il fit demi-tour et partit de son pas tranquille de paysan. Albert releva la tête, redressa le canon de son fusil, et resta un instant crispé, une jambe en arrière, comme quelqu'un qui va tirer. Claude disparut derrière le tronc d'un hêtre. Albert cassa son fusil, en sortit la cartouche, et mit l'arme vide à la bretelle. Il y avait, non loin, un tas de bois envahi de ronces et d'herbes. Il alla s'y asseoir et resta longtemps immobile, la tête dans les mains.

Deux coups de trompe retentirent. Portés par le vent, ils semblaient tout près. C'était le son grave de la trompe de Claude. La ligne des tireurs était en place. Un peu plus tard, loin, très loin à l'opposé, un coup long donna le signal du départ des rabatteurs. Peu de temps après des abois éclatèrent, et se rapprochèrent. Deux chiens chassaient à vue. La laie survivante, suivie des restes de sa progéniture, déboucha d'un trou dans les sapins. La harde obliqua en apercevant Albert, toujours prostré sur son tas de bois, traversa la clairière, et disparut sous les hêtres. Deux griffons la pistaient, aboyant à pleine gorge. Albert ne bougeait toujours pas.

La fusillade éclata quelques instants plus tard, dans la direction où était parti Claude. D'abord les lourdes détonations des douze, suivies à quelques secondes par le claquement du vingt de Laurent. Albert ne bougeait toujours pas.

Fuyant les tireurs, un solitaire venant du chemin arriva dans un fracas de branches brisées et de ronces froissées. En apercevant le jeune homme, il fit un crochet et disparut au grand trot, parallèle à la ligne. Si Albert le vit, cela le laissa sans réaction.

Deux chiens sortirent des sapins, nez au sol, suivant les traces de ceux qui les avaient précédés. Manquant la piste du solitaire, ils restèrent sur celle de la harde, qu'ils abandonnèrent un instant pour venir tourner autour du jeune homme. Devant son absence de réaction, ils reprirent leur piste et s'enfoncèrent sous les hêtres.

Le silence retomba, vite rompu par des cris et des exclamations apportés par le vent depuis la ligne des tireurs. On devait dénombrer les victimes. Gênés par les sapins, les rabatteurs avaient contourné la clairière. Aucun d'eux ne l'avait traversée. L'eussent-ils fait qu'ils n'auraient manqué de tomber sur Albert.

Alors, peut-être, ils l'auraient entraîné avec eux et les choses auraient tourné différemment.

Les geais, qui s'étaient tus pendant la fusillade, reprirent leurs criailleries éparpillées par le vent. Un long moment passa. Des voix s'élevèrent dans le dos d'Albert, de l'autre côté des sapins, s'amplifièrent et disparurent. Un renard pointa sa tête triangulaire, aux oreilles dressées, entre les ronces, près de l'endroit d'où était sorti le gros sanglier. Ses yeux vifs parcoururent la clairière et s'arrêtèrent un instant sur Albert, toujours assis sur son tas de bois. Le jugeant sans danger, le renard sortit à découvert et entreprit de traverser au petit trot. Sa vue sembla réveiller le jeune homme, qui se redressa brusquement. Surpris, le renard s'éclipsa, éclair roux vite engouffré sous les sapins.

A pas lents, Albert sortit de la clairière et entreprit de franchir les taillis qui le séparaient des hommes.

35

Victor Chanson était mécontent. Très mécontent, même. Son poste de l'après-midi était le même que celui du matin, mais tourné à l'opposé, dos au vent. Et c'était un mauvais emplacement. Pour preuve, la laie qui lui était destinée avait été tuée sous ses yeux, par un jeune Lyonnais qui n'avait rien à faire dans cette battue. Le greffier en retraite soupçonnait Damien Morel, chef de la ligne des tireurs en l'absence de Claude Carrot, de l'avoir placé là exprès. Il s'en était ouvert à Claude, lorsque celui-ci avait parcouru le chemin pour placer au mieux les tireurs supplémentaires, et s'était attiré une remarque acerbe, assortie d'une promesse de représailles s'il s'amusait encore à tirer n'importe comment au risque de blesser quelqu'un. Sans compter qu'il gênait ses voisins, pour ne pas dire plus, en se promenant comme il le faisait au milieu du chemin.

Sa mauvaise humeur n'avait fait que croître lorsque son voisin de gauche, après lui avoir fait signe à plusieurs reprises de dégager le chemin, s'était déplacé à grands pas mécontents pour le lui signifier de vive voix avec force gestes et menaces. Encore un malotru que le respect n'étouffait pas ! Victor n'avait pas jugé digne de se rebiffer. Il avait obtempéré en maugréant, pour revenir au milieu du chemin dès que les deux coups de trompe avaient retenti, ignorant les gestes furieux de ses voisins, que la trompe avait figés sur place. C'est alors qu'il avait découvert que le propre voisin de cet irascible était le jeune Lyonnais qui l'avait humilié le matin, par bonheur sans témoin.

Son exaspération avait culminé lorsque des cochons qu'il avait entendus courir devant lui, invisibles dans les taillis quand ça pétait à droite et à gauche sur la ligne, étaient encore sortis du côté du jeune Lyonnais. D'abord deux ragots, qui avaient abandonné la laie, suivis à quelques secondes par un énorme solitaire, qui les avait envoyés en éclaireurs. Il les aurait bien tirés, nonobstant la distance, mais l'énorme roncier qui se trouvait dans le dos de son voisin les lui avait cachés alors que celui-ci et le jeune Lyonnais les avaient tirés à loisir, dans les taillis clairsemés qui se trouvaient à l'arrière de leurs postes.

Bientôt les coups de trompe précipités du cessez-le-feu retentirent tout près, et les rabatteurs sortirent du bois. Contrairement à ce qui s'était passé le matin, le vent soufflait dans le dos des tireurs, portant aux cochons leurs bruits et leurs odeurs, dont la pipe de Victor Chanson n'était pas la moindre. Coincés, ceux-ci avaient attendu que les rabatteurs et leurs chiens soient sur eux avant de se décider, au dernier moment, à forcer le passage. Furieux, Victor Chanson remit son fusil chargé à la bretelle, et s'avança vers l'entrée du layon qui marquait le milieu approximatif de la ligne.

Son voisin était entré dans le sous-bois, derrière son poste. Lorsque Victor parvint à sa hauteur, il revenait vers le chemin, traînant derrière lui par une patte le corps d'un ragot. Un peu plus loin, à une dizaine de pas dans le bois, le jeune homme était courbé et regardait le sol. Victor jugea prudent de ne pas aller jusqu'à lui. Il attendit sur place que son voisin sorte du bois avec sa victime et l'accueillit d'un « Vous l'avez eu ! » non dénué de jalousie.

L'autre lui lança un regard noir et répondit, en se redressant :

— Ouais ! Et ce n'est pas grâce à vous ! Heureusement qu'ils sont sortis de ce côté. Mais je vous jure...

Et il frappait du bout de l'index la poitrine offusquée du greffier retraité, en continuant :

— Je vous jure que s'il était sorti entre nous je le tirais quand même. Avec vous dans le chemin ou pas.

Victor fit un pas en arrière. Lui aussi aurait tiré, de toute façon, si les cochons étaient passés à portée. Ou même hors de portée.

Petit à petit, les chasseurs se rassemblaient. Venant du côté droit de la ligne, un groupe entourait deux hommes qui traînaient le cadavre de la deuxième laie. Plusieurs traînaient des marcassins. Claude Carrot les précédait, un demi-sourire sur le visage, le premier depuis le matin. En le voyant venir, Laurent se redressa et l'appela.

— Claude ! Viens voir.

Claude et deux ou trois curieux, dont Victor, s'approchèrent. Le jeune homme leur montra, au sol, sur le tapis froissé de feuilles mortes, des taches brillantes rouge clair.

— J'ai tiré un gros cochon juste après le chemin. A balle. Comme ça ne lui a fait ni chaud ni froid, j'ai cru l'avoir manqué, mais je suis venu voir quand même. A tout hasard...

Le demi-sourire de Claude s'élargit.

— On dirait bien que tu l'as touché... Mais, si ça se trouve, il est à l'autre bout du plateau. Un bestiau de cent kilos, c'est coriace ! Et, pour le dénicher... A moins que...

La haute silhouette de maître André se profilait derrière les traîneurs de laie. Claude lui fit signe de s'approcher. Son chien minuscule, invisible dans les hautes herbes fanées du chemin, tendait la laisse à la rompre dans la direction du cadavre. Il sortait parfois la tête, marchait quelques pas sur les pattes arrière, et disparaissait à nouveau. Telle l'aiguille d'une boussole, la laisse resta pointée sur la laie en balayant un demi-cercle, pendant que le notaire marchait droit sur les trois hommes. Mais lorsque maître André les eut rejoints et qu'il eut, d'un coup sec, rappelé son teckel à ses devoirs, le petit chien revint à toutes jambes près de son maître, qui lui montra la tache rouge. La laisse alors se tendit en direction de l'intérieur du bois, à l'opposé du chemin, tandis que du minuscule gosier émanaient des aboiements perçants. Claude et le notaire se concertèrent :

— Mon chien est capable de le suivre jusqu'en enfer...

— La question est : avons-nous le temps d'aller jusqu'en enfer et retour alors qu'il va faire nuit dans une heure et demie ? Et je n'aimerais pas me retrouver dans le noir au milieu du plateau, en compagnie de votre chien et d'un cochon de cent kilos, même blessé... surtout blessé.

Le notaire réfléchit un moment et finit par dire :

— Ce que je vous propose : nous suivons cette piste pendant une demi-heure. Si, comme je le pense, les taches de sang vont en s'accroissant en nombre ou en surface, cela vaudra le coup de continuer, l'animal n'ira pas loin. Si on les voit disparaître, s'espacer ou diminuer, nous revenons.

— D'accord. D'autant plus que je n'aime pas l'idée que nous pourrions laisser une bête blessée. Allons-y au moins à quatre ; si nous trouvons ce cochon, il faudra le ramener. Il fait facilement son quintal...

L'équipe de recherche fut constituée. Laurent en fut, de droit, mais Victor Chanson, qui s'était proposé, fut écarté sèchement. Avant de s'enfoncer dans le bois, à la suite du teckel qui frétillait au bout de sa laisse, Claude renvoya tout le monde à la scierie, fixant rendez-vous aux chasseurs le lendemain sur la place de Saint-Jean, pour le partage. Seuls Banane et son tracteur devaient rester à les attendre, au cas où ils reviendraient avec le solitaire. Juste avant de donner le signal du départ à sa petite troupe, Claude se retourna en direction des chasseurs agglomérés sur le chemin et lança :

— Quelqu'un a vu mon neveu ?

Les hommes se regardèrent. Personne n'avait vu Albert et personne ne répondit. Claude haussa les épaules et dit, d'un ton excédé :

— Bon. Ne perdons pas de temps. Allons récupérer ce cochon.

Ils s'enfoncèrent dans les taillis, guidés par la laisse tendue.

Victor Chanson bouillait. Après la diatribe de Laurent, le matin, et les deux engueulades de son voisin, renforcées par les représentations peu amènes de Claude, la rebuffade du même était la proverbiale goutte d'eau. Il arpentait le chemin de long en large, près de l'endroit où Laurent avait blessé le solitaire, tout en regardant la troupe des chasseurs s'écouler lentement par le layon. Et chacun des gibiers morts qui défilaient devant lui faisait monter d'un cran le niveau de sa frustration. Il finit par rester seul, dans la pénombre qui s'installait, battant le chemin, majestueux comme jamais. Il avait repris son fusil sur le bras ; le solitaire survivant, qui n'avait été délogé de la moitié sud ni par les chiens ni par les rabatteurs, allait sûrement tenter de revenir, dès que la voie serait libre, dans la partie nord d'où on l'avait chassé le matin. Et, dans sa frustration, Victor était convaincu que ce cochon passerait sans faute à sa portée.

Il était là, sur le qui-vive, prêt à épauler. Les bruits et conversations sonores de la troupe qui s'éloignait disparurent très vite, emportés au loin par la bise avec les cris des geais. Les poursuivants du blessé étaient beaucoup plus discrets ; aucun bruit n'en venait, bien qu'ils fussent au vent de Victor, sauf parfois un jappement excité du teckel. La bise se calmait un peu, avec la tombée du soir, et son chant descendait vers le grave. Les pins, moins agités, geignaient plus bas. La forêt se préparait pour la nuit.

Un geai cria soudain, pas très loin sous le vent. Alerté, Victor prit son fusil à deux mains. L'oiseau cria encore. Il se rapprochait. Le doigt sur la détente, Victor le vit sortir des arbres, à une cinquantaine de mètres, et s'éloigner en survolant le chemin de son vol fluctuant. Il courut jusqu'à l'endroit où était sorti l'oiseau et regarda dans le bois. Il commençait à faire sombre mais on y voyait encore, sous les arbres, autant que l'on pouvait voir dans ce fouillis végétal. Il ne vit d'abord rien, mais, aux bruits qui lui parvenaient des taillis, il en fut certain : une masse importante s'y frayait un chemin. Ce ne pouvait être que le solitaire oublié ! Il épaula, prêt à tirer dès qu'apparaîtrait l'animal. Un buisson remua, à une trentaine de mètres dans le bois. Une forme indistincte apparut entre les branches défeuillées. Un conseil de prudence, qu'autrefois son père avait tenté de lui inculquer à coups de bottes dans les fesses, lui revint à la conscience : « Ne jamais tirer sans voir ! » Il faillit abaisser son fusil. Mais il était trop furieux, trop humilié, trop désireux d'ajouter sa pièce au tableau.

Les buissons bougèrent encore ; plus près. Victor tira. Deux coups ; d'abord la balle, puis les chevrotines pour faire bonne mesure. Les buissons cessèrent de bouger. Il cassa son fusil, éjecta les deux cartouches vides, rechargea, et, joyeux, se précipita en avant.

36

Le sanglier blessé n'était pas allé très loin. Traînés par le teckel en suivant sa piste, de plus en plus sanglante, ils le retrouvèrent à deux ou trois cents pas, appuyé contre le tronc d'un fayard. Il était assis, les postérieurs sur le côté, et leur présentait son flanc gauche. La balle de Laurent l'avait atteint de l'autre côté et l'avait traversé, faisant de gros dégâts dans ses poumons. Du sang sortait d'une blessure grande comme la paume de la main, s'étalait en nappe sur le poil gris de ses côtes, et gouttait au sol. Il les regardait arriver, oreilles dressées dans leur direction. Du sang coulait de ses babines d'où dépassaient des grès impressionnants. En l'apercevant, le petit chien se mit à aboyer comme un fou, dressé sur ses pattes arrière, tendant la laisse à la casser. Le cochon essaya de se redresser mais les forces lui manquèrent et il retomba. Il se mit alors à claquer des dents (« il casse des noisettes », pensa Laurent d'après le *Larousse de la chasse*) et ce bruit, qui couvrait ceux de la forêt, figea un instant ses poursuivants. Même le teckel se tut.

— Il n'en a pas pour longtemps, dit, à mi-voix, l'un des chasseurs.

— Peut-être, mais on ne va pas le laisser comme ça, répondit Claude.

Puis, s'adressant à Laurent :

— A toi l'honneur.

Une seconde, le jeune homme, victime de ses lectures, se vit en train de « servir » à la dague un animal qui, tout blessé qu'il fût, restait formidable. Il s'exclama :

— Mais je n'ai pas de couteau !

Un rire nerveux parcourut le groupe.

— Qui te parle de couteau ? Mets-lui une balle au défaut de l'épaule. Tu pourras même faire empailler la tête.

Laurent haussa les épaules, chargea son fusil, se plaça face à l'animal, et épaula. Le sanglier cessa de claquer des dents et les chasseurs se turent. Le teckel aussi. La scène était figée, Laurent assurant sa visée, lorsque deux coups de fusil retentirent, venant de la direction du chemin. Les chasseurs se retournèrent, Laurent abaissa son fusil, le chien se remit à japper et le sanglier à claquer des dents.

— Qu'est-ce qui se passe encore ? grogna Claude. Un imbécile qui tire après la battue. Il aura de mes nouvelles !

Il se tourna vers Laurent :

— Je vais voir. Achève ce cochon.

Puis, aux autres :

— Vous commencerez à le ramener, je reviendrai vous aider.

Il fit demi-tour et partit dans les taillis. Il avait fait dix pas lorsqu'il entendit claquer le fusil de Laurent et s'arrêta un instant. Les claquements de dents et les abois se turent. Sans se retourner, il reprit sa marche. Parcourant aussi vite qu'il pouvait la piste du sanglier, il parvint au chemin au moment où, hagard, Victor Chanson sortait du bois. Il était sans fusil et marchait comme un somnambule. Claude se plaça devant lui. L'autre s'arrêta, bras ballants, et tenta de parler. Il ouvrait la bouche mais aucun son n'en sortait. Claude le prit par les épaules et le secoua.

— Reprenez-vous ! Qu'est-ce qu'il y a ?

Chanson ne parlait toujours pas. Se tournant à demi, il désigna les taillis d'où il émergeait et parvint à dire, d'une voix étranglée :

— Là...

Claude le contourna et s'engagea sous les arbres, dans la direction indiquée. Il fit une vingtaine de pas et son pied buta contre un objet dur. C'était le fusil de Victor Chanson. Machinalement, Claude l'ouvrit et empocha les deux cartouches, avant de reprendre sa marche. Des buissons lui barraient le passage. Il s'y glissa.

Albert se trouvait là, à genoux, recroquevillé sur l'avant, le visage dans les feuilles mortes, un bras replié devant la tête, l'autre étendu en oblique à l'arrière, paume au ciel. Claude avait vu des morts, en 40, pendant la bataille de France. A la façon dont le corps de son neveu semblait s'aplatir au point d'épouser les reliefs du sol comme pour s'y intégrer, il comprit.

Il s'accroupit à côté du corps, le saisit par les épaules, et le retourna avec des gestes tendres, comme maternels. Ce n'était pas la balle de Chanson qui l'avait atteint. Celui-ci tirait comme un robinet, et le gros de la gerbe de chevrotines était passé à côté. Sur les neuf billes de plomb, seules deux, déviées par des branches, avaient atteint le jeune homme. L'une lui avait déchiré l'épaule gauche, l'autre avait traversé le cœur. La mort avait été instantanée : le sang qui poissait le tissu camouflé de sa veste ne couvrait pas la surface de deux mains. Par acquit de conscience, Claude lui prit le poignet et chercha le pouls, mais sans y croire. Il se redressa et resta debout un moment à côté du corps, tête baissée, remuant les lèvres. Lorsqu'il eut fini, il retourna à la ligne, ramassant au passage le fusil de Chanson. Celui-ci n'avait pas changé de place. Planté au milieu du chemin, bras pendants, hébété, il le regardait arriver. Lorsque Claude fut tout près, le visage de Chanson prit une expression de chien battu. Laissant tomber le fusil, Claude, à deux doigts de le frapper, resta un moment face à lui sans parler, les deux poings serrés à faire mal dans les poches de sa veste. Lorsque enfin il parla, ce fut d'une voix froide et dont chaque inflexion était un coup de poignard.

— Chanson, vous étiez déjà considéré comme un danger public. Vous avez failli plusieurs fois vous faire descendre par vos voisins à cause de votre indiscipline et de votre insouciance. De votre connerie, en un mot. Aujourd'hui je regrette que ceux qui ont tiré à côté vous aient manqué. Parce que, par connerie, vous venez de tuer quelqu'un qui vous valait cent fois.

Il avait, en prononçant cette dernière phrase, sorti les mains de ses poches, agrippé Chanson par son écharpe et rapproché leurs deux visages. Et il martela avec force :

— Vous êtes un assassin, Chanson. Je garde votre fusil, il servira de pièce à conviction.

L'autre, à moitié étranglé, avait retrouvé un soupçon de voix.

— C'était un accident. J'ai cru que c'était le gros cochon qui restait.

— Il n'y avait qu'un gros cochon, dans cette histoire, et c'était vous ! Je vais faire prévenir les gendarmes et je vous avertis que je ferai tout ce que je pourrai pour que vous soyez inculpé de meurtre. Et les fédéraux, même s'ils sont partis à midi, témoigneront que vous êtes un danger public et que vous aviez été plusieurs fois mis en garde.

Lorsque le reste de l'équipe arriva au chemin, traînant la victime de Laurent, ils les trouvèrent dans la même position. Claude parlait toujours et chacune de ses paroles était reçue par Chanson comme un coup de cravache. Lâchant sa patte, Laurent se précipita.

— Qu'est-ce qui s'est passé ?

Puis il eut l'intuition du malheur et demanda :

— Albert ?

Claude lâcha l'écharpe de Chanson, qui faillit tomber en arrière. Il prit le bras de Laurent et, sans mot dire, l'amena auprès du corps de son cousin. En le découvrant, le jeune homme eut un haut-le-corps. Il demanda, sans y croire :

— Il est blessé ?

Claude ne répondit pas. Il faisait de plus en plus sombre, sous les arbres. La tache de sang, sur la poitrine d'Albert, avait viré au noir. Dans la pénombre, son visage tranchait sur le gris du sol. Il affichait une sérénité qu'on ne lui avait pas vue depuis la mort de son père. Claude le constata à mi-voix :

— Au moins il aura trouvé la paix...

Après un long silence, Laurent ajouta, et il y avait de l'espoir dans sa voix :

— Et, si ça se trouve, il est avec Aurélie.

37

Mon histoire touche à sa fin. Après que chacun des présents eut été se pencher sur le corps d'Albert et, de retour au chemin, lancé un regard de mépris à Victor Chanson, on discuta sur ce qu'il y avait lieu de faire. D'aucuns étaient d'avis de tout laisser sur place en prévision de l'enquête de gendarmerie, qui ne saurait manquer d'avoir lieu. Claude ne voulut pas en entendre parler, arguant que, dans un moment, il ferait trop noir, même pour des gendarmes. Sans compter qu'il faisait de plus en plus froid, beaucoup trop froid pour passer ici la moitié de la nuit à monter la garde en les attendant. Et il était hors de question d'abandonner aux renards le corps de son neveu. Seul juriste présent, maître André souscrivit à cette opinion. Il se proposa pour aller annoncer la nouvelle à Germaine et, par la même occasion, téléphoner à la gendarmerie. Claude accepta avec soulagement. On confectionna un brancard de fortune, avec les troncs de deux jeunes bouleaux et les vestes des deux moins frileux, et on amena le corps d'Albert jusqu'aux décombres de la scierie. Avant de le déplacer, on en avait marqué l'emplacement au moyen du fusil de Chanson, en fichant le canon de celui-ci dans le sol comme on marque la tombe d'un soldat. On avait poussé l'analogie jusqu'à coiffer la crosse de la casquette Bigeard, trouvée à côté du corps. La place du tireur avait été marquée par la veste fourrée du même, maintenue sur le sol du chemin par quatre grosses pierres extraites du muret le plus proche. Le coupable suivait le brancard, tête basse et frissonnant.

Banane se morfondait auprès du feu, en les attendant. Il faisait nuit noire quand maître André et son teckel précédèrent le brancard dans la clairière. A leur vue Banane se précipita vers l'entrée du layon. Les porteurs pénétrèrent dans la lumière rouge et vacillante, s'approchèrent du tracteur et posèrent le brancard au sol. Victor Chanson, qui les suivait, alla se planter aussi près du feu que possible et continua de trembler même après que la chaleur des braises lui eut rôti le devant. Personne ne parlait. Banane, qui avait reconnu Albert à sa tenue camouflée, n'osait pas poser de questions. Il évitait même le regard de Claude, qui fermait la marche en portant les deux fusils à la bretelle.

Il y avait de la place, sur la remorque du tracteur. Banane avait fait une rotation jusqu'à Saint-Jean, dans l'après-midi, et y avait laissé les victimes du matin, pendues dans une grange. Il semblait inconvenant de placer le corps d'Albert à côté des sangliers de l'après-midi et de mêler ainsi leurs sangs. Maître André prêta une couverture écossaise, qu'il avait prise sur le siège arrière de sa 4CV et qui sentait le chien. On y enveloppa le corps et on l'étendit en travers du plateau. Comme on n'osait pas l'attacher comme les sangliers morts, Laurent et le jeune Michel Chanal se proposèrent pour l'accompagner et le tenir dans les cahots.

Les chasseurs se saluèrent à voix basse et embarquèrent dans les voitures. Victor Chanson monta dans la sienne sans que personne ne le saluât. Il fut le premier à quitter la clairière, un peu plus vite que ne le conseillait la prudence. Les autres le suivirent, plus calmes. Enfin Banane démarra son tracteur et la pétarade de son moteur couvrit le chant de la bise. Lorsqu'il plongea dans la pente, le moteur de la Simca s'éveilla et ses phares s'éclairèrent. La voiture de Claude disparut à son tour à la suite du tracteur. Le feu mourait doucement au centre de la clairière. Sa lumière rouge sombrait, engloutie par la nuit. Un tourbillon vint arracher une poignée d'étincelles et les lança vers le haut. La bise s'en saisit et les emporta au loin.

Assis sur le plateau du char, les jambes pendantes, Laurent et le jeune Chanal évitaient de regarder le corps d'Albert, frangé de jaune par la lumière des phares de la Simca. Recroquevillés, pensant à la bise qui allait les saisir dans ses griffes au détour du plateau, ils gardaient le silence. Laurent pensait à Germaine. En arrivant au croisement de la route de Lacroix, juste avant que Banane ne s'arrête pour le faire descendre, le jeune Chanal se tourna vers Laurent et lui dit :

— Tu vois... ton cousin... c'était pas n'importe qui. Avec ses qualités, son instruction, et le domaine qu'il avait hérité, il aurait fait un sacré paysan.

Il sauta sur la route et partit, sans se retourner, vers les lumières de la ferme familiale.

Rideau